Ben – Liebe am Abgrund

Den Geschundenen.
Was ihr braucht, ist eine Menge Glück,
das ihr ertragen müsst.

Kooky Rooster, Autorin aus Österreich, fabriziert homoerotische Liebesromane mit Witz und Charme. Ihre eindrücklichen Bilder und kreative Metaphern jagen den Leser über eine wahre Gefühlsachterbahn. Sie beschreibt die Welt in ihrer Hässlichkeit und verweist auf das Potential der Liebe. Ihre Helden agieren herzerfrischend menschlich und geraten in Peinlichkeiten und Missverständnisse. Dabei kommen Lust und Leidenschaft nicht zu kurz – ihre Texte berauschen durch heiße Liebesszenen.

KOOKY ROOSTER

BEN
LIEBE AM ABGRUND

Bibliografische Information der Deutschen Nationalbibliothek:
Die Deutsche Nationalbibliothek verzeichnet diese Publikation in der Deutschen Nationalbibliografie; detaillierte bibliografische Daten sind im Internet über http://dnb.dnb.de abrufbar.

© 2014 Kooky Rooster

Bild: © Kooky Rooster

Herstellung und Verlag: BoD – Books on Demand, Norderstedt

ISBN: 978-3-7347-5136-3

1 | SCHEISS MENSCHEN

Grillen zirpten. Der abgestandene Geruch von Sonne und Hitze wehte um Bens Nase, dabei war es kurz vor Mitternacht. Der Sommer roch nach Urin und Scheiße – zumindest am Gelände hinter dem Bahndamm, mit dem toten Gras und Müll zwischen den Halmen. Warum war der Bahnbereich immer eine hygienische Todeszone? Ob Unterführungen, Toiletten, Gleise, Wiesen – suchte man den dreckigsten Ort einer Stadt, musste man nur nach Schienen suchen.

Scheiß Menschen! Ben schaute sich um, ließ den Rucksack auf den Boden plumpsen und holte eine Sprühdose heraus. ›Scheiß Menschen‹ – gutes Motto, doch Ben hatte bereits eins. Die Dose klackerte, als er sie schüttelte. Er liebte dieses Geräusch, ebenso wie das »Pffft, Pfffft, Pfffft«, wenn er die Wand einer Lagerhalle ver(un)zierte.

Die Nacht brachte keine Abkühlung. Dennoch hüllte sich Ben in einen Kapuzensweater. Schweiß kitzelte an seinen Schläfen, der Oberlippe, dem Rücken, doch das war der Preis für Anonymität, den Hass und die Liebe.

Ben war einundzwanzig und fertig mit der Welt. Scheiß Menschen. Scheiß Herz.

2 | Das Spiel

Ein dumpfer Schlag gegen die Schulter riss Ben aus dem Schlaf. Die Sonne blendete, jeder Muskel brannte. Ben blinzelte. Seine Augen waren verklebt, sein Blick verschwommen.

»Fünf nach sechs, Arschloch!« Jochen boxte Ben so empfindlich gegen die Brust, dass ihm die Luft wegblieb.

»Selber Arschloch!«, murmelte Ben, als sein Bruder, bereits halb aus dem Zimmer war.

Jochen blieb stehen. »Was?«

»Nichts!« Rasch setzte sich Ben auf und spannte alle Muskeln an.

»Was hast du gesagt?«

»Nichts.« Ben unterdrückte ein Gähnen. Sein Kiefer krampfte. Nur drei Stunden Schlaf. Mal wieder.

Jochen baute sich vor ihm auf und streckte die Hand nach ihm aus. Obwohl Ben rasch zurückzuckte, packte Jochen ihn und verdrehte ihm die Ohrmuschel. Um dem Schmerz auszuweichen, ging Ben mit der Drehung mit, indem er Wirbelsäule und Hals überstreckte. Jochen war brutal. Eines Tages würde er ihm mit bloßer Hand das Ohr abreißen. Angeblich hatte er das schon mal gemacht. Unabsichtlich. Beim Kampf mit einem Junkie.

Jochen kam Ben so nah, dass sich beinahe ihre Nasenspitzen berührten. »Du kleine Kröte glaubst, du kannst mich verarschen?«

Speicheltröpfchen benetzten Bens Gesicht. Der Schmerz trieb ihm die Tränen in die Augen. Sein Herz stolperte über Wut und Verzweiflung. Seine Wangen glühten. Scheiße. Seine Schwäche weckte den Sadisten.

»Also?« Jochen verdrehte das Ohr ein Stückchen weiter.

»Also was?«, krächzte Ben. Seine Stimmbänder verhärteten. Das Heulen stecke ihm im Hals wie ein Span.

»Was hast du gesagt?«

Jochen zu provozieren war unklug, ihn anzulügen sinnlos. Er würde es wittern. »Arschloch!« Bens Blick wurde verschwommen. *Nicht heulen, nicht heulen, nicht heulen.*

»Flennst du jetzt, Schwuchtel?«

Ben schluckte tapfer, schnaufte vor Schmerzen, blähte die Nasenflügel.

Jochens Augenbrauen formten einen einzigen borstigen Balken. »Wenn du heulst, gibt's Schwitzkur!«

Fick dich!, dachte Ben, *ich hoffe, heut schießt dich einer über den Haufen!* Er versuchte, die Wut im Bauch kalt werden zu lassen, eiskalt wie Hass. Könnte er seine Gefühle abschalten, könnte ihm Jochen nichts mehr anhaben, wäre er ihm ebenbürtig. Aber Ben war alles andere als kalt und viel zu nah am Wasser gebaut – er heulte nicht nur vor Trauer, sondern auch vor Wut, Hass, Verzweiflung, Liebe.

Eine Träne zitterte auf seinen Wimpern, klammerte sich mit letzter Kraft an Bens Unterlid. Nicht blinzeln.

Jochen grinste dreckig. *Scheiße.*

Bens Bruder hegte eine bizarre Faszination für Tränen. Vermutlich, weil er selbst keine vergoss. Niemals. Ben hatte ihn noch nie weinen sehen – nicht, als ihre Eltern bei einem Unfall gestorben waren, nicht, als Hasso vergiftet worden war, nicht, als ihre kleine Schwester tot im Wald aufgefunden worden war. Jochen kannte nur Aggression und Faszination. Letztere für die eigenartigsten Dinge. Bens Erröten, Bens Tränen, Bens Einnässen aus Angst. Die kalte Begeisterung für Schwäche fand Ben gruseliger, als die impulsive Gewalttätigkeit.

Jochen lauerte. Er glotzte auf die zitternde Träne und harrte, gleich einem Raubtier vor dem Versteck seiner Beute, auf ihren Sturz. »Versager! Mädchen! Schwuchtel!«

Ben mahlte mit dem Kiefer, kämpfte. Stolz. Ein bisschen davon war immer noch da. Das Ohr pulsierte. Der Schmerz jagte den Herzschlag in die Höhe. Vielleicht sollte sich Ben einfach gehenlassen. Jochen würde ohnehin nicht aufgeben. Er war geil darauf, Ben zu demütigen.

»Du bist schuld, an Ines' Tod. Du bist schuld, dass sie gefoltert wurde, bis ihr kleiner Körper kaputtging. Was hast *du* gemacht, als du sieben warst, hm Bennilein? Ich weiß es. Du hast mit Puppen gespielt. Klein-Ines hätte sicher auch gern mit Puppen gespielt, aber du musstest dich ja von deinem Schwuchtelfreund begatten lassen, statt auf sie aufzupassen. Weißt du, was sie mit ihr gemacht haben? Erst haben sie ...«

»Hör auf!« Heiße Tränen stürzten über Bens Wimpern, dann ging alles verdammt schnell. Knie und Ellenbogen schürften über den Teppich, die Schultern schmerzten unter unnatürlichen Verrenkungen und Bens Gesicht wurde brutal in Jochens nasse, behaarte Achsel gepresst. Jochen krallte ihm die Finger in den Hinterkopf und riss ihm ein paar Haarbüschel aus.

Ich sollte mir den Schädel rasieren. Bens Brustkorb krampfte. Wie immer presste er im Reflex die Lippen zusammen und hielt die Luft an, um den säuerlich-würzigen Gestank nicht aufnehmen zu müssen. Als er schließlich doch Luft holen musste, bekam er keine. Zu tief steckte sein Gesicht in Jochens klebriger Achsel. Panisch riss Ben den Mund auf und schmeckte Schweiß.

Dicke, sperrige Haare kletterten auf seine Zunge.

Ben würgte. Er drohte zu ersticken. Verzweifelt bohrte er die Finger in Jochens Muskeln, doch Jochen würde ihn erst loslassen, wenn er aufgab.

Den Überlebensinstinkt des Körpers zu überwinden erforderte enorme Willenskraft – nahezu unmenschliche Beherrschung – doch Ben gelang das Kunststück. Aus purer Notwendigkeit. Er ließ Arme und Beine sinken, kämpfte gegen die Krämpfe seines Körpers an. Stellte sich tot.

Jochen ließ von ihm ab. Genug gespielt.

3 | MÄDCHEN

»Du musst mehr essen!« Rob warf Ben zwei in Folie verpackte Sandwichs zu.

Statt die Päckchen zu fangen, hob Ben die Arme zur Abwehr. Sie fielen auf seinen Schoß und kullerten von da unter den Stuhl. Rasch klaubte Ben die Jause auf und nuschelte ein kaum hörbares »Danke.«

»Du fängst wie ein Mädchen!«, meinte Rob, schüttelte den Kopf und stellte Ben zwei Dosen Cola hin.

In der Werkstatt roch es nach Öl, Benzin, Lack. Hier in der Halle war es weit kühler als draußen. Der Sommer hatte den Höhepunkt erreicht.

Unter einem der reparaturbedürftigen Autos rollte Kai hervor und warf Rob einen amüsierten Blick zu. »Apropos Mädchen ... du glaubst nicht, was passiert ist, als du einkaufen warst!«

Bitte nicht. Ben senkte den Blick. Das von Jochen malträtierte Ohr pulsierte noch immer.

Kai erhob sich, schlenderte zum Tisch und ließ sich auf einen Klappstuhl plumpsen. Mit lustloser Neugier durchstöberte er Robs Einkauf. »Der Hofer war da, um den Wagen von seiner Frau abzuholen, und faselte die ganze Zeit davon, wie löblich er es findet, dass wir auch Mädchen eine Chance geben ...« Kai lachte und boxte Ben gegen den Oberarm – direkt auf eine blaugelbe Erinnerung an Jochen. »Erst wusste ich nicht, worauf er hinauswollte, bis ich bemerkt habe, dass er unserem Hübschen hier dauernd auf den Arsch glotzt.«

Ungläubig hob Rob die Augenbrauen und blickte zwischen Kai und Ben hin und her. »Echt?«

Ben wurde immer kleiner und starrte Löcher in die

Tischplatte.

»Hofer also schaltet voll in den Flirtmodus und schnurrt Ben von der Seite an, ob die Jungs« – er zeigte belustigt auf sich selbst und Rob – »auch anständig zu ihm sind.«

Verhalten prustete Rob los.

Kai kicherte. »Und Ben – so cool – drehte sich um, mustert Hofer von Kopf bis Fuß und brummt: ›Ja, geht so.‹ Hofer wird erst weiß, dann rot, dann hören wir nur noch quietschende Reifen.«

Rob und Kai brachen in schallendes Gelächter aus.

Das ist nicht komisch, dachte Ben, doch er sagte nichts. Er sagte nie etwas. Dass er kaum redete, bemängelten seine Kollegen zwar oft und gerne, aber was sollte Ben schon sagen? *Ich hasse die Welt? Ich hasse das Leben?* Lieber verrichtete er schweigend seine Arbeit. Leben war Demut und Durchhalten – und es war Paul.

4 | 23:30

Sechs Monate zuvor. Winter. Heiligabend lag in der Vergangenheit, Neujahr in der Zukunft. Ben stand auf der Brücke über der Südbahn und wartete auf den nächsten Zug. Seine Fersen fanden auf dem Vorsprung kaum Halt und seine Schultern schmerzten von der Verrenkung, sich am Geländer im Rücken festzuklammern. Der eisige Wind stach in den Fingern, den Wangen, der Nasenspitze. Ben drohte zu stürzen ehe der Dreiundzwanzig-Uhr-dreißig-Zug kam. Vereinzelt knallte ein verfrühtes Feuerwerk. Aus Bens Mund stießen flüchtige Atemwölkchen.

Immer wieder sammelten sich Tränen und machten seinen Blick verschwommen. Ben hatte keine Angst vor dem Sprung oder dem Ende. Er fürchtete nur, den Zug zu verpassen. Der nächste ging erst wieder um vier Uhr dreißig. Fünf Stunden würde Ben nicht mehr warten können.

Er dachte an Wachsmalstifte. Er dachte an grüne Speichelflecken in der Form von Neuseeland auf Lenas Brust. Wenn Jochen spürte, dass Ben abhauen wollte, besuchten sie ›die graue Zelle‹, wie Jochen seine Ex nannte.

»Jetzt ist sie die *grüne* Zelle«, hatte Jochen mittags gelacht, nachdem Lena einen grünen Stift zerkaut und dabei auf ihre geblümte Bluse gesabbert hatte. Zweiunddreißig und am Arsch. Einst vögelte sie Jochen und liebte Ben. *Ihre* Worte. Fatale Worte. Eine beiläufige, scherzhafte Bemerkung. Jochen liebte es, zuzusehen, wie sie zerbrach. Er war fasziniert davon, wie das richtige Wort einen milchigen Schleier über ihren leuchtenden Blick legen konnte. Er wurde geil, wenn aus ihrem Gesicht alles Lebendige wich. Sie hatte versucht zu entkommen und war gescheitert. Seitdem galt sie als Beispiel. Sollte Ben auch nur den Gedanken hegen, abzuhauen, würde er enden wie ›die graue Zelle‹.

»Kauf auf dem Heimweg Wachsmalstifte.« Wenn Jochen das sagte, wusste Ben, dass sie wieder zu seinem Beispiel fahren würden, dass Jochen Ben zwingen würde, Lena die Stifte zu schenken, dass er sich kaputtlachen würde, wenn sie dann davon abbiss, kaute, bunt sabberte. Jochen ergötzte sich an seinem eigenen Ekel und auf der Heimfahrt betonte er unentwegt, wie lustig es doch wäre, würde Ben Regenbögen sabbern.

Himmel ja, hatte Ben heute Mittag gedacht, *lieber regenbogensabbernd im Heim herumsitzen, als in deiner Nähe sein.* Jochen hatte diesen stummen Widerstand gespürt und Ben später daheim gezwungen, Wachsmalstifte zu essen und sich selbst aufs Shirt zu spucken. ›Vorgeschmack‹ hatte er das genannt und sich halbtot gelacht. Leider nicht ganztot.

Nun sollte das alles ein Ende haben. Entweder am Friedhof, neben den Eltern und Ines – oder sabbernd in einem Rollstuhl neben Lena. Egal. Hauptsache weg von Jochen.

Die Gleise schoben sich zusammen, schmiegten sich aneinander, überkreuzten sich, trennten sich wieder, drifteten auseinander. Wieder kullerten Tränen über Bens Wangen, stürzten in die Tiefe. Ben fühlte nichts. Zumindest wollte er nichts fühlen. Die Kraft, die seine Finger wie Stahlseile an das Geländer heftete, war bloß ein Reflex, ein Instinkt – und diesen zu überwinden hatte Ben tausendmal geübt. Jeder Tag war ein Krieg gegen Reflexe, eine Schlacht gegen Instinkte. Bald war es vorbei. Bald. Wenn endlich der Dreiundzwanzig-Uhr-

Dreißig-Zug kam.

»'Tschuldigung, kannst du mir sagen, wie spät es ist?« Eine angenehme, männliche Stimme drang an Bens Ohr, irgendwie melodiös. Den Worten folgte angestrengtes Keuchen.

Wer kam auf die bescheuerte Idee, einen Suizidanten nach der Uhrzeit zu fragen? Vorsichtig drehte Ben den Kopf, um den Irren anzusehen. Er stand hier zwar freiwillig über dem Abgrund, hatte jedoch Höhenangst.

Ein Jogger. Definitiv ein Verrückter. Wer joggte bei minus zehn Grad zwischen Heiligabend und Neujahr gegen Mitternacht alleine im Industriegebiet? Der Verrückte trug eine Mütze, tief in die Stirn gezogen. Seine Wangen pulsierten rot und aus dem Mund stießen Wölkchen. Er streifte Ben mit einem Blick aus dem Augenwinkel und begann mit läufertypischen Dehnübungen. Direkt neben ihm am Geländer der Brücke.

»Ähm ... gegen halb zwölf«, sagte Ben und beobachtete den Verrückten bei seinen Turnübungen.

»Bringt das was?« Der Läufer nickte zu Ben, übers Geländer und runter zu den Gleisen. Er fragte das so selbstverständlich, als interessierte ihn das Erfrischungsversprechen eines Fitnessdrinks. *Ich glaube ja nicht an Elektrolyte, aber ich vertraue vollkommen deinem Urteil.*

Ben war verunsichert. Misstrauisch musterte er den Läufer und ließ ihn schließlich aus den Augen, um in die Tiefe zu blicken. »Ich hoffe doch.«

Er schwankte gefährlich. Alles drehte sich. In der Ferne tauchten drei Lichter auf und bildeten ein imaginäres Dreieck. Bens Herz raste. Es war so weit. Der Schall eilte dem Zug über die Schienen voraus, die Lichter näherten sich schnell.

Jetzt.

Ben ließ los. Die gefrorenen, verkrampften Finger lösten sich nur schwer. Er breitete die Arme aus und ließ sich fallen. Der Zug raste unter ihm hinweg. Die Beine baumelten über den vorbeiflitzenden Dächern der Waggons. Heißer Atem am Ohr. Ächzen. Druck gegen die Brust. Ben brauchte fast eine Minute, um zu kapieren, was hier passierte, dass er nicht fiel – warum er nicht fiel. Der Zug bretterte davon, die Stille eroberte wieder die eisige Nacht, der Läufer hielt Ben von hinten über dem Geländer umklammert.

Die Enttäuschung stach in Bens Brust. Zugleich kam die Angst vor der Tiefe. Panisch ruderte er durch die Luft, versuchte, das Geländer zu fassen zu kriegen, doch die Finger waren taub. Der Läufer sprach mit ruhiger Stimme, obgleich er alle Kraft benötigte, Ben festzuhalten, und leitete ihn besonnen an. Ben agierte mechanisch, konnte sich hinterher kaum an Anweisungen erinnern, folgte nur roboterhaft den Worten des Läufers.

Als er endlich auf der anderen Seite des Geländers in Sicherheit war, klammerte er sich an den Fremden, der ihm das Leben gerettet hatte. Er fühlte Dankbarkeit. Dabei wollte er wütend sein. Der Läufer hatte ihn mit der Rettung zurück in die Hölle geschickt. Trotzdem fühlte sich Ben erleichtert. Er wollte nicht sterben, er wollte weg von Jochen und für Sekunden, für Bruchteile von Sekunden, dachte er, *wenn ich bereit bin, für die Flucht zu sterben, dann schaffe ich sie auch lebend.*

Der Fremde – von Bens Überschwang überrumpelt – ließ die Umarmung zu und legte schließlich zögernd die Arme um ihn. Er spendete Trost. Ben wusste nicht, wie lange sie so standen, fest umklammert, vom eisigen Wind attackiert.

Irgendwann löste sich Ben, flüsterte er ein »Danke« und lief davon.

5 | FASSADEN

Es klopfte und Ben öffnete. Vor der Tür stand ein Polizist. Irgendein Kollege von Jochen. In dieser dunkelblauen Kluft sahen sie alle gleich aus. Einer wie der andere. Ben hasste sie, weil sie Jochen liebten. Sie lachten über seine Witze, ließen sich von seiner spendablen Ader beeindrucken, genossen seine Anwesenheit. Jochens Fassade war ein Meisterwerk der Transformation. Jeder kannte ein anderes *wahres Gesicht*. Für Jochens Kollegen war er der Kerl, auf den man sich ›hundert pro‹ verlassen konnte, die Nachbarn sahen in ihm den ›hilfsbereiten jungen Mann‹, die Frauen den charmanten Liebhaber – und Ben das Tier hinter allem.

»Jochen ist noch unter der Dusche.« Ben ließ den Polizisten an Ort und Stelle stehen, um in sein Zimmer zurückzukehren.

»Geht's dir besser?«, fragte der Polizist, trat in den Flur und schloss die Tür hinter sich.

Ben hielt inne. »Besser? Wieso besser?« Was hatte Jochen auf dem Revier erzählt? Doch nicht schon wieder von *psychischen Problemen*. ›Säen‹, nannte Jochen das. Er befruchtete die Wahrheit für die Notwendigkeit, Ben für unzurechnungsfähig zu erklären. So etwas ging nicht über Nacht, das wusste Jochen, daher erzählte er immer wieder herum, Ben hätte *Probleme*.

»Neulich Nacht ging's dir ja nicht so gut.« Der Polizist schien in Bens Augen etwas zu suchen.

»Neulich ...?« Ben glupschte ihn entgeistert an. In Uniform, ohne die tief ins Gesicht gezogene Mütze und die rotgefrorenen Wangen, hätte er ihn fast nicht wiedererkannt. »... du bist ... der Läufer?«

»Paul!« Routiniert streckte der Polizist eine Hand aus und zog sie zurück, ehe Ben zugreifen konnte. Eine ungewohnt unsichere Geste für einen Bullen. Er musterte Ben von Kopf bis Fuß. »Du bist Ben? Du bist Jochens Bruder?«

»Ich weiß, ich sehe ihm nicht gerade ähnlich.« *Gott sei Dank.* Die Leute irritierte, dass Jochen, der Stier, ein Kalb zum Bruder hatte, zierlich, unsicher, lange Wimpern – ein *Mädchen.*

»So hab ich das nicht ...« Paul klopfte gegen die Brusttaschen seiner Uniform, zog ein Kärtchen heraus und streckte es Ben hin. »Vielleicht ... du solltest mit jemandem reden ...«

Ben griff nach der Karte und warf einen Blick darauf. ›Psychotherapeutische Praxis ...‹ Rasch reichte er sie Paul wieder zurück. »Danke ... ich komm schon klar.«

»Sicher?«

Ben nickte. Er musste an die Umarmung denken. Zwischen dem Läufer mit der Mütze und dem Uniformierten lagen Welten, sie waren wie zwei verschiedene Personen. Irgendwie ging das im Kopf nicht zusammen. Plötzlich kam Ben ein schrecklicher Gedanke. Ihm wurde siedend heiß und sein Herz polterte wie verrückt. »Hast du ...«, er blickte den Flur abwärts Richtung Badezimmertür. Wenn Jochen erfuhr, dass Ben versucht hatte, sich umzubringen ...

»Keine Sorge.« Paul griff nach Bens Hand, schob die Karte hinein und umschloss sie mit beiden Händen. »Überleg's dir.« Sein Blick wurde auf eine wunderbar sanfte Art eindringlich. »Bitte.«

Ben schluckte. Sein Herz hämmerte.

Im Bad wurde es still.

Rasch zuckten beide zurück und Ben ließ die Karte in der Hosentasche verschwinden. »Okay.«

6 | Das Projekt

Im Wartezimmer stand ein Aquarium. Fische glotzten heraus. Ben wandte den Blick ab und betrachtete ein modernes Bild. Expressionistisch. Impressionistisch. Irgend so etwas, den Unterschied hatte er noch nie erkennen können. Er dachte an Wachsmalstifte. Ob Lena, ehe sie wegen Jochen verrückt geworden war, auch einen Arzt aufgesucht hatte? Hatte sie den Versuch unternommen, sich zu retten? Kurz vor ihrem misslungenen Suizidversuch hatte sie Ben einmal angesehen, als käme sie aus einer fernen Zukunft, in der sie das Ende der Welt gesehen hatte, und sagte: »Lauf!« Mehr nicht.

Jetzt, wo Ben darüber nachdachte, fiel ihm auf, dass es das Letzte war, das sie zu ihm gesagt hatte, ehe sie den Verstand verloren hatte. Lauf!

Wachsmalstifte schmeckten nicht halb so ekelig wie Jochens Achseln. Ob die Therapeutin das interessierte? Was würde sie von Ben wissen wollen? Er war nicht zum ersten Mal bei einem Seelenarzt. Kurz nach dem Tod der Eltern musste er vom Jugendamt aus ein paar Mal mit einem Psychologen sprechen. Dessen Interesse galt den Toten und Bens Matratze, die er trotz seiner zwölf Jahre wieder nächtens einnässte. Jochen, der vorbildliche, verantwortungsbewusste Bruder, der ›Freund und Helfer‹, interessierte ihn nicht.

Später, als die schreckliche Sache mit Ines passiert war, musste Ben wieder zu einem Psychologen. Genau ein Mal. Er war vierzehn und nutzte die Chance, über Jochen zu sprechen. Der Arzt wies Ben zurecht. Jochen hätte es nicht leicht, sich trotz des tragischen Unfalls der Eltern und dieser furchtbaren Tragödie mit Ines um ihn zu kümmern. Niemand könnte sich vorstellen, was Jochen durchmachen musste, und doch riss er sich zusammen, ließ er den Job nicht darunter leiden, kümmerte er sich vorbildlich um seinen undankbaren, pubertären Bruder.

Als Jochen herausfand, was Ben dem Arzt zu erzählen versucht hatte, sperrte er ihn eine Woche lang in der Toilette ein. Ohne Essen. Wenn Ben Durst hatte, musste er aus der Klomuschel trinken. Er wäre eine Ratte, sagte Jochen, er würde das verdienen. Lektionen in Demut.

Sollte Ben von all diesen Bagatellen erzählen? Gewiss würde die Therapeutin Ben belächeln, wenn er von den Schwitzkuren berichtete, vom Wachsmalstiftfressen, davon, seinen Lohn bei Jochen abliefern und eine kranke Freundin besuchen zu müssen. »Was willst du ihnen denn erzählen?«, spottete Jochen immer, wenn Ben drohte, ›ihn auffliegen zu lassen‹, und zog dann alles ins Lächerliche, bis es wirklich bloß klang wie die albernen Neckereien unter Brüdern – nicht nett, aber harmlos. Niemand würde Ben glauben wie schlimm sich das anfühlte. Er würde sich bloß zum Idioten machen, als labil gelten. Jochen würde dann erzählen, dass sich Ben noch immer einnässte und ihn entmündigen lassen ...

Pauls eindringliche Bitte und die Erinnerung an die Umarmung ließen Ben nicht mehr los. Sein sanfter Blick war so wohltuend, so motivierend, so heilsam gewesen, dass Ben Mut gefasst hatte. Er war nur wegen Paul hier. Aber der war Polizist. Wie Jochen. Für jede Situation ein anderes Gesicht, eigens zugeschnitten, perfekt, wie am Reißbrett entworfen.

Ben war für ihn gewiss bloß ein Projekt, ein Merksatz aus einem Handbuch, kein Mensch. War er auf eine weitere professionelle Manipulation hereingefallen? War das hier eine Falle? Jochen machte ihn nicht achtsam, sondern blind, und wenn nicht durch Paul, so würde er spätestens an Bens Verhalten herausfinden, dass er Hilfe in Anspruch genommen hatte. Die Mechanik einer Lüge war Jochen so vertraut wie seine eigene Seele. Seine ganze Seele war eine einzige Lüge.

Ben sprang hoch und wollte flüchten, da öffnete sich die Tür zum Praxisraum und eine Frau, die mehr wie eine Studentin, denn Therapeutin aussah, lächelte ihn an.

»Benjamin?«

Als hätte sie ihn durch das Aussprechen seines Namens mit einem Bann belegt, konnte sich Ben nicht mehr bewegen, starrte sie bloß an wie ein geblendetes Reh.

Sie trat zur Seite und gewährte Ben einen Blick in den behaglich eingerichteten Praxisraum. Mit einer Armbewegung lud sie ihn ein, hereinzukommen.

Ben erstarrte. Jochen! Sein Bruder erhob sich vom Sofa und blickte ihn ernst an.

Lauf!

Bens Füße fühlten sich an wie in den Boden genagelt. Jochen schritt quer durch den Raum auf ihn zu. Vier Meter. Vier Sekunden, um abzuhauen, doch selbst vier Sonnensysteme und die Unendlichkeit reichten nicht, um ihm zu entkommen. Jeder Muskel in Bens Körper verspannte sich. Panik. Lähmung. Resignation. Erst dann konnte Bens Hirn die visuellen Eindrücke sortieren – schälte die Angst von der Silhouette. Da kam ein Polizist auf ihn zu, aber es war nicht Jochen, sondern Paul.

Erleichtert atmete Ben auf. Die Muskeln gaben nach. Er schwankte, doch der Alarm in seinem Kopf hörte nicht auf, zu schrillen. Was machte Paul hier? War er auch in Therapie? Lauerte Jochen hinter der Tür?

Die Therapeutin nickte Paul zu, marschierte an Ben vorbei und verließ den Raum. Gehetzt blickte Ben ihr nach. *Wer mit dem Feind kollaboriert, ist ein Feind. Alle kollaborieren mit dem Feind.* Eine Lektion, die Ben schon vor Jahren gelernt hatte. Wie dumm, sie wegen einer Umarmung und eines sanften Blicks missachtet zu haben.

»Komm!« Paul streifte Bens Unterarm, als hätte er ihn packen wollen und sich im letzten Moment umentschieden. Er nickte zum Sofa und Ben folgte ihm, weil man einem Polizisten folgte. Als Paul einladend auf die Sitzfläche klopfte, setzte er sich neben ihn. Im Kopf schrillte noch immer der Alarm, aber der Körper mochte es, neben Paul zu sitzen. Er fühlte sich wohl – in Sicherheit.

Jeder andere Körper ist eine Bedrohung. Jedes Verlangen bringt maximales Unglück. Hast du vergessen, was mit Ines passierte, als du das erste Mal liebtest? Jochen findet dich, er besitzt dich, straft jede deiner Schwächen. Jochen ist egal, dass du schwul bist, aber ihm ist nicht egal, dass du ein Mensch bist, dass du lieben kannst. Dafür lässt er dich bluten, wann immer du dich hingibst.

Ben rückte ab, obgleich sich sein Körper nach Paul sehnte, und verknotete die Hände so fest im Schoß, dass die Knöchel knackten. Paul schien zu spüren, dass er Ben verunsicherte, und wandte den Blick ab. »Sie ist meine Schwester.«

Überrascht glupschte Ben ihn an, blickte Richtung Tür, dann wieder zurück zu Paul.

Der nickte und lächelte.

So lief das also. Paul sammelte die Verrückten ein, die ihm in seinem Job über den Weg liefen, und versorgte seine Schwester mit Klienten, damit sie diese schöne Praxis aufrechterhalten konnte. Die Sache hatte nur einen Haken.

»Ich hab kein Geld.« Ben bohrte sich die Fingernägel ins Knie. »Mein Bruder wird einer Therapie niemals zustimmen.« Er sprang hoch. »Aber danke.«

»Warte!« Paul packte Ben energisch am Handgelenk, schien darüber selbst zu erschrecken und ließ rasch wieder los. »Weißt du, warum ich Polizist geworden bin? Und Claudia Psychologin?«

Was sollte das jetzt? Ben zuckte mit den Schultern.

»Unser Vater ...«, Paul schaute Ben forschend ins Gesicht, »... er war wie dein Bruder.«

Plötzlich war Ben, als risse ihm jemand die Kleider vom Leib und führe ihn nackt durch eine Manege, vorbei an hunderten von Schaulustigen. Sein Herz raste, der Fluchttrieb ließ seine Muskeln zittern, raubte ihm den Atem, doch er hatte gelernt, stillzustehen, auszuharren, jeden Instinkt niederzuringen. Seine Wangen brannten und Tränen ploppten über seine Wimpern, liefen ihm viel zu schnell übers Gesicht, tropften vom Kinn auf den Boden. Scheiße, warum nur war er so dünnhäutig? Er war das glatte Gegenteil von Jochen, körperlich wie seelisch ...

Paul wirkte befangen, wetzte auf dem Sofa hin und her, wischte mit den Handflächen über seine Schenkel, dann erhob er sich, streifte mit den Fingern zögernd Bens Ellenbogen und umarmte ihn schließlich.

7 | FUCK THE POLICE

Lustlos blätterte Rob in den Sportseiten der Tageszeitung. Kai klickte auf seinem Smartphone herum und Ben glotzte auf das Sandwich in seiner Hand. Sein Magen war hart wie Stein. Ben schaffte es einfach nicht, den Mund zu öffnen, um abzubeißen. Das ging schon seit Wochen so und wurde von Tag zu Tag schlimmer. Als hätte sein Körper beschlossen, die Sache mit dem Sterben selbst in die Hand zu nehmen. Kein Schlaf. Kein Essen. Dafür ständiges Herzrasen. Hatte es früher noch Zeiten gegeben, in denen sich Ben von seiner Angst erholen konnte, war sie jetzt Dauerzustand.

Über die Zeitung hinweg warf Rob einen Blick auf das Sandwich. »Ist damit etwas nicht in Ordnung?«

Ben rang sich ein Lächeln ab und schüttelte den Kopf. »Doch, es ist ... köstlich.«

»Und warum isst du es dann nicht?« Auffordernd hob Rob die Augenbrauen und schien zu erwarten, dass Ben einen Bissen machte, doch je mehr sich Ben unter Druck gesetzt fühlte, umso fester ballte sich die steinerne Faust im Magen und umso fester klebten Zunge und Gaumen zusammen. Das Sandwich schien regelrecht darauf zu lauern, in seinen Bauch zu schlüpfen, um ihn von innen heraus aufzufressen.

»Ich ... ich ... kann n...«

Plötzlich johlte Kai auf – eine Mischung aus Aufschrei und Lacher. Erschrocken fuhren Ben und Rob zu ihm herum. Kai schwenkte das Smartphone. »Er hat wieder zugeschlagen!« Begeistert setzte sich Kai auf und wischte mit den Fingern emsig auf dem Display herum. »Moment.«

Ben legte das Sandwich auf den Tisch zurück und öffnete eine der Coladosen. Ohne dieses Zuckergesöff kam er kaum durch den Tag. Es war aktuell die einzige Zufuhr von Kalorien. Auch das Koffein konnte er mehr als dringend brauchen.

Triumphierend schob Kai das Smartphone über den Tisch. Auf dem Display strahlte das Foto einer Fabrikwand mit einem Graffito.

›Fuck the Police‹

Begeistert klatschte Kai in die Hände. »Der narrt die jetzt schon seit vier Monaten!«

Rob runzelte die Stirn. »Und sie wissen immer noch nicht, wer er ist?«

»Genial oder? Das ist mal ein echter Held. Solche Menschen brauchen wir.«

Ben wurde schwindelig.

»Da hat wohl jemand einen Hass auf die Polizei!«, meinte Rob.

»Jeder hat einen Hass auf die Polizei!«, erwiderte Kai und funkelte Ben herausfordernd an. »Ist doch so, oder?«

»Lass ihn!«, bat Rob.

Kai schob Ben das Smartphone unter die Nase. »Was sagt dein Bruder dazu?«

»Du sollst ihn in Ruhe lassen!«

»Schon gut!« Kai schnappte sein Smartphone, lehnte sich zurück und tippte wieder darauf herum. »Wirst du deinem Bruder erzählen, dass ich mit dem Feind sympathisiere?«

Kaum merklich schüttelte Ben den Kopf und blickte verlegen auf seine Knie.

»Kannst ihm ruhig sagen!«, tönte Kai großspurig.

Rob seufzte und rollte mit den Augen.

Neugierig musterte Kai Ben von der Seite. »Wie findest du das, was der Typ da macht?«

Anstrengend, dachte Ben. »Kriminell.«

Kai zischte verächtlich. »Pfts. Kriminell. *Natürlich* ist es kriminell. Aber die Gesetze sind ebenfalls kriminell und damit auch alle, die sie durchsetzen!« Kai lehnte sich vor und funkelte Ben provokativ an. »Dein Bruder ist ein Krimineller. Das kannst du ihm ruhig so sagen!«

Ganz deiner Meinung, dachte Ben.

Rob legte die Zeitung zur Seite. »Krieg dich wieder ein, Kai!«

»Ist doch wahr! Wenn wir uns immer an die Regeln gehalten hätten, würden wir heute noch mit dem Faustkeil arbeiten.«

»Apropos Arbeit!« Rob lehnte sich zurück und schwenkte die Bierdose, um herauszufinden, wie viel noch drin war.

»Oh-oh! Wenn man vom Teufel spricht!« Kai straffte die Schultern.

Rasch drehte sich Rob um und folgte Kais alarmierten Blick.

Ben wurde kurz schwarz vor Augen.

Im grellen Sonnenlicht erschienen zwei beinahe identische Silhouetten – Männer in Uniform, athletisch gebaut, federnder Schritt – Zwillinge des Grauens. Nur, dass Ben den einen hasste und den anderen liebte. Zwei Männer, die sich in diesem Augenblick so unendlich glichen und für die Ben doch so verschieden fühlte. Furcht und Begehren schlenderten wie eine einzige Gestalt auf ihn zu. Erst als sie nah genug waren, fiel ihre Gleichheit auseinander, entstand eine Kluft, wie sie größer nicht sein konnte, bauten sich Hass und Liebe zu gleichen Größen nebeneinander auf, zerrissen und zerquetschten

Ben.

Ein Augenpaar fräste sich in ihn, zersetzte seine Seele, das andere hielt ihn, speiste ihn, schützte ihn. *Verschreibe dich einer Mission. Leiste Widerstand – da drin!* Pauls Hand wärmte noch immer Bens Brust, dabei war es Monate her, dass sie da gelegen hatte. Halte durch.

Geräuschvoll dominant stellte Jochen eine Sprühdose auf den Tisch.

Rob stand schlagartig der Schweiß auf der Stirn. Kai grinste dreckig. Ben schluckte schwer.

»Ihr habt ein Problem!«, sagte Jochen.

8 | Mission

»Klacker, klacker, klacker ... Pfffft, pfffft, pfffft.«
Ben machte ausladende Bewegungen. Seine Arbeit wurde vom Zirpen einiger Grillen begleitet. Ein Windhauch raschelte mit den kniehohen, vertrockneten Grashalmen. Davon abgesehen war es still. Orangefarbenes Licht von der Straßenlaterne sorgte für ausreichende Beleuchtung. Hier draußen, alleine, fern von allem, konnte Ben durchatmen, konnte er sich einreden, frei zu sein.

Den halben Nachmittag hatten Jochen und Paul in der Werkstatt herumgeschnüffelt, Rob, Kai und Ben ausgehorcht. Der Sprayer bediente sich aus dem Lager der Werkstatt. Die Halle war zu schlecht gesichert. Keine Überwachungskameras. Bens Fingerabdrücke auf den Dosen waren keine Überraschung, er arbeitete tagtäglich damit.

Ben hatte ein bombensicheres Alibi. Er lebte in derselben Wohnung wie der gefürchtetste Gesetzeshüter der Region. Niemand war so verrückt, den kleinen Bruder dieses tollen Hechts zu verdächtigen und *das Mädchen* würde es nie wagen, diesem kontrollsüchtigen Gott die Stirn zu bieten.

Mit schmatzenden Geräuschen kündigten die Schienen einen Zug an.

›Padamm, Padamm, Padamm.‹

Ohrenbetäubend brausten die Güterwaggons an Ben vorbei, der Fahrtwind wirbelte Werbefolder und Plastiktüten hoch. Sekunden, in denen das Sprayen lautlos war, in denen die Grillen stumm zirpten, in denen Metall auf Metall die Welt flutete.

Plötzlich wurde Ben von hinten gepackt und gegen die Mauer gedrückt. Eine Hand umfasste jene mit der Spraydose – sie rutschte ihm aus den Fingern und kullerte geräuschlos über den Schotter. Warmer Körper. Atem am Ohr. Metall auf Metall. Staubiger Wind. Ausharren. Warten. Der letzte Waggon nahm den Lärm mit sich mit, zog die Stille wie eine Fahne hinter sich her, deckte die Nacht damit zu.

»Bist du völlig übergeschnappt?«

Gänsehaut. Ben schloss die Augen, stöhnte leise. An diesem Punkt in seinem Leben spielte nichts mehr eine Rolle. Sollte Jochen ihn zusammenschlagen, hinter Gitter bringen, einweisen lassen, töten – Ben war das Einerlei. Dass er nicht davonkam, wusste er schon lange, aber Jochen würde mit ihm zusammen untergehen.

»Was soll diese bescheuerte Aktion?« Der Atem der Worte kitzelte in Bens Ohrmuschel. Das Mauerwerk scheuerte an seiner Wange. Der Griff des Polizisten war fest, aber nicht grob.

»Widerstand«, ächzte Ben, »Mission.«

Der kräftige Körper im Rücken fixierte ihn nicht bloß, er war Halt, er war Sicherheit. Kurz ließ Ben alle Anspannung aus seinem Körper fahren, testete, wie sicher er gehalten wurde.

Sehr sicher. Er fiel nicht.

Paul drehte ihn herum und Bens Knie gaben nach, doch er fing sich rasch wieder. Paul stabilisierte ihn. »Doch nicht auf diese Art! Ich meinte das mehr ... metaphorisch.« Paul schüttelte den Kopf. »Da drin ...«, er legte, wie damals in der Praxis, die Hand auf Bens Brust. »Ich dachte, ich hätte mich klar ausgedrückt. Ich dachte, du hättest das verstanden.«

Traumwandlerisch starrte Ben Pauls Adamsapfel an, wollte sich nach vorn kippen lassen, sich gegen die harte

Brust lehnen. Er fühlte sich wie betrunken, wie im Rausch. Unterzuckert, übermüdet, geil – alles war egal, Hauptsache, die Angst verschwand endlich. Die Knochen waren es leid, sie zu dulden.

Paul schaute Ben eindringlich an. »Herrgott! Wenn Jochen das rauskriegt!« Er schnaubte und rollte hilflos mit den Augen. Er hatte Angst. Angst, die Ben nicht mehr verspürte. »Willst du, dass er dich umbringt? Und du weißt, dass das nicht nur ein geflügeltes Wort ist!«

Ben zuckte mit den Schultern und schielte auf Pauls glattrasiertes Kinn. »Egal. Soll er doch.«

Entsetzt klappte Paul den Mund auf und zu. Seine sanften Augen weiteten sich alarmiert und seine schönen Lippen formten ungesagte Worte, ehe Paul betroffen zwischen ihnen hervorstieß: »Was? Was redest du denn da?«

Bens Tränen kamen eruptiv, unerwartet, waren plötzlich da. Eben noch hatte er sich so stark gefühlt – gefühl*los*, fast wie Jochen, allmächtig, bar jeder Furcht – doch nun schlug das Gefühl mit voller Härte zu, schwappte hoch wie eine Welle. Von der Ferne her hörte Ben ein Schluchzen. Sein eigenes. Er sagte etwas, aber es war so diffus, als stünde eine Flasche Wodka zwischen seinem Hirn und seiner Zunge.

»... es ist alles egal, ich will nicht mehr, du hältst mich einfach nur hin, du willst mir gar nicht helfen, du spielst doch auch nur mit mir, du hast gesagt, es dauert nur ein paar Wochen, sechs Monate ist das her, sechs verdammte Monate, ich glaub dir nicht, du hast dich mit ihm angefreundet, du hilfst zu ihm, du denkst doch auch, dass ich bloß ein labiler Psycho bin und entmündigt gehöre, nur zu, nur zu, macht mit mir, was ihr wollt, mir egal, ich bin eh schon nicht mehr da, wäre also nur eine Formalität, mir egal, dass du mich nicht

…, mir vollkommen egal, ich mache mir keine Hoffnung mehr, dass du mich siehst, mich, und nicht bloß ein Projekt, einen Nagel für Jochens Sarg. Wenn du es genau wissen willst, ich hasse dich, ich hasse dich, ich hasse dich …«

Ben ließ zu, dass Paul ihn umarmte, drückte sich dankbar an seinen kräftigen Körper, krallte sich an ihm fest, schluchzte. »Ich hasse dich, ich hasse dich, ich hasse dich.«

»Schschsch!« Paul streichelte über Bens Rücken, kraulte ihm zärtlich den Nacken. »Ich halte dich nicht hin, Ben. Das alles ist nur viel komplexer als ich angenommen hatte. Jochen ist echt gut.«

Mit geballten Fäusten aber kraftlos trommelte Ben gegen Pauls Schulterblätter. *Gut?* Nun kam ihm auch noch Paul damit? Gut! Wenn Jochen ›gut‹ war, dann war Ben schlecht. Dann verdiente er …

»Versprich mir, dass du damit sofort aufhörst.« Paul meinte die Graffiti. »Ich bin kurz davor, ihn wegen Ines festzunageln. Mach jetzt keinen Unsinn, Ben, bitte!« Letzteres flüsterte er eindringlich und sein Atem pustete über Bens Haar.

Die Augen geschlossen, die Nase verstopft, presste Ben das Gesicht an Pauls Schulter. Er wollte nichts von *Durchhalten* hören, von *Starksein,* von *Vernunft* und den Dingen, die *besser* würden. Er wollte *jetzt* frei sein. Er wollte Paul *jetzt.* Oder gar nicht. »Aber …«

»Wir haben doch darüber gesprochen, Ben. Er würde es wittern, wenn wir ihm etwas verheimlichen. Selbst wenn du ein brillanter Lügner wärst … du hättest keine Chance gegen ihn. *Wir* hätten keine Chance.«

Ben löste sich aus der Umarmung und zeigte auf das Graffito. »Und was ist *damit?* Er hat vier Monate lang nichts rausgekriegt. Ich *kann* ihm etwas vormachen.

Wenn ich *das hier* machen kann, dann auch mit dir zusammen sein.«

Verdutzt blinzelte Paul ihn an und schluckte. »Das soll ein ... *Liebesbeweis* sein? Ben ... du ... das ist *unnötig* ... Es ist ein sinnloses Risiko – viel zu gefährlich ...«

»Das ist mir egal.«

Paul rang mit sich, schnaubte, schüttelte den Kopf, fuhr sich übers Gesicht. Schließlich schaute er Ben bis in die zerschrammte Seele. »Verdammt ... Ben!«

Er machte einen Schritt auf ihn zu, drückte ihn gegen die verwitterte Mauer, umfasste seinen Kopf und schnappte nach seinen Lippen. »Verdammt ...«, nuschelte er zwischen zwei gierigen Küssen, drängte sein Becken gegen Ben und ließ eine Hand zwischen ihre erhitzten Körpern abwärts gleiten. Hastig schob er Bens Shirt hoch, um an den Gürtel zu kommen, nestelte hektisch an Bens Jeans herum, knöpfte sie flink auf und schob die Hand in den Slip. Seine Finger tasteten zwischen Bens Schenkel und schlossen sich um sein Geschlecht ...

Ben stöhnte in den Kuss, streckte sich unter einem erregenden Schauer durch und hielt sich an Paul fest, zitternd vor Erregung. Es war weniger Lust als Gier. Pauls Berührungen waren geschickt, zielführend, viel zu effizient. Nur wenige Sekunden, in denen Stoff raschelte, die Grillen schwiegen, zwei Männer keuchten, dann krampfte Ben, wimmerte und entlud sich in Pauls Hand. Während die Ekstase noch in seinem Hirn kitzelte, küsste Paul zärtlich, fast beruhigend vom Kiefer bis zum Ohr und von da den Hals abwärts.

Vom Rausch der Lust noch ganz benommen blinzelte Ben über Pauls Schulter hinweg – und erstarrte. Unter der Laterne stand Jochen, der Blick kalt, wie sonst nur hinter geschlossenen Türen.

9 | KLEINE HEXE

Ben rubbelte mit der rauen Seite eines Topfschwamms über Ines' Daumennagel, um den blauen Glitzerlack runterzubekommen. Ines quengelte.

»Da gibt es so eine Flüssigkeit, damit geht das ganz einfach«, erklärte Tim, der etwas ratlos vor dem Geschwisterpaar kauerte. »Verwendet meine Pflegemutter immer. Hab ihr sowas nicht hier? Ich schau mal ins Bad ...«

»Spar dir das«, murmelte Ben. »Siehst du hier irgendwen, der Nagellack benutzt?« Er drehte sich zu Ines herum und strubbelte durch ihr Haar. »Abgesehen von der kleinen Hexe hier?«

Sie senkte den Blick. »Aber alle Mädchen in unserer Klasse haben ...« Sie verstummte. Sie wusste, warum Ben so panisch reagierte. »Tut mir leid.«

»Tina und Meli kommen auch dauernd mit sowas an«, meinte Tim und zwinkerte Ines zu. Sie lächelte scheu.

»Aber deine Pflegeeltern sind nicht wie Jochen«, platzte Ben heraus und prüfte ratlos Ines' Daumen. Über dem Knöchel zeigte eine feine Hornhaut, dass sie noch immer Daumenlutschte. Den Großteil des Lacks hatte Ben schon abbekommen, aber die Mädels hatten ziemlich dick aufs Nagelbett gekleckst und da konnte Ben nicht brutal rumschrubben, ohne Ines wehzutun. Er seufzte und schüttelte gefrustet den Kopf. Wenn Jochen den Lack entdeckte ... nein! Er durfte davon nicht Wind bekommen!

»Was meinst du, kleine Hexe?« Ben zeigte auf die blauen Ränder des Daumennagels. »Kannst du das hier runterknabbern?«

Ines fuhr überrascht zu Ben herum und glupschte ihn ehrfürchtig an. »Echt?«

»Ausnahmsweise! Und kein Wort zu Jochen, okay?«

Sie nickte eifrig und glotzte begeistert auf ihren Daumen.

Tim grinste Ben verheißungsvoll an, wackelte mit den Augenbrauen und deutete mit dem Kopf Richtung Zimmer.

Bens Bauch kribbelte. Vorhin, als sie zu dritt von der Schule heimgegangen waren, hatten er und Tim erstmals Händchen gehalten. Es hatte sich aus Spaß ergeben. Erst war Ines zwischen ihnen beiden an den Händen gelaufen, dann hatte Tim herumgealbert und darauf bestanden, auch Mal in der Mitte gehen zu dürfen, weil er noch nie in der Mitte gegangen wäre und Ines war in das Spiel sofort mit Eifer eingestiegen. Auch Ben durfte mal in der Mitte gehen.

So, wie Tim die Finger in Bens Hand geschoben hatte, war das kein alberner Scherz gewesen. Seit einigen Wochen schon passierten sie, diese kleinen Berührungen, die Gänsehaut auslösten, die im Bauch kribbelten, die Bens Herz zum Rasen brachten – und sie wurden immer unzufälliger. Bei den vielen sanften Alibirangeleien hatte Ben schon mehrmals Tims Ständer bemerkt und es darauf angelegt, dass Tim auch seine Erektion entdeckte.

Vorhin hatte Tim mit den Fingerkuppen auffällig sanft Bens Handfläche gestreichelt, und anschließend ihre Finger miteinander verschränkt. Damit bekam das alles plötzlich eine ernste Komponente, etwas Offizielles. Auch wenn sie darüber noch kein Wort verloren hatten, war Ben davon überzeugt, dass das nur bedeuten konnte, dass sie nun richtig zusammen waren. Ben hatte also seinen ersten richtigen Freund – und der hockte bei ihm im Wohnzimmer und wollte mit ihm ins Zimmer verschwinden.

Dabei durfte Tim eigentlich gar nicht hier sein. Niemand durfte in die Wohnung, den Jochen nicht ausdrücklich eingeladen hatte – aber hätte Ben seinen *Freund* vor der Tür stehen lassen sollen? Außerdem hatte Tim angeboten, bei der Sache mit Ines' Nagellack zu helfen, auch wenn er dann bloß zugesehen und wenig brauchbare Ratschläge erteilt hatte.

Du solltest jetzt gehen, dachte Ben, doch die Hormone ließen nicht mit sich verhandeln. Er wandte sich an Ines. »Wenn du Jochen nicht verrätst, dass Tim hier war, darfst du dir Cartoons ansehen, okay?«

Ines jauchzte begeistert auf, nickte heftig und umarmte erst Ben, dann Tim. »Ich verrate nichts. Ehrenwort!« Sie hopste zum Fernseher, schnappte sich die Fernbedienung und kniete sich nur einen Meter vom Bildschirm entfernt auf den Boden.

»Nicht so ... nah.« Ben schüttelte seufzend den Kopf, wusste er doch, dass Ines ihn nicht mehr hörte. Cartoons hypnotisierten sie.

Tim sprang hoch und schaute Ben seltsam an, irgendwie verführerisch. Wortlos und mit weichen Knien tappte Ben an Tim vorbei, streifte dabei wie zufällig seine Hand und ihre kleinen Finger verhakten sich. Mit polterndem Herzen führte Ben erstmals seit dem Unfalltod der Eltern vor zwei Jahren jemanden in sein Zimmer, und er wusste, dass sie zusammen nicht, wie einst, Computerspiele zocken würden.

Was er allerdings nicht wissen konnte, war, wie teuer ihnen allen diese Liebe noch zu stehen kommen würde.

10 | STAHLFRONT

Ein ungeschriebenes Gesetz besagt, dass, wenn ein Raum keine Fenster hat und in ihm das Grauen weilt, mindestens eine der kalten Neonröhren flackern muss. Die Stahlfronten der Kühlkammern multiplizierten die schaurige Atmosphäre. Ben spürte seine Beine nicht mehr, nur die warme Hand, die seine hielt, so fest, dass die Knöchel knirschten. Das flache Gebirge aus weißen Laken wirkte so unscheinbar, dass Ben Hoffnung schöpfte. Fünf Meter. Sekunden für das letzte Aufbäumen absurder Spekulationen.

Ein Waschbär. Ein Kitz. Das Laub einer jungen Ahorn – feinsäuberlich zusammengetragen. Eine Wurzel mit hundertjährigen Gliedern.

Im Blick des ernsten Mannes, der neben dem Buffet wartete, um es zu eröffnen, klaffte Verbitterung.

Obacht, Junge, hier drin altern Menschen um Jahrzehnte. Du wirst ein anderer sein, wenn du hier rausgehst. Schnelle Reifung ist schmerzhaft.

Jochen wand seine Hand energisch aus Bens verzweifeltem Griff. In diesen Minuten war selbst er ein Halt. Ein aufmunternder Klaps traf Ben in den unteren Rücken, wie Eltern ihn gaben, um schüchterne Kinder ins Soziotop einer Sandkiste zu schubsen. Nur widerwillig ließ sich Ben vor das Tischchen schieben. Sein Blick war auf der Flucht, krallte sich an die Dichtung der Tür zum Kühlfach. Hier war er sicher. Hier spiegelte sich nichts, hier wurde alles gedämpft.

Am unteren Rand der Wimpern bewegte sich das Laken. Dichtung. Ben dachte an Poeten, graue Eminenzen mit gekämmten Bärten, an Waschmaschinenluken, an

Nähe. Er dachte an Tim. Er könnte ihm ein Gedicht schreiben. Ben klammerte sich an das intensive Erlebnis, Tims Schwanz in der Hand zu halten, die samtige Haut zu spüren, die unerwartete Wärme, die erregende Härte, das Vibrieren der Säfte ...

Ein spitzer Knöchel boxte zwischen Bens Schulterblätter und riss ihn ins Hier und Jetzt zurück. Jochen legte ihm seine kräftigen Hände auf die Schultern. Die groben Finger zerbröselten beinahe Bens Schlüsselbein, die Daumen bohrten sich tief in seine Muskeln. Ein grässlich ziehender Schmerz stieß über den Nacken bis ins Hirn.

Das verkrampfte Gesicht interpretierte der Mann neben Ines als Schock über ihren Zustand. Er nickte betroffen.

Das arme Ding.

Ben war nicht in der Lage, das Ganze zu erfassen. Ines in Stücken. Verrenkte Finger. Löchrige Wangen. Abgebissene Lippen. Geschwollene Lider. Gerissene Nasenflügel. Ihre Haut wie Wachs, dünn, durchscheinend, der Geruch ... Bens Magen krampfte sich zusammen, Säure sprudelte die Speiseröhre hoch, er würgte, seine Knie schlotterten, jedes Blinzeln war wie ein Blick in die Hölle. Ben kippte. Wärme tränkte seine Beine.

Der dumpfe Aufprall seiner Schläfe gegen Ines' kaltes Bettchen erlaubte ihm die Flucht ins Nichts.

11 | Das Schwein

Ben öffnete die Augen. Er hatte Gänsehaut und nasskalte Hosen.

»Wir haben ihn«, sagte Jochen, der wie ein liebender Vater an Bens Bett saß und mit seinen verhassten Pratzen Bens Wangen streichelte. Ben wagte kaum zu atmen. Jeder Muskel verhärtete. Wenn Jochen zärtlich war, dann nur um zu sensibilisieren. Er liebte den Glauben, die Hoffnung und ihren Tod. Jede liebevolle Geste war bloß eine Vorbereitung. »Alles ist gut«, säuselte Jochen und sein zärtlicher Blick vermochte fast bis zu Ben vorzudringen. »Wir haben den Täter gefasst.«

Ben zwang sich zu einem dankbaren Lächeln. Er musste auch dankbar sein. Jochen hatte das Schwein festgenommen, das Ines entführt und so zugerichtet hatte. Aber er fühlte nichts.

Wenn er blinzelte, sah er Ines auf dem Tischchen vor sich liegen. Eine grausame Diashow knipste Detail um Detail in sein Hirn. Ihr rechter Daumen fehlte. Jener, von dem er versucht hatte, den Nagellack zu entfernen. Jener, der Schwielen vom Lutschen aufgewiesen hatte.

Jochen seufzte, schüttelte den Kopf, hob die Brauen, rollte mit den Augen. Der Oskar für die glaubhafteste Darbietung von Betroffenheit ging an ... Jochen, großer Bruder, ›Freund und Helfer‹. Er schnaubte demonstrativ Fassungslos. »Das Schwein geht sogar auf deine Schule.«

Der Schock goss Hitze in Bens Körper. Immer noch lag er reglos im Bett. Die Information drückte ihn nieder wie eine Bleidecke, raubte ihm den Atem. Die Gedanken rasten.

Das kann nicht sein.

Jochen spielte den besorgten Bürger, der alles Grauen hatte längst kommen sehen. Eine Rolle, die ihm nicht stand, die er aber ebenso perfekt beherrschte wie all die anderen. »Da nimmt man ein Pflegekind auf und holt sich den Teufel ins Haus.«

Pflegekind?

Ben begann zu zittern. Ihm war, als wüchse aus jeder seiner Poren eine feine Wurzel, die sich in die Matratze bohrte, jene Matratze, auf der er sich vor einer Woche nackt mit Tim gewälzt hatte. Auf der er mit seinem ersten Freund seine ersten sexuellen Erfahrungen gesammelt hatte, während Ines aus dem Wohnzimmer verschwunden war. Einfach so. Ohne den geringsten Mucks.

»Du kennst ihn«, sagte Jochen freundlich. »Er geht in deine Klasse ...«

Sag es nicht! Sag es nicht! Sag es nicht!

Aus Bens Augenwinkeln kullerten bereits heiße Tränen, noch ehe Jochen den Namen ausgesprochen hatte. Jochen genoss Bens Qual wie ein Feingeist den Pinselstrich alter Meister. »Tim.«

Ben fiel. Die Welt drehte sich. Er trudelte kopfüber, bis seine Ohren zu summen begannen und im Hirn eine schrille Sirene losging.

Gelogen hatte er. Sieben Tage lang. Er hätte in seinem Zimmer Hausaufgaben gemacht, während Ines entführt worden war. Geschworen hatte er es. Hoch und heilig. Auch, als Jochen ihn einer Schwitzkur unterzog. Auch, als Jochen ihm Cola in die Nase spritzte. Auch, als Jochen ihn zwang, so lange auf dem Laufband zu joggen, bis er sich vor Erschöpfung erbrach. Auch, als Jochen ihm die Hände ins Eiswasser drückte.

Er hätte in seinem Zimmer Hausaufgaben gemacht.

Allein. Er hätte niemanden mitgebracht. Er ließe niemanden in die Wohnung. Niemals. Nein, auch an diesem Tag nicht. Er wüsste, wie wichtig Jochen Privatsphäre wäre. Niemals würde er Jochen belügen. Nie.

»Tim war an diesem Nachmittag nicht zu Hause«, erklärte Jochen fröhlich, »Nachbarn haben ihn hier in der Siedlung gesehen. Mit Ines.«

Und mir, dachte Ben.

»Diese kleine Schwuchtel streitet alles ab. Aber ich krieg sie zum Reden.« Jochen durchbohrte Ben mit kaltem Blick. »Ich kriege jeden zum Reden.«

Ben schloss die Augen. Schüttelfrost ließ seine Zähne klappern, Gänsehaut stellte alle Härchen auf. Während seine Seele aus dem Körper in die Hölle stürzte, bot er seine Kehle an, bereit sich vom Tier zerfleischen zu lassen. »Tim kann es nicht gewesen sein. Er war mit *mir* zusammen.«

12 | In der Falle

Aus Bens noch halbsteifem Glied sprudelte lauwarm Urin. Schwer zerrte die süß-würzige Nässe am Hosenbein und der robuste Stoff der Jeans klebte an der Haut. Bens Körper wurde umfangen, gehalten, gegen das raue Mauerwerk gepresst. Der heiß kribbelnde Atem auf seiner Haut stockte und die weichen ihn kosenden Lippen lösten sich von seinem Hals. Seine Hoden erfuhren eine grobe Reibung, als die eben noch zärtliche Hand aus dem Slip gerissen wurde.

Paul taumelte rückwärts. Die schwüle Brise der Sommernacht intensivierte den stechenden Geruch. Paul starrte auf seine klatschnasse Hand und zupfte am großflächig getränkten Hosenbein seiner Uniform. »Verdammt, Ben! Was soll der Scheiß?«

Der Ekel in seiner Stimme kratzte wie ein Reibeisen über Bens Seele, hobelte wieder ein bisschen davon ab.

Ben konnte sich nicht bewegen, als wäre er bloß ein Gemälde, eine in die Nacht gezeichnete Karikatur, ein Schüttbild, zufällig, absichtlich, nichts weiter als ein Schatten am verwitterten Gemäuer einer Fabrikruine.

In Jochens Wangen klafften diabolische Grübchen. Das orangefarbene Licht floss in ihre finsteren Täler. Sein Blick griff nach dem Steuerkreuz, an dessen unsichtbaren Fäden er Ben tanzen lassen konnte. *Fleischpuppe.*

Jochen war acht, als er Ben das erste Mal sah. Von der Begegnung existierte ein Video. Jochen neigte sich über das sechs Stunden alte und dreitausendfünfhundertfünfzig Gramm schwere Bündel Mensch und glotzte es lang und intensiv an. Der Zoom der Kamera hielt wackelig auf die Gesichter der beiden Jungs, fing die hohle Faszination in Jochens Blick ein, die sich gleitend in kalte Verachtung wandelte. Kein Muskel zuckte – es passierte allein in seinen Augen. Die Kamera erschütterte, verweilte mit dem Standbild auf die Neonröhre der Zimmerdecke – zugleich ertönte das klägliche Krächzen des Säuglings, der Aufschrei der Eltern, das dreckige Lachen des Achtjährigen.

»Ben?« Paul blinzelte konzentriert, als wäre er kurzsichtig, aber er konnte Ben einfach nicht finden, so sehr er ihm auch in die Augen schaute. Er wischte die besudelte Hand an der Brusttasche seiner Uniform trocken und drehte sich um, folgte Bens paralysierten Blick.

»Scheiße!«

Das Gras unter Jochens Stiefel knisterte. Er hob die Knie beim Schreiten minimal höher als sonst. Sein Gesicht lag in vollkommener Dunkelheit.

Durch Pauls Kehle rasselte ein lautloser Fluch. In seinen Augen dämmerte die düstere Resignation eines grausam finalen Wissens.

Unter Bens Füßen zerbröckelte wieder ein bisschen Welt.

Jochen war achtsam. Jochen war irritiert. Jochen war neugierig. Jochen war auf der Lauer. Er witterte in Paul einen Kameraden im Geiste, einen Verwandten der Seele. Sein Kollege hatte diesen dreckigen Punk gefasst und seine Autorität eingesetzt, um ein bisschen Spaß zu haben, ihn zu benutzen, ehe der Abschaum im Archiv des Polizeigebäudes verschwand.

Dass Ben dieser Abschaum war, rüttelte an Jochens Fassade, doch dann entdeckte er den riesigen dunklen Fleck auf dessen Jeans und auf Pauls Uniform. Seine Mine explodierte. Er lachte los wie ein Hauptschüler, den die sadistische Geilheit packte, einen Mitschüler gedemütigt zu sehen.

Das Gewicht der Pisse zerrte an Bens offener Hose, sodass sie über die Hüften abwärtsrutschte. Der nackte Hintern scheuerte gegen das bröselige Mauerwerk.

Jochen zeigte sich begeistert über so viel unerwartete Schmach. Er warf Paul einen einladenden Blick zu.

Lass uns mit ihm spielen.

Mit dem Mittelfinger strich er langsam über den Knüppel an seinem Gürtel und in seinen Augen schimmerte die Faszination einer perversen Idee. Pauls Gegenwart, die sexuelle Spannung, der Gestank von Todesangst und abgestandener Hitze schienen Jochen zu inspirieren.

Paul blickte vom Knüppel zu Ben. Sein Gesicht war fahl. Unter der Uniform spannte er seine Muskeln an.

Fuck.

13 | Geständnis

Paul saß neben Ben auf dem Sofa, in der Hand eine geöffnete Mappe mit biegsamen Flügeln und einer Menge Zettel, an denen er zupfte ohne sie herauszuziehen.

Neben ihm, auf einem unbequemen Stuhl, saß Claudia, die Knie zusammengepresst und die Ellenbogen auf die Schenkel gestützt. Ben beruhigte, dass sie da war. In ihrer Gegenwart fühlte er sich sicherer, Paul betreffend, auch wenn das nur ein Trugschluss war. So, wie vielleicht auch dieser Funke Furcht ein Trugschluss war.

Zwischen Ben und Paul klaffte genügend Platz für eine weitere Person. Beim Hinsetzen hatten sich unabsichtlich ihre Knie berührt, woraufhin sie augenblicklich so weit wie möglich voneinander abgerückt waren.

Die Uniform sorgte in Bens Hinterkopf noch immer für einen leisen Daueralarm, dabei glaubte Ben Paul mittlerweile, dass er auf seiner Seite war. Seit zwei Monaten trafen sie sich nun in dieser schönen Praxis und Claudia war immer mit dabei. Zunächst hinterfragte Ben das nicht – immerhin war das *ihre* Praxis – doch immer öfter beschlich ihn das Gefühl, dass ihre Anwesenheit eine Art Schutzschild darstellte. Da sich Paul stets erst dann einigermaßen entspannte, wenn sie die Tür geschlossen und sich gesetzt hatte, schien er es zu sein, der auf ihr Beisein bestand.

Die heimlichen Treffen waren nur möglich, weil sich Jochen aktuell regelmäßig als wichtiger Zeuge für einen langwierigen Prozess im Gerichtsgebäude bereithalten musste. Seine furchteinflößende Aura war dennoch gegenwärtig. Claudia knetete hektisch ihre Finger, Paul wischte ständig die Handflächen an seiner Uniformhose trocken und Ben wippte mit dem Oberkörper vor und zurück. Sie sprachen schnell, abgehackt und dämpften ihre Stimmen. Die Zeit stand mit der Peitsche daneben, klopfte mit dem Fuß und machte sie vor Nervosität ganz blöd.

»Seine Pflegeeltern waren nicht gut auf ihn zu sprechen ...«, sagte Paul und streifte Ben mit einem Seitenblick, der einen Tick zu lange auf den Lippen ruhte, »... Ladendiebstahl, Drogenbesitz ... er ist abgehauen, als er deshalb aktenkundig geworden ist.«

»Abgehauen?« Tim war doch auf ein Internat gewechselt! »Nein. Nein«, Ben schüttelte den Kopf. »Tim hätte niemals Drogen angerührt oder gestohlen. Er hatte richtig Schiss, es sich mit der Pflegefamilie zu verscherzen. Sie war eine echte Chance für ihn, das hätte er niemals aufs Spiel gesetzt.«

Paul nickte betreten und blickte wieder in die Mappe.

»Das hätte er nie gemacht, nie!«, wiederholte Ben leise. Auch wenn er Tim seit sieben Jahren nicht mehr gesehen hatte (seit jenem ebenso wundervollen wie traumatischen Nachmittag an dem Ines verschwunden war), und er gewiss ein bisschen blind vor Liebe gewesen war – in dieser Sache war sich Ben ganz sicher. Dabei verging kein Tag, an dem Jochen nicht versuchte, Tim schlechtzureden und Ben seinetwegen Schuldgefühle einzuhämmern.

Ben ballte die Fäuste. »*Er* war das. Jochen. Er hat ihm das untergeschoben.«

Einer von Claudias Fingerknöchel knackte und zog Bens Aufmerksamkeit auf sich. Sie lächelte ertappt. »Das haben wir uns zuerst auch gedacht. Doch dann hat Paul nachgeforscht ...« Sie wandte sich ihrem Bruder zu. »Paul?«

Paul räusperte sich und wischte wieder mit der Hand

über die Hose. »Ja ... ähm ... es gibt ein paar Einträge ...«, er schwenkte die Mappe und ließ ein paar Sätze ungesagt verpuffen, »... das übliche Schicksal ...«

Übliches Schicksal?

»Paul will damit sagen, dass Tim ...«, begann Claudia und funkelte ihren Bruder eindringlich an. »... er ist *wirklich* von daheim abgehauen und soviel wir wissen, ist er in der Großstadt abgetaucht.«

»Soviel ihr wisst?«

»Er wurde mehrmals aufgegriffen«, erklärte Paul mit ruhiger Stimme. »Prostitution ... Drogen ... er war in ein paar Einbrüche verwickelt und hat eine Haftstrafe abgesessen ...«

Ben fiel ins Bodenlose.

Tim hatte immer davon geredet, Bierbrauer werden und eine neue Biersorte erfinden zu wollen, die ihn weltberühmt und damit steinreich machen würde. Er hatte behauptet, Bierbrauer wäre ein akademischer Beruf und er würde eines Tages mit *Doktor der Braukunst* angesprochen. Ben hatte sich oft ausgemalt, wie Tim – zu Adonis gereift und eine grüne Schürze um den nackten Leib gespannt – Fässer auf seinen Schultern durch rustikale Lagerhallen trug.

Er hatte sich Tim glücklich vorgestellt.

Aber Strich, Drogen, Knast?

Scheiße!

War Tim wegen Ben so abgestürzt? Weil er einen Psychopathen zum Bruder hatte? Er wäre nicht der Erste, der leiden musste, weil er Ben nahegekommen war. Jochen war wie ein Virus, den Ben an alle verteilte, mit denen er Kontakt hatte, die er liebte.

Paul warf Ben einen mitfühlenden Blick zu. Ihm schien das alles selbst an die Nieren zu gehen. Zögernd streckte er eine Hand nach ihm aus, doch kurz, ehe er

Ben am Ellenbogen berührte, zog er sie zurück. »Es tut mir …«, rasch wandte er sich ab und sortierte in der Mappe herum. »Möchtest du vielleicht …«, Paul zupfte ein Foto zwischen den Zetteln hervor, »… sein Freund hat es mir …«

Ben reckte den Hals.

Paul und Claudia wechselten einen bedeutungsvollen Blick. Schon beim Hereinkommen war Ben aufgefallen, dass zwischen den beiden eine eigenartige Spannung herrschte.

Trotz seines Angebots reichte Paul ihm nur widerwillig das Bild.

Ben war positiv überrascht. Der junge Mann auf dem Foto glich keineswegs den Porträts vom Drogenstrich, wie er aus den Medien kannte. Tim wirkte ziemlich gewöhnlich. Die Aufnahme konnte noch nicht alt sein, Tim war darauf ungefähr so alt wie Ben selbst. Er wirkte ungewohnt männlich im Vergleich zu dem Jungen von damals. Trotz seines schalkhaften Lächelns wirkten seine Augen traurig. Jemand hatte das Foto sorgfältig an der Stelle auseinandergeschnitten, an der Tim einem Mann den Arm um die Schultern legte und Schläfe an Schläfe schmiegte. Mehr als ein paar blonde Strähnen waren von dem anderen nicht zu sehen.

War das sein Freund? War Tim *trotz allem* glücklich? Erinnerte er sich an Ben?

Nur ungern gab Ben Paul das Bild zurück. »Hast du ihn gesehen?«

Wortlos schob Paul das Foto in die Mappe, klappte sie zu und legte sie zur Seite. Dabei bewegte er sich so sorgfältig und langsam, als verlangte es ihm höchste Konzentration ab. Schließlich lehnte er sich zurück, ließ nachdenklich den Blick auf dem Cover ruhen und presste die Lippen zu einem Strich.

Gespannt rutschte Ben hin und her und bemühte sich, Paul nicht allzu aufdringlich anzustarren. *Hast du Tim gesehen? Hast du schon etwas gefunden, um Jochen dranzukriegen? Ich liebe Tim nicht mehr, falls du ...* Mit glühenden Ohren senkte Ben den Blick, der sich hartnäckig an Pauls Leisten klammerte.

Claudia hob die Augenbrauen und tippte ihrem Bruder aufs Knie. »Paul?«

Als hätte sie ihn aus einer Trance gerissen, fuhr Paul hoch. Er fing Claudias intensiven Blick ein, und als wohnte diesem ein Befehl inne, setzte er sich auf und wandte sich Ben zu. Einen Arm auf der Rücklehne drapiert schien er nach Worten zu suchen. Sein Blick kletterte zwischen Bens Bauch und Kinn auf und ab. »Ben, ich ...« Mit der Handfläche wischte er langsam, fast zärtlich, über die Uniformhose, die seinen Schenkel umspannte, und holte tief Luft. »... ich muss dir etwas sagen ...« Er unterbrach sich und schaute ungehalten zu Claudia.

Seufzend hob sie die Hände, stand auf und stöckelte kopfschüttelnd aus dem Raum.

Paul wartete, bis die Tür ins Schloss klappte, ehe er sich wieder Ben zuwandte. Die plötzliche Zweisamkeit verursachte Ben einen wohlig prickelnden Schauer.

»Ben ...«, Paul schaute ihm direkt in die Augen und verstummte. Sekundenlang schien er wie gebannt, als verlöre er sich in einer fernen Welt, dann wandte er sich ab, als wäre ihm diese jähe Intensität unangenehm. »Was ich dir sagen will ...« Er tastete nach Bens Finger und verbarg sie in seinen warmen Händen. Mit klopfendem Herzen wartete Ben auf die weiteren Worte und betrachtete Pauls Gesicht erstmals aus dieser Nähe. In seinen Augen lag etwas zutiefst Trauriges. Seine linke Augenbraue war von einer kleinen Narbe unterbrochen, wie sich auch an seiner Wange eine feine Narbe perfekt in eine Lachfalte schmiegte, wenn er lächelte – was jetzt nicht der Fall war. Der sinnliche Schwung seiner Lippen und Kinnlinie vervollkommneten dieses Bild einer gequälten Schönheit.

Paul hob den Blick und musterte Ben sorgenvoll. Er presste unschlüssig die Lippen zu einem Strich und seine Stirn zuckte unwillkürlich. Worte drängten gegen den noch verschlossenen Mund. Pauls Atem ging stockend.

Ich dich auch, dachte Ben mit rasendem Herzen, *seit dem Tag auf der Brücke. Die Sehnsucht nach dir ist das Licht in meinem Leben. Jetzt gibt es eine Kontur zur Schwärze, eine Grenze zum Abgrund, zwei Seiten, und an deiner will ich sein.*

Pauls Adamsapfel rutschte über den Hals. »Tim ist tot.«

14 | BULLENWICHSER

›fuck the police‹

– stand in unbeholfenen Buchstaben auf der verwitterten Mauer.

»Rässst in Piiies, Tim!«, nuschelte Ben und torkelte einen Schritt zurück, um sein Werk zu bewundern. Er hob die Spraydose an die Lippen, bemerkte den Irrtum, zischte verächtlich und nahm einen kräftigen Schluck aus der halbleeren Wodkaflasche in der anderen Hand. Er blieb mit einer Ferse an einem Ziegelstein, der im Gras lag, hängen und stolperte rückwärts, schwankte gefährlich und benötigte fast zwei Meter, um sich wieder zu fangen. Nur gerade so fiel er nicht auf den Hintern.

Das Missgeschick – und nicht nur das – schürte Wut.

»Fack sssä Boliiies!«, knurrte Ben und schwenkte die Flasche für einen weiteren Zug. Zu viel. Das Zeug brannte wie Sau. Ben prustete eine Fontäne heraus, würgte. Er schaute dem Erbrochenen nach, das rasch ins trockene Gras sickerte. »'Ch müssse tot sssein!«, erklärte er der Kotze. »Neinnn! Jochn müssse tot sein. Jochn. Aschloch. Dregggiger Psschüchopath!« Ben holte mit der gluckernden Flasche aus und schleuderte sie mit aller Kraft gegen die Mauer. Das Glas explodierte und die Splitter rieselten in den Kies.

Wankend drehte sich Ben im Kreis und hielt alarmiert Ausschau nach Zeugen. Niemand da!

Und wenn schon.

Er breitete die Arme aus – der Gleichgewichtssinn trotze der Trunkenheit – und schrie: »Schberrt mich nur ein. 'Rrschießt mich doch. 'Ch binn 'n Verbrecher! Fack sssä Boliiies! Fack Jochn! Fack Paul!« Ben ließ die Arme fallen, seufzte und murmelte: »Fack Paul.«

Seine Nase verstopfte, sein Blick wurde verschwommen und sein Hals begann zu stechen. »Fack P...« Ben trat ins Leere. *Scheißbulle. Bullenwichser.*

Feigling!

Mit der Spraydose in der Hand torkelte Ben über den Bahndamm. Mal nahm er nur diffuse Farbkleckse wahr, dann wurde die Umgebung wieder gestochen scharf, wackelte aber heftig.

»Hasso tot. Mama tot. Papa tot. Ines tot. Tim tot. Lena sogutwietot. Warum binnn ich nnnich' tot?« Ben blieb abrupt stehen. »Warum binnn ich nnnoch hier?« Das war verdammt ungerecht. Alle anderen waren frei. Jochen konnte ihnen nichts mehr anhaben. Vermutlich feierten sie zusammen. *Verräter.*

Ben hob einen Stein auf, holte aus, fetzte ihn durch die Luft und schrie aus vollem Hals: »Warum bin ich noch hier, Ha? Jochn? Warum? Warum? WARUUUM?« Die Stimme überschlug sich, krächzte, versiegte. Ben stolperte und fiel nur deswegen nicht, weil Betrunkene weiche Knie hatten und keine Scheu vor idiotischen Verrenkungen.

»Wieso kannnsu nicht dasu stehen?«, nuschelte Ben, als er den Schreck vom Faststurz verdaut hatte. »Du kucksd mich ssso an ... ich weiß dasssu mich wills ... du kucks nur ... ›Tim isss tot‹ ... pffftsss ... Das willsu mir sagen? Fffeigling.«

Mit jedem Schritt rumpelte der Aufprall der Fersen bis in den Brustkorb. »Kluger Fffeigling!« Ben schluchzte auf. Wieder ein Tritt ins Leere. Wanken. »Scheiße!« Minutenlang tappte Ben vor sich hin, mittlerweile neben der Straße. Immer wieder raste ein Auto vorbei. Der

Asphalt wurde verschwommen, wieder klar, verschwommen, klar, die Welt stolperte und schüttelte sich.

Ben erinnerte sich an die Spraydose in seiner Hand und warf sie achtlos ins Gebüsch zum anderen Müll.

»Du kannns mir nichs mehr wegnehmen«, nuschelte Ben trotzig. »'S alles fudsch. 'Ch bin 'n Niemand. Mmmich will keiner mmmehr. Nnnur wegen dir, du Psschüchopath.«

Plötzlich bremste ein Auto und hielt neben ihm an. Die Tür öffnete sich.

»Lasssmichnruh!«, schrie Ben und lief, während er sich herumdrehte, wild drauflos.

Die Laternenstange kam unerwartet.

15 | Krieg

Ben lag weich gebettet. Der Magen brannte. Die Schläfe pochte. Die Zunge klebte am Gaumen. Jemand stritt.

»Ich bin nur vorsichtig!«

»Du machst dir etwas vor«

»Er ist ein Psychopath, Claudia. Du müsstest doch genau wissen, was das heißt. Der Kerl zerstört alles und jeden, was (die Stimme wurde sanft) *ihm* wichtig ist.«

»Ich kann den Scheiß nicht mehr hören, Paul. Merkst du nicht, dass ...«

»›Der Scheiß‹ ist Realität! Du hast doch die Fakten gelesen ...«

»Was (gedämpft) *er* jetzt braucht, sind aber keine Fakten.«

»Doch! Es geht darum, wie ich ihn da unbeschadet rauskrieg, und nicht darum, was er jetzt braucht!«

»Unbeschadet? Herrgott Paul, krieg endlich in dein Hirn, dass du ihn da nicht unbeschadet rausholen kannst. Er ist bereits am Ende. Siehst du das denn nicht? Was er braucht, ist kein kühler Kopf, sondern ... Harch, du willst es einfach nicht einsehen!«

»... sondern was?«

»Hoffnung! Liebe!«

Schweigen.

»Wozu?« Pauls Stimme wurde hart. »Damit er es ihm kaputtmachen kann? Das wäre das Einzige, was ich damit erreichen würde. *Ihm* Munition liefern. *Ihn* stärken. *Ihm* mehr Macht über (sanft) *ihn* geben!«

»Also lässt du ihn an der ausgestreckten Hand verhungern, ja?«

»Er kann so viel Hoffnung haben, wie er will, und

Liebe ...«, Paul seufzte, »... nachdem er von dem Psycho weg ist. Wenn wir jetzt Aufbauarbeit leisten, erschaffen wir für den Arsch doch bloß einen schöneren Rummelplatz.«

»Du solltest dich mal hören! Aufbauarbeit. Rummelplatz. Munition. Macht. Das ist Kriegsjargon. Ben ist kein Schlachtfeld ...«

»Doch! Das ist Krieg! Hast du das noch immer nicht begriffen?« Pauls Stimme klang gepresst. »Ben *muss* sogar resignieren. Je deprimierter er ist, umso uninteressanter wird er für den Scheißpsycho. Warum, denkst du, gibt es den Totstellreflex? Verdammt, *du* bist doch die mit der psychologischen Fachausbildung.« Paul zischte. »Was passierte jedes verdammte scheiß Mal, wenn wir irgendein Erfolgserlebnis hatten, einen Scheißfunken Glück, wenn wir auch nur eine Sekunde ausgelassen waren und einen Augenblick mal keine Angst hatten? Ha? Hast du das alles durch dein Scheißstudium vergessen?«

»Nein, hab ich nicht vergessen. Und jetzt krieg dich wieder ein. Du weckst ihn noch auf.«

Schweigen.

»Wenn dir etwas an ihm liegt, Paul, solltest du überdenken, ob das der richtige Weg ist. Wenn die Scherben zu klein sind, kannst du nichts mehr flicken. Du würdest dir dein Leben lang Vorwürfe machen, ihm nicht rechtzeitig geholfen zu haben. Und bevor du mich gleich wieder anfährst: Zur Hilfe gehört auch, dafür zu sorgen, dass es noch etwas zu retten gibt.«

Ben streckte sich, gähnte absichtlich geräuschvoll und schaute sich blinzelnd um. Er entdeckte Paul und Claudia direkt vor der Tür des Praxisraums. Als sie sein Erwachen bemerkten, fuhren sie zu ihm herum.

Claudia warf Paul einen strengen Blick zu und legte

die Hand auf den Türknauf. »Ich hoffe, du weißt, was du tust.«

Sie eilte aus dem Zimmer und schlug die Tür hinter sich zu. Ben war mit Paul allein.

»Wie viel hast du mitgekriegt?«

Ben setzte sich auf. Ein schmerzhafter Stich fuhr durch seinen Schädel. Der Magen rebellierte. »Genug.«

Paul schürzte die Lippen und nickte betreten. »Okay.«

Der Raum drehte sich. Ben krallte die Finger in die Polsterung des Sofas. »Du hast Recht.«

Überrascht hob Paul die Augenbrauen, doch er schien nicht glücklich, dass Ben ihm zustimmte. Unschlüssig wankte er auf ihn zu, wischte verlegen über die Uniformhose und ging schließlich vor Ben in die Hocke.

Welch betörend zugewandte Geste.

Paul schaute Ben eindringlich an. »Ich krieg ihn wegen Ines dran. Oder wegen irgendetwas anderem. Ich möchte ihn lieber gestern als heute aus dem Verkehr ziehen.« Auf Pauls Stirn entstanden tiefe Furchen. »Okay?«

Ben nickte.

Mit einem erleichterten Seufzen rutschte die Spannung aus Pauls Schultern – er neigte den Kopf und presste die Lippen auf Bens Knie. Sein heißer Atem jagte Ben einen Schauer durch den Körper, und trotz Übelkeit und Kopfschmerzen wurde ihm warm im Schritt.

Paul schloss die Augen, verharrte kurz und löste sich mit einem wehmütigen Seufzen. Zärtlich streichelte er mit den Fingerkuppen über die kribbelnd heiße Stelle, als wäre sie bereits jetzt ein wertvolles Andenken an diese ergebene Zärtlichkeit.

Plötzlich kippte Paul nach vorn und kam Ben damit so nah, dass er ihn auf den Mund hätte küssen können.

Er tat es nicht. Stattdessen legte er ihm eine Hand auf die Brust – warm, sanft, energisch. Seine Finger krümmten sich, krallten sich ins Shirt, als wollten sie Ben packen – Bens Lippen prickelten bereits vor Verlangen – da riss Paul sich zusammen, entspannte die Finger wieder, ließ sie zärtlich auf Bens Brust ruhen.

»Verschreibe dich einer Mission. Leiste Widerstand – da drin! Halte durch.«

16 | Fabrikruine

Ben presste sich gegen die bröselige Mauer der Fabrikruine.

Jochen ließ den Knüppel langsam durch seine Faust gleiten und grinste grausam.

An Pauls Kiefer traten die Sehnen hervor. Er ballte die Fäuste – jeder seiner Muskeln vibrierte vor Verachtung –, doch er schenkte Jochen ein kooperatives Lächeln.

Jochen leckte sich über die Zähne. Ein grässlich schmatzendes Geräusch. Eine ekelige Fratze. »Dreh dich um, Schwuchtel!«

Für einen Augenblick brach die Welt zur Seite weg. Ben schwankte, doch leider verlor er nicht das Bewusstsein. Im Magen ballte sich eine kalte, schwere Faust. Ehe er sich umdrehte, erhaschte er Pauls Blick.

So viel Bedauern.

Ben drückte Hände und Stirn gegen die raue Fassade und schloss die Augen. Den beiden Polizisten den blanken Hintern entgegengestreckt, konzentrierte er sich auf die bröseligen Risse unter den Fingerkuppen. Die Mauer war überraschend warm. Die Sonne hatte sie stundenlang aufgeheizt.

Wie schlimm würde es werden? Schlimmer als Cola in der Nase? Finger in Eiswasser? Ersticken in Jochens Achsel? Der Geschmack von Wachsmalstiften? Besuch bei Lena? Ines' geschundener Leichnam und ihr fehlender Daumen?

Plötzlich vernahm Ben einen Schlag, ein Ächzen, wetzende Kleidung, knackende Gelenke, noch ein dumpfer Schlag, Knurren, Aufjaulen, Krachen, Klappern. Ein

Körper prallte gegen ihn, drückte ihn so fest gegen die Wand, dass sich Ben schmerzhaft Gesicht und Schwanz aufschürfte. Dann Klicken, ein ohrenbetäubender Knall, Pfeifen im Ohr, wattige Stille.

Ben hielt die Luft an, die Augen verschlossen, Stirn und Hände an die Mauer gepresst. Das Herz hämmerte. Die Knie schlotterten. In einigem Abstand spuckte und würgte jemand.

Sonst war es ruhig.

Zitternd drehte sich Ben um. Das Pfeifen im Ohr wurde zum Rauschen.

Jochen stand vornübergebeugt. Aus seinem Mund hing ein langer blutiger Speichelfaden. Mit einer Hand befühlte er sein Gesicht, die andere stützte sich aufs Knie – die Waffe noch fest im Griff.

Bens Brust wurde eng. Sein Bauch verkrampfte. Wo war Paul? Hier waren nur Schienen, Fabrikruinen, Wiese, Nacht.

Der Albtraum lauerte zu seinen Füßen. Bens Blick kippte. Paul lag reglos im toten Gras. Überall Blut.

»Nein!« Ben plumpste auf die Knie. »Nein-nein-nein-nein!« Er wollte Paul anfassen, wusste nicht wie. Zu heilig schien dieser Körper, zu grässlich sein Schicksal. Paul im Schlaf. Malerischer Frieden. Glückliche Erschöpfung an einem Sonntagmorgen nach einer durchliebten Nacht. Blütenweiße Laken. Knuspriger Geruch von Kaffee. All das geraubt. All das versagt. Stattdessen Würgen. Spucken. Nacht. Urin. Blut. Jochen. Blut. Blut. So viel Blut.

Das Tier spuckte, röchelte, lebte.

Ben legte zitternd eine Hand auf Pauls Brust. Wie wusste man, ob einer lebte, wenn man selbst schon lange tot war? Aus Bens Augen quollen – keine Tränen. Ben fühlte nichts. Er war gar nicht da. Das war nur ein

Film. Er müsste bloß das Licht andrehen, bloß einen Knopf drücken und alles wäre gut. Die Schauspieler würden sich erheben, scherzend die Finger in die süßen Tomatenflecken auf ihren Kostümen stecken und sie ablecken. Der Tod schmeckt gut. Verhaltener Applaus. *Du bist ein talentierter Toter.* Alle lachten.

Paul blieb liegen. Jochen würgte, spuckte. Keine Regieanweisung. Ben glotzte auf Pauls sinnliche Lippen. Ruf die Polizei! Der *Freund und Helfer* klaubte etwas aus seinem blutverschmierten Maul, hielt es dicht vor seine Augen, röchelte grauslich.

»Feiff Pfycho!«

Es wird niemals aufhören.

Ben betastete Pauls Hals, drückte die Finger zwischen all das Rot.

Wo ist dein verdammter Puls?

Bens Herz war lauter, kräftiger, übertönte alles andere, übertönte fast Jochens scheußliche Geräusche. Panisch strich Ben über Pauls blutüberströmtes Gesicht.

Scheiße! Wo hat er dich erwischt?

Die Verzweiflung streckte ihren knorrigen Arm aus und packte Ben am Hals, drückte zu. Jochen stand drei Meter entfernt – das war Spott, das war Hohn. Zynisch lachte das Leben, schlug Ben kräftig ins Gesicht. Jochen ließ es stehen, Paul hackte es um. Die Antwort auf die Frage nach Gerechtigkeit erregte sich in einem Meer aus Toten über einen verlorenen Zahn.

Sieh es dir an, das Tier, das alles kriegt, dir alles nimmt. Das Grauen ist beständig, die Liebe vergeht. Und in dieser Welt willst du leben?

In Pauls schlaffer Hand lag eine Waffe. Behutsam hob Ben sie auf und wie von selbst schlüpfte sie in seine Hand, schmiegte sich in einen sicheren Griff. Geiles Gefühl. Ben wog die Pistole. Sie lag echt gut in der Hand.

»Feiff verfickte Fwuchtel!« Jochen pulte noch einen Zahn aus dem Mund, hielt ihn dicht vor seine Augen. Er torkelte.

Ben neigte sich über Paul, küsste die weichen, kühlen Lippen. *Ich komm nach, Liebster.* Tapfer legte er sich die Mündung der Pistole an die Schläfe.

Dies hier ist bloß eine Formalität.

Plötzlich Knistern. Ein Körper plumpste ins Gras.

Das grässlich röchelnde Biest schwieg, endlich, lag bäuchlings in der Wiese.

Stille.

Unendliche Stille.

Ben kniete mit nacktem Hintern zwischen den leblosen Körpern zweier Polizisten. Den einen liebte er. Den anderen hasste er. In der Hand hielt er eine Waffe. Hinter ihm an der Mauer prangte der Schriftzug ›fuck the police‹.

Nichts war jemals so laut gewesen, wie diese elende Stille – nichts so einsam, wie diese Stunde. Ben glotzte auf Pauls Pistole. Nur ein Schuss. Nur eine Sekunde. Ein kurzer Schmerz, dann ewiger Frieden. Plötzlich flüsterte jemand, kaum hörbar doch deutlich: »Mach's nicht.«

17 | Betäubt

Ben stemmte die Fersen auf die Sitzfläche, umklammerte die Beine und presste die Lippen gegen jene Stelle seines Knies, die Paul vor vier Monaten geküsst hatte. Der Geruch von Urin, Blut und Schweiß sorgte dafür, dass die Plätze neben ihm unbesetzt blieben. Immer wieder latschte Personal in weißen Kitteln durch den Flur, eilig, geschäftig, so, als wären die Pantoffeln zu groß oder zu klein. In Bens Ellenbeuge steckte eine Nadel, an der wiederum ein Schlauch hing, in den wiederum eine Nährflüssigkeit tröpfelte. Er wäre unterernährt und dehydriert, behauptete eine Ärztin, obwohl Ben mehrmals darauf bestanden hatte, dass nicht er es war, der medizinische Versorgung benötigte.

Mittlerweile lief schon der zweite Beutel Nährflüssigkeit in Bens Körper. Gegen die Angst, gegen die Verzweiflung, gegen die Sorge half das jedoch nicht. Sobald Ben die um seine Beine verschränkten Arme löste, zitterten die Finger so stark, dass er den Becher mit gezuckertem Tee nicht an die Lippen führen konnte. Die Wartenden – Patienten und angehörige von Patienten – musterten Ben misstrauisch.

Zu Recht.

Er musste aussehen wie aus der Hölle gekrochen und er fühlte sich auch genau so. Aber was interessierten Ben die Leute? Er war viel zu sehr gefangen in einer Wiederholungsschleife der Ereignisse. Blaulicht, Sirenen, Krankenwagen, Fragen, Fragen, Fragen, keine Antworten, nur routinierte Griffe, Fachvokabular, lateinische Wortbrocken, Pauls blutverschmierter Körper, der ernste Blick eines Arztes, oder Sanitäters – irgendeines der vielen Leute, die plötzlich da waren, die plötzlich so wichtig taten, die Ben völlig ignorierten.

Und dann war da Pauls Lächeln, als er kurz aus der Bewusstlosigkeit erwachte, irgendwie dankbar, irgendwie froh. Ben konnte nicht sagen, was schlimmer gewesen war, dieser kurze, schöne Augenblick, oder all die anderen, schrecklichen. Nur am Rande registrierte er, dass man auch Jochen verfrachtete. Man bot Ben an, bei seinem Bruder im Krankenwagen mitzufahren, ihm Beistand zu leisten, musterte ihn herablassend, als er das ausschlug und bat, stattdessen bei Paul mitfahren zu dürfen. Durfte er nicht. Er war ja kein Angehöriger. Wie überhaupt stand er zu ihm?

Wir haben uns geküsst, sagte Ben – wahrscheinlich. Er wusste es nicht genau, aber es war möglich, dass er das als Argument geliefert hatte. Oder hatte er es nur gedacht? Die Grenzen zwischen dem was passierte, dem was passieren hätte können, dem was passieren hätte sollen, dem was niemals passieren hätte dürfen, verschwammen. Die Schreckensszenarien im Geiste vermengten sich mit denen der Realität. Vielleicht war Ben jetzt verrückt geworden. Wie Lena.

Tatsächlich hatte er vorhin einen großen Speichelfleck auf seinen Jeans hinterlassen, hatte einfach aus den Mundwinkeln gesabbert, ohne es zu merken. Wie Lena. Vielleicht saß er hier gar nicht im Flur der Unfallabteilung, sondern in einem Gruppentherapieraum und die Leute ringsum waren andere Verrückte, die Infusion irgendwelche Psychopharmaka, die ihn ruhigstellen sollten. Das wäre doch irgendwie schön. Das hieße, was mit Paul passiert war, wäre nur eine Wahnvorstellung. Vielleicht war sogar Jochen nur eine Wahnvorstellung.

Blöd grinsend hob Ben den Blick, musterte die anderen. Sie schauten verschämt weg.

Ich bin bloß verrückt geworden.

Plötzlich ließ ihn ein Schrei hochschrecken.

»Benjamin!«

Die Wartenden oder anderen Verrückten zuckten ebenfalls hoch und drehten sich um.

Claudia lief durch den Flur. Ihr Haar hopste bei jedem Schritt. Sie registrierte weder die getrockneten Blutflecken noch den Gestank und schlang die Arme um Ben – so sauber und gepflegt, wie sie war, und ungeachtet seiner zur Brust gezogenen Beine. Sie wimmerte Ben ins Ohr und wiegte ihn oder sich selbst hin und her, ehe sie ihn wieder losließ.

Ihr Blick glitt über den Schlauch in Bens Arm zum Infusionsbeutel. »Haben sie dir etwas gegeben? Zur Beruhigung?«

Ben zuckte mit den Schultern. Vielleicht. Vielleicht auch nicht. Warum interessierte Claudia das überhaupt? Nicht Ben war der Patient, Paul war es, ihr Bruder. *Er* lag da drin im OP. *Er* war ein weiteres Opfer von Bens destruktiver Aura. Claudia musste Ben hassen. Ohne ihn könnte sie jetzt mit Paul Frühstücken, Croissants, Kakao, weiches Ei, Toastbrot mit Schinken und Käse ...

»Ich hol dir was.« Emsig sprang sie hoch und kam mit einem winzigen Becher wieder – fast so klein wie ein Fingerhut. »Schluck das.«

Ben löste einen Arm von seinen Knien, um danach zu greifen, doch die Finger zitterten zu heftig. Er schämte sich, presste sie unter die Achsel und schüttelte den Kopf. »Nein danke. Brauch ich nicht.«

»Doch! Du brauchst das!« Claudia legte ihm flink eine Hand in den Nacken und presste ihm den Fingerhut gegen die Unterlippe. Ben schluckte brav und Claudia warf den winzigen Becher in den Mülleimer oder

Regenschirmständer neben den Stühlen.

Ben wollte etwas sagen, aber wusste nicht was. Er schämte sich seiner Existenz, und dass Paul seinetwegen angeschossen worden war. Hatte Paul nicht noch gewarnt, Jochen würde ihn wegen der Graffiti umbringen? Doch aber ihn, Ben! Nicht Paul! Es war so unnötig. Eine Dummheit. Wenn Ben gewusst hätte, was er mit den Graffiti anrichtet ...

Claudia stellte keine Fragen. Vielleicht gab es keine Antworten, die sie zufriedenstellen würden. Keine, die relevant waren. Vielleicht aber war sie bereits umfassend informiert worden. Sie war immerhin Pauls Schwester. Nicht irgendwer. Nicht ein dahergelaufener Sprayer, der durch idiotische Mutproben Pauls Leben auf Spiel gesetzt hatte. Ben wollte man nichts sagen und er fühlte nicht das Recht, zu fragen, etwas zu erfahren.

Jeder hier glaubte, er würde auf seinen Bruder warten. Keiner ahnte, wie sehr Ben hoffte, Jochen würde sterben. Das hielt ihn aufrecht. Immer wieder stellte er sich die Szene vor. Die ernste Miene des Arztes, resigniertes Kopfschütteln. *Ihr Bruder ... er hat es nicht geschafft, tut mir leid.*

18 | Idiot

In Bens Körper breitete sich eine eigenartige Wärme aus, eine geradezu heitere Müdigkeit. Als er die Knie losließ, blieben seine Hände ruhig. Erstaunt betrachtete er seine Finger. Kein Zittern.

»Das sind die Tropfen«, erklärte Claudia.

Die dumpfe Behaglichkeit löste seine Zunge. »Es tut mir leid.«

Claudia ließ den Kopf gegen die Wand hinter der Lehne plumpsen und rollte ihn für ein genervtes ›Nein‹ hin und her. »Red keinen Unsinn.«

»Aber ...«

»Du hast keine Ahnung.« Claudia seufzte so tief, dass ihr Brustkorb einfiel, und starrte direkt über ihren Scheitel an die Decke. »Der Vollidiot wollte in den Knast.«

In Bens Adern spannte das metallene Gewicht eines Schocks und er wurde schwer, so schwer, als bräche er gleich durch den Boden. »In den ... Wieso?«

»Weil er einfach nichts finden konnte, um Jochen festzunageln.«

»Und deswegen will er in den Knast?« Ben versuchte, die Logik hinter dieser Information zu entschlüsseln. Erfolglos.

Claudia neigte sich zu Ben und flüsterte, damit die anderen es nicht hören konnten: »Er wollte Jochen ...«, sie zuckte mit den Augenbrauen, »... du weißt schon ... unschädlich machen.«

Unschädlich? Vielleicht lag es an den Tropfen, oder an dieser schrecklichen Nacht, an der Müdigkeit, die Ben erfasste, aber er brauchte ewig, ehe er begriff, was

Claudia meinte – und dann war er plötzlich hellwach. »Er wollte Jochen umbr...?«

Claudia hob rasch den Zeigefinger an ihre Lippen und nickte.

Bens Körper begann zu pochen. Er hatte das Gefühl, immer größer zu werden, sich aufzublasen bis unter die Decke, den ganzen Flur auszufüllen, zugleich zu schrumpfen, bis er gleich einer Fliege auf dem riesigen orangefarbenen Plastikstuhl saß. Paul wollte Jochen ... töten? Ihn ... umbringen? Wie ein ... wie ein ... Mörder?

Claudia begann, ihre Finger zu kneten. »Es hat ihn fertiggemacht, dich zu sehen und zu wissen, dass er nichts tun kann, dass er das Versprechen, dich da rauszuholen, nicht einlösen kann.«

Aber ... abgesehen von ein paar seltenen Augenblicken, wenn Paul Jochen von daheim abholte, hatten sie sich in den letzten vier Monaten doch gar nicht gesehen. Und dann hatte Paul stets so getan, als wäre Ben Luft, als würde er ihn nicht kennen und hätte kein Interesse, zu erfahren, wer diese Schattengestalt in Jochens Wohnung war. Das war schmerzhaft, aber vernünftig. Doch in den letzten Wochen hatte Ben zu zweifeln begonnen, ob sie tatsächlich noch ein Arrangement hatten, ob Paul noch an Jochen dran war, ob Ben möglicherweise irgendetwas falsch verstanden hatte und Paul überhaupt nicht daran arbeitete, Jochen zu Fall zu bringen. Vielleicht, weil Paul selbst nicht mehr daran glaubte?

»Ich hab ihm mehrmals deutlich gesagt, dass das eine total bescheuerte Idee ist. Dass es noch andere Wege gibt. Ob er wirklich wegen dem Arsch in den Knast will. Ob er bei diesem Plan auch an dich oder mich gedacht hätte.«

Schr. Gute. Frage. Ben musterte Claudia mit Riesenfacettenaugen.

»Er meinte, er hätte Angst, dass du nicht überlebst. Er sagte, für die Welt wäre es besser, wenn du lebst und Jochen ... na du weißt schon – weg wäre. Und wenn es nötig wäre, dass er dafür ...«, ihre Stimme brach und wurde piepsig, »... die Konsequenzen tragen würde.«

Ben schrumpfte, Ben wuchs, Ben wurde kalt, ihm wurde heiß. Seit Stunden waren seine Augen ausgetrocknet, waren seine Gefühle wie in tausend Stücke gehackt und einem Puzzle gleich verworren in seiner Seele verstreut. Paul wollte sich für Ben *opfern?* Er fand es *wichtig,* dass Ben lebte? Er wollte *ebenfalls* Jochens Tod? Und noch einmal: Paul hätte sein *Leben,* seine *Freiheit* für Ben gegeben? Nicht spontan, unüberlegt, aus einer blöden Situation heraus, weil Ben Graffiti sprühte, sondern ... geplant? Sorgfältig überlegt? Aus Überzeugung? War das nicht ... Liebe? Abgesehen von einer Riesendummheit war das doch Liebe! Liebe macht dumm. Dumm genug, seine eigene Freiheit für die Freiheit des anderen zu opfern.

Ben heulte los. Erst liefen die Tränen nur stumm aus seinen Augen, eine nach der anderen, wie aus einer neu entsprungenen Quelle. Dann kam der Schmerz. Die tausend Puzzlestücke flatterten wie Schmetterlinge mit Rasierklingenflügel durch seine Seele und sortierten sich, fügten sich Stück an Stück, bauten die Gefühlslandschaft wieder auf. Wer hätte gedacht, wie schrecklich es sich anfühlte, wenn jemand einen liebte.

Ben zog die Knie wieder zur Brust, schlang die Arme darum, vergrub das Gesicht in den Ellenbeugen und begann wild zu schluchzen. Er würde nie wieder damit aufhören können zu weinen. Paul, der wunderbare Paul, lag da drinnen, und irgendwelche Chirurgen stocherten mit Stahlbesteck in seinem Körper herum. Fast hätte sich Paul umsonst geopfert. Ben packte tiefste Schuld, weil er sich die Waffe an die Schläfe gehalten hatte. Er war ein Verräter. Er hätte Pauls Liebe verraten, das Opfer entehrt. Er war diese Liebe nicht wert. Paul irrte sich. Ben war zu dumm, zu schwach, zu wertlos für diese Hingabe.

»Hey!« Claudia legte ihm eine Hand auf den Rücken. Noch jemand, der nett war, der ihn mochte. Wie Lena. Und was war mit Lena passiert? Niemand durfte Ben mögen. Niemand. Jeder, der ihn mochte, wurde zerstört.

Doch Ben war zu schwach, Claudia abzuschütteln, zu schwach, sie wegzustoßen. Nie hatte er sich so hungrig, so bedürftig gefühlt wie jetzt, wo er zu lädiert war, sich Wünsche zu verbieten, sich Hoffnung zu verbieten, sich Glück zu verbieten. Es war falsch, die Zuwendung anzunehmen. Ben fühlte sich wie ein Schmarotzer, Claudias Trost aufzusaugen. Verdammt, ihr Bruder wollte sich für ihn zerstören! Warum war sie trotzdem nett? Sie müsste ihn dafür doch bitter leiden lassen, und Ben hätte es verdient. Es wäre richtig. Für sie hätte er weit mehr ertragen, als Jochen ihm antat. Weil sie alles Recht dazu hatte. Aber was tat diese Verräterin wider die Gerechtigkeit? Sie war nett. Die tröstete Ben. Was war in dieser Nacht bloß mit der Welt passiert? Sie funktionierte nicht mehr.

Der erste Gefühlsausbruch verebbte, die Kehle wurde nicht mehr vom Schluchzen verschnürt, der Atem beruhigte sich und Ben wischte sich die Tränen von den Wangen. Ein sinnloses Unterfangen, sie liefen sofort nach, tummelten sich, sein Gesicht erneut zu benetzen. Ben wagte nicht, Claudia anzusehen, und er hätte es vor Tränen auch nicht gekonnt. Seine Lippen bebten peinlich und seine Stimme krächzte heiser. »Ich bin es nicht wert.«

Dann kam die nächste Welle. Sie war widerwärtig. Sie machte ihn zu einem schlechteren Menschen. Das war Selbstmitleid. Paul hatte sich geirrt. Was nützte der Welt so ein Jammerlappen? Jochen war zwar nicht gut, aber er war sinnvoll. Ben hatte es nicht verdient, von Paul oder von irgendjemand sonst gemocht zu werden.

»Du hast nicht die geringste Ahnung, was du für ihn getan hast, was du für ihn tust, oder?«, fragte Claudia.

Wie bitte?

Ben hob den Kopf und blinzelte sie an. Rotz klebte auf seiner Oberlippe, doch es kümmerte ihn nicht, er war bereits ekelig.

Claudia sah verheult aus. Sie reichte Ben ein Papiertaschentuch. Ihr zuliebe nahm er es entgegen und schnäuzte sich.

Wie meinst du das?, wollte er sie fragen, *was soll ich für ihn getan haben, außer, ihn in Gefahr zu bringen?* Doch Ben traute sich nicht. Er schämte sich seiner Neugier.

»Als er Anfang des Jahres hierhergekommen ist, hat er in einer tiefen Lebenskrise gesteckt«, erklärte Claudia. »Ich Idiotin habe zuerst geglaubt, er hätte sich meinetwegen in seine Heimatstadt zurückversetzen lassen, aber er ist nicht zu *mir* gekommen, sondern wollte nur von der Großstadt weg. Er hat darüber nachgedacht, den Polizeidienst zu quittieren. Er hatte resigniert, in nichts mehr einen Sinn gesehen und daran gezweifelt, dass er etwas in seinem Job bewirken könnte, überhaupt irgendeinen Nutzen für diese Welt hätte. Er hatte sich den Beruf wohl ganz anders vorgestellt. Er war desillusioniert. Er hat zwar gewusst, dass er mit der Uniform eine Zielscheibe für den Hass aufs System darstellen würde, aber es hat ihn fertiggemacht, dass ihn sogar jene Leute verachtet haben, die er gerettet hat. Was ich sagen will, Ben, er war so ausgebrannt, dass ich gefürchtet hab, dass er sich etwas antun könnte. Er hat sich ja auch privat zu viel zugemutet.«

Claudia schüttelte den Kopf. Sie weinte nicht mehr. »Er hat sich immer die größten Arschlöcher ausgesucht, die er finden konnte. Für seine Beziehungen, meine ich. Okay ... das ist nicht besonders überraschend, ich selbst schaffe es überhaupt nicht, Beziehungen einzugehen. Aber er hat sich wirklich die Schlimmsten rausgepickt. Er braucht wohl den Kampf. Außerdem kennt er es nicht anders. Ein Zuhause ist Krieg. Damit kennt er sich aus.«

Claudia seufzte und schenkte Ben ein Lächeln. »Aber von einem Tag auf den anderen war er wie ausgewechselt. Im Winter, kurz vor Neujahr. Als hätte er einen neuen Satz Batterien erhalten. Die Selbstzweifel waren wie weggeblasen. Nichts mehr, von wegen, er wäre nutzlos, er könne ja doch nichts bewirken. Später hab ich erfahren, dass er dich davon abgehalten hat, zu springen.«

Claudia griff nach Bens Hand. »Du hast mir meinen Bruder zurückgebracht, weißt du das?«

Ben schluckte schwer. Stumme Tränen kullerten über seine Wangen. Die Nacht auf der Brücke war plötzlich so nah, die eisige Kälte der Winterluft, die tröstende Wärme der Umarmung. Ben spürte Pauls Arme, seinen Atem, seine Nähe. Er blinzelte zur verschlossenen Milchglastür, die in den OP-Bereich führte. Hätte Paul Ben damals gerettet, wenn er gewusst hätte, dass er sich dafür sechs Monate später eine Kugel einfangen würde?

Claudia schniefte und betupfte mit einem Papiertaschentuch ihre Augenwinkel. »Ein paar Tage später ist er erschüttert zu mir gekommen. Er hatte dich gesehen, und auch, welche Angst du vor Jochen hast. Auf dem

Revier hatte er schon einiges über den problematischen kleinen Bruder gehört.« Sie unterbrach sich und warf Ben aus dem Augenwinkel einen raschen Blick zu. »Jochen geht nicht gerade sparsam mit Anekdoten über dich um, die dich als seine labile Nemesis darstellen.«

»Ich weiß«, sagte Ben trocken.

Claudia nickte bedrückt und sortierte ein paar Gedanken, ehe sie fortfuhr. »Paul hat dieses Gerede aber immer angezweifelt. Er kann die uneingeschränkte Loyalität seiner Kollegen Jochen gegenüber nicht nachvollziehen. Vielleicht weil er der Neue ist oder ...«, sie verzerrte die Mundwinkel, »... mit Psychopathen genug Erfahrung hat. Er fasst nur sehr schwer Vertrauen.« Claudia presste die Lippen zu einem Strich und musterte Ben, als wäre sie nicht sicher, ob sie weitersprechen sollte. »Ich glaube, er hat sich in dir selbst erkannt.« Ihr Kinn zitterte. »Den Teil, den er nie wahrhaben wollte, den er so verbissen verdrängt hat.« Mit einem Wimpernschlag kullerten dicke Tränen über ihre Wangen. »Deswegen hat er Angst vor dir.«

Ben fiel ins Bodenlose. »Angst? Vor *mir?*«

Claudia nickte, schnäuzte sich und atmete ein paar Mal tief durch. Den Blick auf die Wand gegenüber geheftet erklärte sie: »Ich glaube, durch dich hat er plötzlich gespürt, dass – egal wie sehr er den starken Bullen markiert – tief in ihm jemand ist wie du. Jemand, der von einem Psychopathen kaputtgemacht worden ist. Der diese Resignation, diese Hilflosigkeit kennt.« Claudias Augen füllten sich wieder mit Tränen, ihre Stimme bebte. »Der nie ruhig schlafen kann, nie loslassen, nie entspannen, stets auf der Hut, stets am Limit, stets kurz davor, völlig zu zerbrechen. Jemand, der eigentlich die Nase voll hat vom Kämpfen und Starksein, der Bedürfnisse hat, der auch einmal an der Reihe wäre, dass ihm etwas Gutes ...«, sie schluchzte los und drückte das Taschentuchknäuel gegen ihre Nasenlöcher, »... dem die Welt etwas Gutes schuldig ist.«

In Bens Augen sammelten sich Tränen, Mund und Kinn bebten. Paul hatte etwas Gutes verdient und nun lag er da drinnen. Mit dem Ärmel des Shirts wischte Ben seine Wangen trocken und schluckte tapfer. Claudia zuliebe wollte er sich zusammenreißen. Der Hals stach und Ben hatte das Gefühl, sein Brustkorb würde gleich explodieren.

Claudia schaute sich dabei zu, wie sie das Taschentuchknäuel im Schoß knetete, und beruhigte sich langsam wieder. »Ich glaub, er verbeißt sich deswegen so darin, dich retten zu wollen, weil er sich damit selbst retten will – den *schwachen* Paul. Ich hab das unterstützt. Ich meine ... durch meinen Beruf weiß ich ja, wie wichtig es ist, dass er zu sich selbst findet ... und ... es hat ihm ja gutgetan, er ist wieder mehr zu dem Kerl geworden, den ich als Kind so geliebt hab.« Claudia schniefte und zupfte ein weiteres Taschentuch aus der Packung. »Aber als er damit angekommen ist, Jochen zu ... wir haben furchtbar gestritten, ich hab ihm schreckliche Sachen an den Kopf geworfen ...« Claudia heulte wieder drauflos.

Ben zog die Arme fester um seine Knie. Es ging gar nicht um Liebe – das war bloß ein riesiger Selbstfindungstrip. Ben versuchte, die Enttäuschung darüber wegzudrängen. Er hatte doch auch gar kein Recht dazu, enttäuscht zu sein. Ihm hätte klar sein müssen, dass es bei all dem nicht um ihn ging.

Bittere Einsamkeit umhüllte ihn mit kalten Flügeln und flüsterte ihm mit abgestandenem Atem ins Ohr: *Was hast du denn erwartet?*

19 | HERZENSBRECHER

»Es ist alles optimal verlaufen.« Der Arzt setzte ein gewinnendes Lächeln auf.

Fick dich!

Ben klammerte sich an den Infusionsständer und schielte auf den Hemdkragen des scheiß Vollidioten, der Jochen wieder zusammengesetzt hatte, und sich auch noch freute, dass keine ästhetischen Beeinträchtigungen zu befürchten waren.

Der Arzt zwinkerte und klopfte Ben auf die Schulter. »Ihr Bruder wird weiterhin Herzen brechen ...«

Bens Magen krampfte sich zusammen, umso mehr, je mehr er versuchte, dankbar zu lächeln. Für Worte reichte es nicht. Wenn er nur ›Danke‹ *dachte,* kratzte sein Hals und schäumte die Magensäure die Speiseröhre hoch.

»Der Unterkiefer Ihres Bruders wurde an drei Stellen ...«, begann der Arzt wortreich zu erklären.

Die Milchglastür schwang auf und ein weiterer Arzt schlurfte aus dem OP-Bereich. Er steuerte direkt auf Claudia zu, die sich sofort erhob.

»Stellen Sie sich den Unterkiefer wie ein U vor ...« Jochens Arzt formte vor Bens Nase mit Zeigefinger und Daumen ein U und erklärte, wo und wie und was er in den letzten Stunden genau gemacht hatte.

Ben schaute am U vorbei zu Claudia und versuchte von ihrer Miene abzulesen, was ihr der Arzt über Pauls Gesundheitszustand sagte. Sie heulte los. Bens Brust zog sich unter einem heftigen Stich zusammen. Von den Erläuterungen zu Jochens Scheißkiefer hörte er nichts mehr. Die Welt um ihn dehnte sich unendlich aus und rückte von ihm weg. Die Geräusche wurden zu dumpfem Gemurmel und drangen zu ihm wie durch dicken Schaumstoff. Claudia und der Arzt nickten, schüttelten den Kopf, nickten wieder, schienen einander zu bestätigen und beschwichtigen. Der Arzt legte Claudia eine Hand auf den Arm. Claudia schenkte ihm ein verzweifeltes, verheultes Lächeln.

»Herr Niemeier?«

Ben rutschte in die plötzlich so enge und laute Welt zurück. Jochens Arzt deutete mit einer einladenden Bewegung, ihm zu folgen und marschierte eilig voraus. Ben erwog, ihn einfach laufen zu lassen, und drehte sich wieder zu Claudia und ihrem Arzt um.

Bitte. Nur ein Blick, ein Nicken, ein kleines Zeichen, dass alles Okay ist.

Claudia war zu sehr in das Gespräch mit dem Arzt vertieft, um Ben wahrzunehmen. Sie ignorierte ihn.

Wie ferngesteuert tappte Ben Jochens Arzt hinterher. Die Räder des Infusionsständers schepperten über den Boden. Das Mittel, das Claudia Ben gegeben hatte, machte seine Muskeln müde und kitzelten unter der Anstrengung, den Flur entlangzumarschieren. Wo brachte der Arzt ihn überhaupt hin? Musste Ben irgendetwas unterschreiben? Formulare ausfüllen?

Immer wieder drehte sich Ben um, prüfte, ob Claudia und Pauls Arzt vielleicht auch hier entlang kamen. Er spähte durch die offenen Türen der Krankenzimmer, in der Hoffnung, Paul irgendwo zu entdecken.

Wieso hatte Claudia geheult? Was hat der Arzt zu ihr gesagt? Paul war doch aufgewacht und bei Bewusstsein gewesen, als die Sanitäter eingetroffen waren. Er hatte sogar ein paar Scherze gemacht. Das hieß doch, dass alles nicht ganz so schlimm war, oder? Warum, verdammt noch einmal, hatte Claudia geheult?

Ben rammte Jochens Arzt, der abrupt stehenblieb und schwungvoll eine Tür öffnete.

»Bitteschön! Quälen Sie ihn nicht zu lange, ja? Das war eine anstrengende Nacht für ihn ...« Der Arzt schwirrte ins Krankenzimmer, tippte gegen das Fußende eines Bettes und drehte sich zu Ben herum. »Ach ja, und bedenken Sie, dass er nicht sprechen kann. Am besten stellen Sie ihm nur Ja-und-Nein-Fragen.«

Ben blieb wie gelähmt im Türrahmen stehen, die Faust fest um den Infusionsständer geballt. Jochen drehte den Kopf, um ihn anzusehen. Der Kiefer war so angeschwollen, dass sein Gesicht ein klein wenig an eine Kartoffel erinnerte. Jochen glotzte Ben aus dem Abgrund seiner leeren Seele heraus an – sein Blick strotzte vor Brutalität.

Wenn ich hier raus bin, mach ich dich fertig, du Schwuchtel.

»Nein!« Ben taumelte einen Schritt zurück.

»Na kommen Sie schon. Im Augenblick kann er Sie eh nicht fressen!« Der Arzt lachte und zwinkerte Jochen zu. »Es sei denn, Sie pürieren ihn!«

Jochen starrte Ben überlegen an und irgendwo unter der Schwellung grinste er.

Bald bist du Gemüse!

Ben stolperte rückwärts, blieb am Fuß des Infusionsständers hängen und fiel mitsamt dem Metallgestell um, dessen Aufhängung gegen einen Wagen mit Geschirr stieß. Der Infusionsbeutel räumte ein paar Metalltabletts ab, die laut scheppernd zu Boden krachten. Die gesamte Abteilung hielt entsetzt den Atem an. Krankenschwestern drehten sich herum, Köpfe von Patienten und Besuchern schlüpften aus Zimmern. Irgendjemand schrie erschrocken auf.

Lauf!

Ben rappelte sich hoch, riss die Nadel aus seinem Arm und rannte los. Seine Knie fühlten sich an wie Gummi, sein Blick war verschwommen und sein Herzschlag jagte den Hals hoch, der sich immer fester zuschnürte. Ben bekam kaum Luft, doch er hetzte den Flur entlang, als wäre der Teufel hinter ihm her.

Als er den Wartebereich, wo er die halbe Nacht zugebracht hatte, erreichte, bremste er ab und schaute sich panisch um. Claudia und der Arzt waren verschwunden. Ratlos drehte sich Ben im Kreis, dann stürmte er weiter, rempelte gegen Leute, die durch die Flure wankten, verzichtete auf den Lift, sprintete dafür die Stiegen im Treppenhaus runter, stürzte aus dem Gebäude in die heiße Umarmung eines grellen Hochsommertags, und verringerte erst das Tempo, als das Krankenhaus hinter ihm lag. Die Knie zitterten, die Lunge brannte, der Hals stach, das Zahnfleisch juckte und der Geschmack von Metall füllte seinen Mund.

Mit wackeligen Beinen schleppte sich Ben weiter, würgte, hustete, doch er blieb nicht stehen, darauf bedacht, mehr Abstand zwischen sich und Jochen zu bringen, mehr und mehr, jeder Zentimeter ein Gewinn.

Etwas krabbelte über seinen Unterarm, und als es wegwischen wollte, bemerkte er, dass ein Rinnsal Blut aus dem kleinen Loch lief, das er mit der Nadel gerissen hatte, und über seine Finger abwärts auf den Asphalt tropfte.

Passanten glotzten ihn neugierig, angewidert, alarmiert, verunsichert, belustigt an. Die Erschöpfung der durchwachten Nacht, des Schocks und der Angst schlug Ben gegen Genick und Kniekehlen. Vielleicht entfalteten auch die Tropfen nun ihre ganze Wirkung. Er wollte sich auf dem Gehweg zusammenrollen und schlafen. Einfach nur tagelang schlafen. Seine Schritte wurden behäbiger, jeder Meter, der ihn von daheim trennte, dehnte sich zu Meilen. Die Sonne sengte brutal herunter, brannte auf Bens Scheitel, drückte ihm den Schweiß aus den Poren. Die Kleidung klebte auf der Haut, die Zunge am Gaumen, die Schuhsohlen auf dem Asphalt.

Während er schwerfällig vor sich hinschlurfte, kippte er immer wieder in den Sekundenschlaf, zuckte hoch, torkelte, versuchte, auf einen Punkt in der Ferne zu fokussieren, den er als kleines Zwischenziel anstreben wollte. Er musste betrunken wirken.

Plötzlich entdeckte er ein paar Meter weiter vorne Paul, sammelte noch einmal seine Kräfte, wollte ihn rufen, aber die Stimme versagte. Als sich Paul zu ihm herumdrehte, war es Jochen. Ben stürzte in die andere Richtung davon und fiel in Morpheus' Arme.

20 | DIE FARBEN DER DEPRESSION

Fremde Geräusche. Fremde Gerüche. Irgendwie frisch. Irgendwie scharf. Irgendwie faulig. Ben blinzelte. Ein Dreieck pendelte direkt über ihm, darum eine Art Fernbedienung gewickelt. Eine schwere Decke drückte ihn flach in die Matratze. Als er ein wenig die Beine bewegte, spürte er, dass sie klatschnass waren.

Nicht schon wieder! Nicht hier!

Scham presste ihn noch tiefer ins Bett. Mit einem tiefen Atemzug holte er Mut, hob die Decke an und spähte an sich runter. Das Kinn spannte, zwickte, brannte, stach. Ben trug ein dünnes Nachthemd. Aus der warmen Höhle kroch nicht der vertraut süßlich-würzige Geruch. Offenbar hatte Ben nur geschwitzt. Kein Wunder. Es war Hochsommer und er zugedeckt, als wäre Februar. Erleichtert ließ er den Kopf wieder ins Kissen sinken und betastete sein Kinn. Es war üppig mit Pflastern beklebt.

Was ist passiert?

Mit Höchstgeschwindigkeit raste Bens Bewusstsein durch die diffusen Nebel der Erinnerungen, die wie Wände eines Tunnels, an die Filme projiziert wurden, an ihm vorbeizogen. Am Ende – statt des Lichts – lag Paul im Gras. Leblos. Blutverschmiert.

Ben fuhr hoch, starrte auf das stümperhaft gemalte Bild eines Sonnenblumenfeldes an der Wand. Der Maler kannte die Farben der Depression.

Der dünne Vorhang blähte sich unter einem Luftzug, der durch das gekippte Fenster pustete. Ben ließ den Blick von dem kleinen Tischchen, das mit üppigen Blumensträußen überfrachtet war, über das Fußende des

Bettes neben ihm weiter hoch gleiten und stürzte in den Abgrund.

Jochen!

Er lag reglos da und starrte Ben ausdruckslos an. Sein Blick war hohl und leer. Es schien, als nähme er Ben gar nicht wahr. Er blieb sogar unbeeindruckt, als Ben vor Schreck zusammenzuckte, blinzelte kein einziges Mal, starrte bloß.

Gänsehaut richtete auf Bens Körper die Härchen auf. Das schweißnasse Nachthemd klebte klamm an seiner Haut. Er wagte kaum zu atmen, saß wie verwunschen da und konnte den Blick nicht von Jochens stumpfen Augen, seinem leblosen Gesicht nehmen.

»Jochen?«, flüsterte er.

Keine Reaktion. Ben versuchte zu erkennen, ob Jochen atmete, doch die Decke hob und senkte sich nicht. Ben schluckte schwer und krallte die Finger ins Laken.

»Jochen?« Nun lauter.

Keine Regung. Entseelter Blick.

Bens Herz begann schneller zu klopfen. Eine wilde Aufregung kitzelte seinen Bauch. War Jochen tot? Über Nacht an der Schiene erstickt, die sein Kiefer fixierte? War Ben frei? Konnte es wahr sein, und Jochen war so würdelos von der Welt gegangen? Still, leise, ohne den Heldentod, den er sich bestimmt ausgemalt hatte? Keine brennende Welt, sondern bloß eine etwas fester sitzende Zahnspange? Das konnte kaum sein. Das wäre zu verdient.

Ben drehte sich um und schaute zum Mann zu seiner Rechten, der offenbar noch tief und fest schlief. Er war um die vierzig, ein eingegipster Arm ragte seitlich vom Körper weg, und er trug eine Halskrause. Wieder zu Jochen. Nach wie vor reglos. Kalt. Starr. Bens Herz schlug immer schneller, sein Atem ging heftig, die Muskeln kitzelten. Die Hoffnung setzte sich gegen das Misstrauen durch, trampelte alle Bedenken nieder und zwang Ben ein stilles Lächeln ins Gesicht.

Es ist überstanden.

Plötzlich schnitt Jochen eine furchterregende Fratze. Er klaffte die Lippen auf, sodass die Schrauben und Drähte der Schiene sichtbar wurden – der kartoffelförmige Kiefer verstärkte den Anblick des Schreckens. Jochen zischte, schnaufte und rasselte durch die gefletschten Zähne hindurch wie ein Wildschwein. Dabei richtete er sich auf und spannte jeden seiner massigen Muskeln an. Er ballte die Fäuste, die Adern auf der Stirn traten hervor und er wurde rot, immer röter, fast lila. Schweiß perlte von seinen Schläfen.

Vor Schreck stieß Ben einen heiseren Schrei aus. So schön der kurze Moment der Freiheit gewesen war, so grauenvoll bohrten sich die plötzlich stramm wuchernden Gitterstäbe des brüderlichen Käfigs in seine Seele. Die Enttäuschung riss Ben fast entzwei, der Schock saß in Brust und Bauch. In den Adern klebte Blei.

Jochen begann zu lachen. Unter Schmerzen zwar und mit zwangsläufig gefletschten Zähnen, aber er amüsierte sich prächtig über den Tod der Hoffnung.

Der Mann mit dem eingegipsten Arm knurrte etwas Unverständliches und wuchtete sich umständlich aus dem Bett. Geradezu dankbar für die Ablenkung schaute Ben ihm zu, wie er Richtung Toilette wankte, konzentrierte sich auf die Wirbel des fetten Haars, das wild von seinem Kopf abstand. Der Mann prallte mit dem seitlich weggestreckten Gipsarm gegen den Türrahmen, fluchte, manövrierte sich seitlich in das kleine Bad und schloss die Tür hinter sich.

Plötzlich wurde Ben an den Schultern gepackt und zurück gerissen. Eine kräftige Hand presste sich so fest auf seinen Mund, dass er tief ins Kissen gedrückt wurde. Jochen neigte sich über ihn und zischte zwischen den gefletschten Zähnen hervor. Speicheltröpfchen benetzten Bens Gesicht. Da Jochens Finger auch zur Hälfte die Nasenlöcher bedeckten, bekam Ben kaum Luft, begann panisch zu schnaufen und krallte sich ins Laken.

Aus riesigen Augen starrte er Jochen an. Die Panik fesselte seine Muskeln. Wo blieb der Zimmerkollege? Wo blieb eine Schwester? Ein Arzt?

Jochen genoss Bens Angst und die wachsende Verzweiflung, von der Welt im Stich gelassen zu werden. Er bekam einen fast zärtlichen Blick, als Ben die Tränen aus den Augenwinkeln liefen.

Ja! Weinen! Aufgeben! Loslassen!

Ben ließ die Anspannung aus dem Körper, rang die Krämpfe nieder, wie er es schon so oft gemacht hatte, und ließ den Tränen freien Lauf, wobei die Nase verstopfte und ihm völlig den Atem raubte.

Gleich hört er auf!

Ben schloss die Augen. Tot stellen.

Plötzlich bohrte sich ein stechender Schmerz vom Kinn bis ins Hirn. Entsetzt riss Ben die Augen auf und schrie in Jochens raue Handfläche. Breit grinsend drückte Jochen den Daumen gegen den Wulst aus Pflastern. Ben hob das Kinn, um dem Druck auszuweichen, presste den Hinterkopf tiefer ins Kissen und bäumte sich auf. Der kalte Schweiß lief in Strömen. Jochen quetschte den Daumennagel fest in die Wunde und so sehr sich Ben auch ermahnte und versuchte, zu entspannen, der Schmerz machte ihn panisch. Er ruderte mit den Armen, strampelte mit den Beinen, wimmerte in die Hand.

Plötzlich ließ Jochen los, schlenderte gemütlich zum Fenster und ließ den Blick durch den freundlichen

Hochsommermorgen schweifen.

Der eingegipste Mann schlurfte aus dem Bad, tappte ebenfalls zum Fenster, stellte sich neben Jochen und murmelte: »Verdammte Hitzewelle.«

Wie erschlagen blieb Ben im Bett liegen, den Kopf ins Kissen gepresst, das Kinn hochgereckt, die Fäuste ins Laken gekrallt. Aus seinen Augenwinkeln liefen unablässig Tränen und er hyperventilierte fast vor Schluchzen. Es gab nichts Gutes auf der Welt. Paul war tot.

21 | Hirn und Herz

Ben verließ das Behandlungszimmer mit vier Stichen und einem üppigen Verband am Kinn. Warum die Wunde, die gestern noch so schön ausgesehen hätte, plötzlich Fleischmatsch war, der genäht werden musste, erklärte Ben routiniert mit Ungeschicklichkeit. Er wäre im Bad ausgerutscht und mit dem Kinn gegen das Wachbecken geknallt. Vielleicht brauchte er ja eine Brille, haha, oder Flossen.

Da er keinesfalls zurück ins Zimmer wollte, streunte er ratlos durch die Flure. Im Aufenthaltsraum waren ihm zu viele Leute, überhaupt war hier viel zu viel los. Ben wollte allein sein. Niemanden sehen. In Ruhe heulen, ohne dass ihm jemand mit falschem Trost auf die Nerven ging, weil ein schluchzendes Gegenüber sein Ego kränkte. Wieso machten bloß alle immer so einen Affentanz um Tränen? Die einen waren krankhaft besessen davon, die anderen meinten, ein See wäre nur dazu da, trockengelegt zu werden. Ben wollte seine Tränen aber für sich. Sie gehörten nur ihm. Niemand sollte sie trocknen, niemand sich daran aufgeilen, sie wollten einfach nur verschwenderisch vergossen werden – für Paul.

»Benjamin?«

Claudia stöckelte über den Flur auf ihn zu, schob den Riemen ihrer Handtasche auf ihrer Schulter zurecht und musterte ihn von Kopf bis Fuß. »Was machst du hier in dieser Aufmachung?« Ihr Blick blieb an Bens frisch genähtem Kinn hängen. »Ich hab dich überall gesucht, war sogar bei dir daheim. Was ist passiert?«

Woher wusste sie, wo er wohnte? Sie trug nicht

schwarz.

»Ich kann mich nicht erinnern. Sie haben mir gesagt ich wäre auf der Straße zusammengeklappt. Wahrscheinlich hab ich mir dabei das Kinn aufgeschlagen.«

Während er sprach, blickte Claudia verstört auf seine Zehen – Ben trug weder Socken noch Hausschuhe. Sie riss sich von seinen nackten Füßen los, straffte die Schultern und funkelte Ben fröhlich an. »Warst du heute schon bei ihm?«

»Bei wem? Jochen?«

Claudia verdrehte die Augen und schnaubte abfällig. »Jochen? Wen interessiert Jochen?« Kopfschüttelnd wandte sie sich ab und marschierte weiter den Flur hinunter.

Wenn sie nicht Jochen meinte ...

Nach einigen Schritten blieb sie stehen und drehte sich um. »Ben?«

Aber ... wenn sie Jochen nicht meinte ...

Claudia kniff die Augen zusammen. »Sag nicht, dass du ihn noch nicht besucht hast!«

Bens Herz machte einen Sprung und prallte mit voller Wucht gegen seinen Brustkorb. Wenn Claudia nicht Jochen meinte ...

»Verdammt, Ben! Er hat gestern dauernd nach dir gefragt und mich auf die Suche nach dir durch die halbe Stadt gejagt ... Nette Graffiti übrigens ...« Sie unterbrach sich und runzelte ungläubig die Stirn. »Moment – du warst die ganze Zeit hier im Krankenhaus und bist nicht auf die Idee gekommen, bei ihm reinzuschauen? Sag mal geht's noch?«

In Bens Augen brannten Tränen. Wenn Claudia nicht Jochen meinte ...

»Was stehst du noch hier rum? Rein da!« Claudia zeigte herrisch zur offenstehenden Tür eines Sechsbettzimmers. »Sofort!«

Die plötzliche Sehnsucht peitsche durch Bens Körper wie ein heißer Schock. Verschämt grub er die zitternden Finger in den Stoff seines Nachthemdes.

Claudia stöckelte selbstbewusst voraus ins Krankenzimmer, schmetterte einen allgemeinen Gruß in die Runde und steuerte ein Bett direkt neben dem Fenster an.

In Bens Kehle schmerzte ein unterdrücktes Schluchzen. Mit verschwommenem Blick starrte er zum Bett und konnte sich keinen Millimeter bewegen. Erst, als die Tränen über die Wimpern stürzten, klärte sich sein Blick.

Pauls Schädel steckte unter der weißen Mütze einer Bandage und sein sonst so penibel glattrasiertes Kinn eroberte ein leichter Bartschatten. Fast genau so hatte er vor einem halben Jahr auf der Brücke ausgesehen. Die Erinnerung an die innige Umarmung kitzelte in Bens Bauch.

Claudia gab ihrem Bruder links und rechts ein Küsschen auf die Wangen, sagte etwas zu ihm und nickte zur Tür. Paul folgte ihrem Hinweis und als er Ben entdeckte, huschte ein so gelöstes, überraschtes, erfreutes Lächeln in sein Gesicht, wie Ben noch nie an ihm gesehen hatte. Überhaupt hatte er Paul noch nicht oft lächeln sehen, aber gewiss noch nie so von Herzen wie jetzt.

Claudia fuchtelte wild mit der Hand und winkte Ben herbei. Die fünf anderen Patienten glotzten ihn neugierig an. Vor Scham wollte Ben im Boden versinken, weglaufen, sich verkriechen, aber die Sehnsucht war größer. Pauls Lächeln machte ihm Mut und so wagte er den Weg unter sieben Augenpaaren quer durchs Zimmer.

Die Decke hing zum Lüften über dem Fußende des Bettes und Paul hatte sein Nachthemd von den Schultern gestreift. Es bedeckte bloß die Leibesmitte und gewährte Ben einen schwindelerregend großzügigen Blick auf einen atemberaubend athletischen Körper. Die rechte Hälfte der Brust und die Schulter wurden von einem massiven Verband verdeckt, und der rechte Arm war am Körper fixiert – vermutlich um die Wunde zu schonen. Paul saß halb aufrecht im Bett und wirkte richtig gut gelaunt.

Es war das erste Mal, dass Ben Paul praktisch nackt sah, und obgleich die Situation alles andere als prickelnd war und die Mullbinden von ernsten Verletzungen erzählten, ließ ihn der Anblick nicht kalt. Sein Blick wurde wie magisch von Pauls Nippel angezogen, dem Bauchnabel, den Knien, und dem Wulst des Nachthemdes um den Hüften, der kühnste Fantasien weckte. Ben schämte sich seiner Erregung, die nicht nur seine Ohren zum Glühen brachte, sondern auch begann, gegen sein Nachthemd zu stupsen.

Wie beiläufig verschränkte er die Finger vorm Schritt und zwang sich, den Blick von Paul abzuwenden. Als sähe er erstmals Wetter, glotzte er aus dem Fenster und versuchte an etwas zu denken, das ihm die Libido versaute.

Aber eigentlich wollte er das nicht. Eigentlich wollte er all dem nachgeben, was in ihm wühlte, dem erotischen, euphorischen, verzweifelten Chaos. Er wollte vor Glück mit Paul verschmelzen und dabei Rotz und Wasser heulen. Ihn schluchzend ficken, bis sie vor Ekstase schrien. Er wollte, dass alles, was er von dieser Welt noch wahrnahm, Pauls Körper war, wollte verbrennen, wollte, dass ihm das Glück zu viel wurde, dass es wehtat, ihm Schmerzen bereitete, es ihn auflöste.

»Komm her zu mir!« Paul streckte den gesunden Arm nach ihm aus, ließ ihn auf die Matratze sinken und klopfte einladend auf den Platz neben sich.

Bens Herz rumpelte. Er presste die Handballen fester gegen die fordernde Schwellung. Ohne Paul anzusehen, setzte er sich an den Rand des Bettes, penibel darauf bedacht, diesen verlockenden Körper nicht zu berühren.

»Was ist passiert?« Paul fuhr mit einem Finger über Bens Schenkel. »Wieso bist du hier? Claudia hat doch gesagt, dir ginge es gut ... abgesehen vom Schock.«

»Na was wohl!« Claudia hängte ihre Handtasche über den Besucherstuhl und setzte sich. »Er ist zusammengeklappt.« Ihr Blick glitt über Bens Körper. »Wundert dich das?«

Betroffen streichelte Paul über Bens Hüfte. »Es tut mir leid.«

Was?

Ben glupschte Paul verstört an. Meinte er etwa *ihn?* Ben?

Ja! Auf Pauls Gesicht lag ein gequältes Lächeln und wie um die Zweifel auszuräumen, legte er die Hand auf Bens Schenkel.

»Nein!« Ben straffte die Schultern. »Nein – *mir* tut es leid! Wenn ich nicht wäre, hätte dich Jochen nie ...« Der Verband auf Pauls Brust trieb Ben die Tränen in die Augen.

»Wenn du nicht wärst?« Paul runzelte die Stirn. »Wenn du nicht wärst, müsste ich jetzt den Kerl da drüben fragen, ob er mich küsst.«

Bens Herz setzte aus, hämmerte dann umso schneller drauflos.

Der Kerl da drüben, ein weißhaariger, stämmiger Mann um die sechzig, drehte sich zur Seite und klapste sich auf den Hintern. »Bullen können mich höchstens am Arsch lecken.« Alle lachten.

Paul schmunzelte und sein sanfter Blick glitt direkt in

Bens Seele. Zärtlich auffordernd zupfte er an Bens Ärmel und leckte sich erwartungsvoll über die Lippen.

»Ich an deiner Stelle würde ihn jetzt küssen«, rief einer der Zimmergenossen. »Mit dem Kerl ist nicht zu spaßen. Dem Letzten, der nicht spurte, hat er den Kiefer gebrochen.«

»Und der ist ein verdammter Bison, ich hab ihn selbst gesehen!«

Gelächter.

Bens Bauch verkrampfte sich und die gerade noch so sinnliche Aufregung wich kalter Angst. Jochen! Er hätte Paul fast getötet. Er könnte jederzeit hier auftauchen, oder nur an der offenen Tür vorbeigehen und sehen, dass Ben wieder liebte, dass ihm ein Mensch wichtig war ...

Rasch rutschte Ben von der Bettkante und taumelte rückwärts. »Ich geh besser.« Er warf einen hastigen Blick hinaus auf den Flur, glupschte Paul verzweifelt an und krallte die Finger ins Nachthemd. »Er liegt gleich nebenan.«

Paul strich wehmütig über die Stelle, auf der Ben eben gesessen hatte. »Ich weiß.«

»Sie haben Paul nach der OP zu ihm ins Zimmer gelegt«, fauchte Claudia. »Diese Idioten! Und als ich deswegen Radau geschlagen habe, meint die Trulla von Oberschwester: ›Aber das sind doch Kollegen.‹« Zornig schüttelte Claudia den Kopf. »›Ja‹, hab ich gesagt, ›Kollegen, die einander umbringen wollen.‹ Da hat sie mich angeglupscht wie eine Katze beim Kacken und gemeint: ›Wir haben aber nur mehr einen Platz in einem Sechsbettzimmer frei.‹« Claudia verdrehte die Augen. »Herrgott, als würde das eine Rolle spielen! Ich hab ihr gesagt, ein Bett in einer Leprakolonie in Kalkutta ist besser, als in diesem scheiß Zimmer zu bleiben. Himmel, der Psycho wollte Paul *umbringen!*«

»Das ist nicht richtig«, widersprach Paul.

»Ach ja?« Claudia funkelte ihn wild an. »Wollte er dich mit der Kugel nur kitzeln, oder was?«

»Hätte er mich töten wollen, wäre er auf Nummer sicher gegangen.«

Claudia zischte verächtlich. »Nummer sicher?«

»Hirn und Herz!«

Ben wurde heiß. *Sein* Hirn und *sein* Herz wurden gerade getroffen.

Mangels Hose, über die er mit der Hand wischen konnte, strich Paul über das Laken. »Er will noch mit mir spielen.«

Worte wie ein Schlag in die Magengrube.

Aus Claudias Gesicht wich die Farbe.

Ben klammerte sich ans Fußende des Bettes und grub die Finger in die Decke – seine Knie wurden weich. Mit einem Mal war ihm speiübel.

Plötzlich grapschte Paul nach einer Zeitschrift auf dem zur Seite geklappten Betttischchen und knallte sie so heftig auf den Boden, dass das Titelblatt abriss und durch den Raum segelte. »Können wir jetzt bitte einmal von etwas anderem reden als diesem Scheißpsycho?«

Claudia zuckte, die anderen Patienten hoben verblüfft die Brauen und Ben starrte Paul wie gelähmt an. Auch zornig hatte er ihn noch nie gesehen.

Paul hielt sich die verwundete Schulter und verzog vor Schmerz das Gesicht. »Ich will mich einfach nur ein paar Minuten darüber freuen, dass der Kerl, für den ich mir die Kugel eingefangen hab, endlich da ist.« Finster starrte er auf seine Knie und massierte die verbundene Stelle. »Und vielleicht, wenn es leicht geht, will ich ein bisschen Zeit mit ihm verbringen, ohne dass irgendjemand irgendeinen scheißunnötigen Kommentar dazu abgibt. Geht das?« Paul hob den Kopf und blickte düster in die Runde – zuletzt zu Ben. »Und könntest du jetzt bitte endlich zu mir herkommen und mich umarmen? Bitte?« Er runzelte besorgt die Stirn. »Außer du willst nicht.«

Nicht wollen?

Mit ordentlich Geröll im Bauch, ließ Ben das Bett los und tappte zu Paul.

Nicht wollen?

Als bereute er diesen kleinen Ausbruch, lag in Pauls Blick plötzlich Furcht. Verschreckt schaute er zu Ben hoch und holte tief Luft. Hatte Claudia Recht? Hatte Paul tatsächlich Angst vor Ben? Das war doch völlig absurd!

Verunsichert setzte sich Ben zu ihm aufs Bett.

Pauls Brustkorb ging heftig und in seine Mimik lag Schmerz – nicht jener von den körperlichen Wunden. Seine Lippen zuckten. Mit der Zungenspitze löste er sie voneinander, machte sie weich und empfänglich. Er nahm die Hand von der verwundeten Schulter und strich mit den Fingerkuppen sanft über Bens Schläfe und Wange.

Die Berührung ließ Ben erschaudern. Er schloss flatternd die Lider und schmiegte sein Gesicht in die warme Hand, die sich zärtlich in seinen Nacken schob. Pauls Atem stockte. Behutsam zog er Ben zu sich und suchte nach seinen Lippen. Er stöhnte lautlos, schloss die Augen und von seinen Wimpern stürzten Tränen.

Ben ließ sich in den ebenso sinnlichen wie verzweifelten Kuss sinken und konnte selbst die Tränen nicht halten. Vor Glück. Vor Schmerz. Vor Verlangen. Dass Paul in den Kuss weinte, machte ihn betroffen und empfänglich. Vorsichtig, er wollte ihm nicht wehtun, schlang er die Arme um ihn.

Was traurig und furchtsam begann, wurde bald zu flammender Gier. Kaum war bebend und scheu der Mund erkundet, der Geschmack erkannt, hatte die Sehnsucht es satt, gelitten zu werden, und das Verlangen lenkte den Kuss stürmisch und rücksichtslos. Ein Gerangel der Münder, ein zärtlicher Kampf der Zungen, ein Dagegenhalten und Locken, ein Drängen und Schnappen und all das unter den salzigen Rinnsalen der Dankbarkeit, die aus ihren Augenwinkeln liefen.

Je freier und unbändiger die Lust, umso schmerzhafter das Bewusstsein, wie kostbar diese Vereinigung war, unter welch schlimmem Stern sie stand und wie nötig sie deswegen war. Mit dem Glück kam die Qual, so lange vermisst zu haben, der Schmerz, einander beinahe verloren zu haben und die Verzweiflung ob des tief in der Seele verwurzelten Wissens, dass verbotene Erlösung, frivoler Genuss und törichtes Fallenlassen vergängliche Momente waren, unverdient und alsbald brutal abgestraft.

Da sich Küssen und Weinen nicht vertrugen, und die Traurigkeit überhandnahm, rutschten ihre Lippen von den Mundwinkeln, streiften die Wangen und pressten sich an den Hals des Geliebten, um das Schluchzen zu knebeln.

Dass er selbst weinte, kümmerte Ben nicht, er heulte zu oft, doch Pauls Zusammenbruch nahm ihn mit, packte ihn, zerriss ihn, stärkte ihn. Blind vertraut mit dem Tal der Tränen stapfte er einem Reiseleiter gleich voraus, lotste Paul durch die salzigen Seen und hob ihn ans Ufer, wo er ihn zärtlich trockenküsste.

Als sie sich – endlich und doch viel zu früh – voneinander lösten, herrschte Stille im Raum.

Dann ein Räuspern.

Paul schob Ben von sich und zugleich hielt er ihn fest.

»Schmidt! Berger!«

Ben drehte sich um und erschrak. Er wollte vom Bett springen, doch Paul schlang energisch den Arm um seine Hüften. Den Blick auf die beiden Polizisten gerichtet, bat er: »Bleib.«

22 | JOCHENS ADJUTANT

Ben kannte beide Polizisten. Walter, der ältere, hatte ihn damals aus der Schulklasse geholt, um ihn über den schweren Autounfall der Eltern zu unterrichten. Jochen schimpfte oft über diesen gutmütigen Riesen, nannte ihn ein Weichei. Rudi posierte auf jedem Gruppenfoto zu Jochens rechten, grinste blasiert und streckte den Daumen hoch. Er sah sich als Gott-Jochens Adjutant.

In seinen über dreißig Dienstjahren hatte Walter gewiss schon einiges gesehen, zwei verwundete Männer, die einander heulend küssten, scheinbar noch nicht. Betreten pflückte er die Kappe von seinem halbkahlen Schädel, knetete sie ratlos vor seinem Bauch und warf erst einen Blick zu den anderen Patienten, ehe er sich Paul zuwandte.

»Jetzt war ich mir gar nicht sicher, ob Sie es wirklich sind, Reisinger, ähm ...« Er blickte verunsichert zwischen Paul und Ben hin und her. »Tut mir leid, dass wir ... Wir hätten nur ein paar ...«

»Pauli, du Schwerenöter!« Rudi grinste dreckig, dann klappte seine Kinnlade runter und er wankte einen Schritt zurück. »Heilige Scheiße! Was ... hast du eine Wette verloren? Ich mein ...« Sein Blick huschte zu Walter. »Das ist ein *Kerl!* Der hat doch gerade diesem *Kerl* die Zunge in den Hals gesteckt, oder?«

Walter nickte unangenehm berührt und streckte Ben die Hand hin. »Berger mein Name – das ist Schmidt, wir sind Kollegen von Ihrem ... ähm ... von Herrn Reisinger und müssten wegen neulich Nacht noch ein paar Fragen mit ihm abklären.« Plötzlich hüpfte Verblüffung in sein Gesicht. »Wir kennen uns! Ich erinnere mich!

Sie sind der kleine Niemeier.« Statt Bens Hand zu ergreifen, schnippte er mit den Fingern. »Be... Be... Bernd?«

»Benjamin.«

»Richtig!« Walter klatschte erfreut in die Hände. »Der Benjamin! Groß bist du geworden! Ein richtiger Mann! Da merkt man mal wieder, wie die Zeit vergeht!« Er wandte sich an Paul. »Als ich ihn zuletzt gesehen habe, da war er ... acht? Neun?«

»Zwölf«, sagte Ben.

»Richtig! Zwölf. Ach, dieser furchtbare Unfall, mei, mei ...« Walter schüttelte bedauernd seufzend den Kopf. »So ein kleiner Stöpsel ... und *beide* Eltern ... du hast mir so leidgetan ...« Sein Blick tröpfelte auf Pauls Hand, die sanft auf Bens Hüfte ruhte. Er verstummte, blinzelte angestrengt und presste die Lippen zu einem Strich.

»Niemeier?« Skeptisch blickte Rudi zwischen Walter und Ben hin und her. »*Der* Niemeier? Jochens kleiner Bruder?« Er musterte Ben eingehend von Kopf bis Fuß, dann neigte er sich vor und sagte langsam und mit übertrieben deutlicher Aussprache. »Ein hübsches Kleid hast du da an.« Er tippte sich gegen das Kinn. »Hast ein böses Aua, hmmm?«

Scham klatschte wie Eiswasser über Bens Körper.

Paul fuhr empört zu Rudi herum, jeden Muskel angespannt. »Sitzt die Kappe zu eng, oder was?«

»Vorsicht, Schwuchtel!« Rudi machte die Brust breit. »In deiner Position würde ich jetzt schön die Klappe halten!«

»In meiner Position? Was *ist* denn meine Position?« Paul verstärkte den Griff um Bens Hüfte.

»Meine Herrn ... Bitte!« Beschwichtigend hob Walter die Hände. »Konzentrieren wir uns auf die Aufklärung dieses unglückseligen Vorfalls ...«

Paul und Rudi fixierten einander grimmig.

»Also ... Reisinger.« Walter räusperte sich und straffte die Schultern. »Es ist noch nicht ganz klar, was Sie um diese Uhrzeit in dieser Gegend ...«, langsam wanderte sein Blick zu Ben, »Moment. Warst du nicht auch dort, Benjamin? Du hast doch den Notruf getätigt!«

Bens Ohren begannen zu glühen. Er senkte den Blick und nickte.

Mit einem stolzen Lächeln streichelte Paul Bens Seite. »Ich schätze, er hat mir das Leben gerettet!«

Gerettet? Verblüfft glupschte Ben Paul an. *Ich habe es überhaupt erst aufs Spiel gesetzt!*

Rudi verfolgte millimetergenau, wie Pauls Hand über Bens Körper glitt, und leckte sich lauernd über die Lippen. »Ist das so ein Homoding zwischen euch?«

Mit einem trägen Seufzen wandte sich Paul an Rudi. »Ist das so ein Gedankending zwischen deinen Ohren?«

»Es ist mir wirklich unangenehm, Herr Reisinger ...« Walter quetschte die Kappe in seinen Händen. »Aber es ist vielleicht nicht ganz unrelevant, ob Sie ... Ist das zwischen Ihnen – euch – beiden ... ist das ein *Verhältnis?*«

Verhältnis? Das klang nach heißen Nächten, wildem Sex, verruchter Leidenschaft, frivolen Verabredungen, flammenden Botschaften. Vor allem aber klang es nach Liebe, von beiden gelitten, von beiden ersehnt.

Über Bens Wirbelsäule abwärts kitzelten Schweißperlen. Er schüttelte den Kopf.

»Ja«, sagte Paul geradeheraus.

Bens Herz plumpste in den Bauch, hüpfte wieder hoch und hinterließ ein warmes Kribbeln. *Ja?* Verblüfft fuhr er zu Paul herum.

»Mhm, mhm.« Walter kratzte sich hinterm Ohr. »Tut mir leid, dass ich nochmal nachfragen muss ... aber, ähm ... das zwischen euch ist also etwas Längerfristiges, richtig?«

Paul wandte sich schmunzelnd an Ben. »Das hoff ich doch.«

»Jetzt wird mir alles klar!«, platzte Rudi hervor. »Jochen hat euch zusammen erwischt!« Er ballte die Fäuste. »Verfluchte heilige ...!«

»Schmidt!« Beruhigend legte Walter ihm eine Hand auf die Schulter.

Rudi schüttelte sie ab und funkelte Paul aufgebracht an. »Du perverse Sau – hast du nicht geschnallt, dass der Kleine geistig zurückgeblieben ist? Oder macht dich das geil, einen Hirni zu ficken? Wenn Jochen dich *wirklich* dabei erwischt hat, wie du *dort draußen* seinen behinderten Bruder fickst, ist die Kugel so was von verdient! Du hast echt Nerven, Mann. Was soll das überhaupt, dass ihr Schwuchteln immer in der Gosse rammeln müsst wie Straßenköter ...«

Geistig zurückgeblieben? Hirni? Behindert?

Ben fiel. Er war nichts weiter als ein wertloses Wurfgeschoss, das in den Gully klatschte. Ein Anfall von Schwäche prickelte in seinen Muskeln. Sein Herz hämmerte so schnell und flach, als wollte es sich selbst erbrechen.

Geistig zurückgeblieben? Hirni?

Schrille Lacher dröhnten in Bens Ohren. Spott. Hohn. Man äffte ihn nach, wie er blöd grunzend beim Klatschen die eigenen Hände nicht traf, schielte, lallte. Man gackerten und zeigten mit den Fingern auf seinen Schritt, von dem abwärts über die Innenseiten der Schenkel heiße Flüssigkeit plätscherte und um seine nackten Füße eine stinkende Pfütze bildete.

Ben riss sich von Paul los und plumpste zu Boden. Panisch rappelte er sich hoch, schlüpfte zwischen den Polizisten hindurch und rannte unter geifernden Blicken den kilometerlangen Weg aus dem Zimmer. Als er endlich die Tür erreichte, prallte er gegen Claudia. Ihr Becher heißer Automatenkaffee purzelte, tränkte Bens Nachthemd und brannte auf der Haut. Ben sah nur noch verschwommen. Aus seiner Kehle gurgelte ein jämmerlicher unartikulierter Laut. Grob stieß er Claudia zur Seite. Nur am Rande registrierte er, dass sie erstaunt gegen den Türrahmen taumelte. Er vernahm Rufe, aber verstand sie nicht. So schnell ihn seine weichen Knie ließen, rannte er davon und rammte eine harte Brust.

23 | Unkraut

Mit gesenktem Blick tappte Ben neben Jochen durch den Flur. Vorne lauerte das Zimmer. Der Mann, der es mit ihnen teilte, schlurfte ihnen entgegen und nickte zum stummen Gruß.

Sie würden allein sein.

Immer wieder rubbelte Jochen Ben über den Kopf. Das mochte wie die liebevolle Geste eines großen Bruders aussehen, doch die groben Finger rissen ganze Haarbüschel aus. *Ich sollte mir den Schädel rasieren.* Ben verzog keine Miene. Mit jedem Schritt, den sie dem Zimmer näherkamen, rumpelte sein Herz heftiger, ballte sich sein Magen härter zusammen.

Jochen zischte und fauchte, packte Ben immer wieder am Nacken oder klopfte mit den Fingerknöcheln gegen die Wirbelsäule. Winzige, beiläufige Schläge, die wie harmlose Klapse aussahen, aber Ben vor Schmerz unterdrückt aufstöhnen ließen.

Schließlich baute sie sich vor Ben auf, die mittelgraue Tür, die ihn in wenigen Sekunden vom Rest des Krankenhauses trennen würde. Die Pforte zur Hölle. Was auch immer Jochen vorhatte, es würde schlimmer werden, als alles Bisherige. Bens *Liebster* hatte Jochen eine Kieferschiene verpasst, hatte dafür gesorgt, dass Jochen wochenlang bloß Babybrei würde essen können. Diese Schmach würde Ben teuer bezahlen müssen. Und Ben war bereit dafür, sofern es bedeutete, dass Jochen Paul in Ruhe ließ. Er müsste es nur aushandeln, oder Jochen beschäftigt halten, interessant bleiben, interessanter als Paul. Ein perfektes Spielzeug. Und vielleicht, irgendwann, würde Jochen vergessen, dass er mit Paul eine

Rechnung offen hatte. Vielleicht, wenn Ben es richtig machte, begriff Jochen, dass er ihm nicht würde wehtun können, indem er Paul etwas antat. Oder Claudia.

Vielleicht war es an der Zeit, dass Ben mit Jochen spielte. Wie eine Maus, die eine Katze so lange foppte, bis ihre Familie in Sicherheit war, und sich erst dann fressen ließ.

Jochen schubste Ben als stumme Aufforderung, die Tür zu öffnen. Er, Ben, sollte freiwillig das Gefängnis betreten, sollte am Ende einem jeden, der fragte, sagen müssen: *Ich selbst bin in den Raum gegangen, ich ging aufrecht, Jochen hat mich nicht festgehalten. Ich habe selbst hinter mir abgeschlossen.* So lief das immer – das machte Jochen unangreifbar.

»Hey! Ich hab ihn gefunden!« Gelächter. Gegröle. Eine Handvoll Männer latschte über den Flur auf Jochen und Ben zu. Polizeikollegen. Jochen wankte überrascht zurück, dann schlüpfte er elegant in die Rolle des tapferen Patienten, des geschundenen Kameraden, den so schnell nichts umhaute. Er ließ sich auf die Schulter klopfen und Mut und Rückgrat attestieren. Er nickte und lachte. *Unkraut verdirbt nicht.*

Ben nutzte die Gunst der Minute, seine Unscheinbarkeit und die Tatsache, dass ihn die wenigsten von Jochens Kollegen kannten, machte ein paar unauffällige Schritte zur Seite und tappte mit angehaltenem Atem davon.

Bis in die Haarspitzen angespannt schlich er den Flur hinunter, rechnete damit, jeden Augenblick zurückgerufen oder abgefangen zu werden. Endlich außer Sichtweite, lehnte er sich gegen die Wand, warf den Kopf in den Nacken und stöhnte erleichtert. Seine Knie schlotterten so heftig, dass er sich kaum auf den Beinen halten konnte.

Die Anspannung löste sich mit kalten Tränen. Ben wischte sie mit zitternden Händen fort. Als er an sich hinabblickte, entdeckte er zwar hellbraune Kaffeeflecke auf dem Nachthemd, aber darüber hinaus – nichts. Er hatte sich nicht angepinkelt. Überrascht tastete er über die Innenseiten seiner Schenkel und schnupperte an seiner Hand. Aber hatte er nicht ...? Hatten sie nicht mit Fingern auf ihn gezeigt? Hatten sie nicht hysterisch gelacht? Ihn nachgeäfft?

Erst jetzt, da sich der Puls allmählich beruhigte, der Atem immer gleichmäßiger ging, erinnerte sich Ben an Pauls alarmierten Blick. Er hatte nicht gelacht. Er hatte nicht mit dem Finger auf ihn gezeigt. Auch die anderen nicht. Sie hatten ihn wohl angeglotzt, aber nicht, weil sich Ben angepinkelt, beim Klatschen die Hände nicht getroffen, oder gelallt hatte, sondern weil er panisch gewesen war, weil er gestürzt war, weil er wie bescheuert aus dem Zimmer gelaufen war und dabei alles und jeden zur Seite gerempelt hatte.

Was war passiert? Warum hatte es sich so *angefühlt,* als hätte er sich bepisst und die ganze Welt ihn verspottet?

Ben rutschte die Wand abwärts und schlang die Arme um die Knie.

Scheiße. Ich verliere den Verstand!

24 | Entzug

»Mensch! Benjamin!« Claudia eilte auf ihn zu, ging vor ihm in die Hocke und begann, am Saum seines Nachthemdes herumzuzerren. »Du ... ähm ... vielleicht könntest du ...« Sie seufzte. »Du solltest Hosen tragen, wenn du so dasitzt, oder das Nachthemd über die Knie ziehen.«

Scheiße. Peinlicher ging es wohl nicht mehr. Rasch schlüpfte Ben die Beine unter das Nachthemd und zog den Saum bis über die Zehen. Die Ohren brannten wie Feuer. Wer, außer Claudia, hatte ihn noch so gesehen? *Deswegen* hatten ihn die Leute vorhin so angeglotzt! Beschämt verbarg Ben das Gesicht in der Ellenbeuge. »Scheiße.« Warum tat sich nicht endlich die Erde auf und verschlang ihn?

»Es ist doch nicht so schl...«, begann Claudia und unterbrach sich. »Okay, es ist *verdammt* peinlich und ich bin *echt* froh, dass es *dir* und nicht *mir* passiert ist.«

Verdutzt linste Ben über seinen Unterarm hinweg zu ihr. Hatte sie das ernst gemeint?

»Was denn?« Claudia hob die Augenbrauen. »Ohne meinen Morgenkaffee bin ich total sarkastisch.« Sie zwinkerte. »Wie sieht's aus? Begleitest du mich zum Automaten?« Ihr Blick streifte die hellbraunen Flecken auf Bens Nachthemd. »Ich geb dir noch einen aus, wenn du willst.«

Entschlossen sprang sie hoch und reichte Ben die Hand. »Na los! Komm schon!«

Wie mechanisch ließ er sich von ihr auf die Beine ziehen und latschte verunsichert neben ihr her. War das irgendeine schräge Therapiemethode, ein perfider Psychotrick, oder meinte sie das ernst mit dem entzugsbedingten Sarkasmus?

Die beiden Getränkeautomaten lockten schon von weitem – vor allem der mit den Limonaden löste durch seine bunte Leuchtreklame mit saftigen Orangenhälften Durst aus. Claudia stakste mit raschen Schritten auf den hässlicheren, kleineren Schrank zu und begann in ihrer Geldbörse zu kramen.

»Was war los?« Geschäftig schnappte sie nach Bens Hand und legte Münzen hinein. »Warum bist du vorhin aus dem Zimmer gerannt?«

Ein dumpfer Schlag traf Bens Magen.

Geistig zurückgeblieben.

Für fast eine Minute hatte er es vergessen. »Nichts.«

»Jeah«, murmelte Claudia, »das hat Paul auch schon gesagt.« Konzentriert las sie die Angaben auf dem Automaten und summte. »Die Männer und das liebe Nichts. – Was möchtest du? Sie haben auch Kakao.«

Hübsches Kleid. Hast du ein Aua?

Ben würgte die Übelkeit runter. »Nichts ... danke.«

Während Claudia eine Münze nach der anderen aus Bens Hand pflückte, um sie dem Automaten ins zwinkernde Auge zu fädeln, seufzte sie. »Nichts ... Warum überrascht mich das nicht?« Mit dem Daumen drückte sie fest auf den Knopf der Auswahl, als erwarte sie, dass der Kaffee dadurch schneller fertig würde. Der Kasten rumpelte und röchelte.

Claudia drehte sich zu Ben herum und schaute ihn ernst an. »Wenn Paul *Nichts* sagt, dann verlassen die Tiere panisch den Wald. Wenn er *Nichts* sagt, beginnt das Schweigen, da beiß ich auf Granit. Am Ende dieses *Nichts* liegt er dann im Krankenhaus, eine verdammte Kugel hat gerade so seine Lunge verfehlt und eine Platzwunde am Kopf muss mit sieben Stichen genäht werden. Wenn das hier ein solches *Nichts* ist, dann sagst du mir das jetzt! Ich glaube nämlich *nicht* dass sein Körper im Augenblick weitere solche *Nichtse* verkraften kann.«

Mit einem ›Flap‹ sprang ein Becher in das Maul des Automaten und füllte sich. So, wie sich Bens Augen mit heißen Tränen füllten. Seine Hände begannen zu zittern, die Münzen klirrten. Er ballte eine Faust darum, damit sie nicht zu Boden klimperten, und schüttelte den Kopf.

»Verdammt! Das waren die Bullen, oder? Machen sie euch wegen dieser Scheiße Probleme?«

Bens Knie wurden weich und er senkte den Blick.

Fickt Hirnis.

Ein Klackern und Piepsen verkündete euphorisch, dass der Kaffee fertig war. Er roch wie Kakao und Claudia drückte ihn Ben im Austausch für die Münzen in die Hand. »Ich nehme an, du hast heute noch nichts zu dir genommen, also trink das – aber Vorsicht: heiß.«

Sie warf weitere Münzen in den Automaten. »Was haben sie gesagt? Was ist überhaupt in dieser Nacht passiert? Paul schweigt sich darüber völlig aus. Dafür hat er mir gestern ein Dutzend Mal gesagt, dass ich Recht gehabt hätte und ihm leidtäte, nicht auf mich gehört zu haben. Ich meine ... nicht, dass es mich nicht freuen würde, dass er es endlich einsieht, aber ... Scheiße nochmal ... er ist so ... Weißt du, wann ich ihn zuletzt heulen gesehen hab? Das ist über zehn Jahre her – nein, fünfzehn!«

Ihr Daumen lief weiß an, so fest presste sie ihn ein weiteres Mal auf den Knopf. Wieder begann der Automat zu rattern und röcheln, wie von einem Dämon besessen.

»Könntest du vielleicht irgendetwas sagen?«

Geistig zurückgeblieben.

Vor Scham wurde Bens Mund staubtrocken, doch der Kakao war zu heiß, um davon zu schlürfen. Verräterische Tränen stürzten über seine Wimpern und klärten zumindest den Blick.

»Habt ihr gestritten? Ist es wegen Jochen? Will Paul den Helden spielen, oder was? Sprich mit mir!«

Flap – Gurgel – Klacker – Pieps. Claudia schnappte den Becher aus dem Ausgabefach des Automaten und pustete auf die schwarze Brühe. Dampf kräuselte sich darüber.

Plötzlich schallendes Gelächter.

Eine Gruppe Männer latschte laut plappernd, scherzend und einander rempelnd über den Flur. Jochens Kollegen von vorhin – erweitert um Rudi und Walter.

Vor Schreck machte Ben einen Schritt zurück und stieg Claudia mit der Ferse auf die Zehen.

Behutsam drückte sie ihm eine Hand in den Rücken. »Was denken die eigentlich, wo sie hier sind? Auf dem Fußballfeld?«

Der Erste, der den Lift erreichte, trommelte gegen sämtliche Knöpfe und drehte sich herum. »Scheiße. Wenn sich Paul an meinem kleinen Bruder vergriffen hätte, hätte ich ihm auch eine Kugel reingejagt – aber *richtig*.«

Die anderen schlossen auf und nickten zustimmend. »Ich auch.« – »Das soll er sich mal trauen.« – »So eine perverse Sau.« – »Wusste einer von euch, dass er eine Schwuchtel ist?« Allgemeines Kopfschütteln, dann einlenken. »Ich hab mir gleich gedacht, dass mit dem etwas nicht stimmt. Ich meine, wechselt man ohne Grund das Revier?« – »Er hat mich immer mit den Augen ausgezogen.« – »Na logisch, er steht auf dümmliche Gerippe.« Gerangel. »Das nimmst du sofort zurück!« – »Hättest du gern.« – »Gibt's nicht ein Gesetz, das verbietet,

Behinderte zu ficken?« – »Du Arschloch!« Wieder Gerangel. »Hey, ich meinte nicht dich. Der kleine Niemeier ist doch geistig behindert, oder?« – »Ja, erzählt er doch immer.« – »Dem erwachsenen Bruder Windeln wechseln! Hardcore! Könnt ich nicht.« – »Wieso steckt er ihn nicht in ein Heim? Ich meine ... ehrlich Leute, würdet ihr euer Leben nach so einem Hirni ausrichten!« – »Ist halt ein gutmütiger Mensch, unser Jochen.« Allgemeines Gelächter. »Moment Mal, Leute! Paul fickt den? Der bumst 'nen Spasti in Windeln?« – »Hahaha! Na ich nehme an, die zieht er ihm vorher aus!« – »Boah! Mir wird schlecht.« – »Das ist echt krank.« – »Als würde nicht reichen, dass er eine Schwuchtel ist.«

Bens Herz hämmerte so schwer und heftig gegen den Brustkorb, als wollte es raus aus diesem peinlichen Körper, sich ein würdevolleres Zuhause suchen. Seine Knie schlotterten, die Hände zitterten.

Claudia schnaubte. »Alles klar!« Flink griff sie nach Bens dampfendem Kakao, stöckelte auf die Gruppe zu und stolperte über einen unsichtbaren Faden. Sie riss die Hände hoch und ließ dabei schwungvoll die beiden Becher los. Kaffee und Kakao spritzen durch die Luft und klatschten auf Gesichter, Bäuche, Schultern, Beine.

»Öhhh!« – »Fuck!« – »Aufpassen!« – »Nicht so hastig, Fräulein!«

»Oh wie peinlich!«, trällerte Claudia, machte einen unbeholfenen Schritt zurück und bohrte einen Stöckel in die Schuhspitze des Kerls, der als Erstes beim Lift gewesen war. Der jaulte auf, sie drehte sich herum, flötete eine weitere Entschuldigung und schaffte es dabei, noch zwei weiteren die Zehen zu perforieren.

»Arghn, nix passiert.« – »Mgmpfts!« – »Hoppala!«

Ein freundliches ›Pling‹ kündigte an, dass der Lift bereit war, Passagiere aufzunehmen. Jochens Kollegen drängten sich in die Kabine und nickten gespielt freundlich, durch den sich verringernden Spalt der sich schließenden Schiebetüren.

Fluchend drehte sich Claudia herum, riss die Augen auf und klappte empört den Kiefer runter. »Was machst du hier? Du sollst doch nicht aufstehen!«

Verstört folgte Ben ihrem Blick und erstarrte. Zwei Meter entfernt, stand Paul und glotzte betroffen. Scheiße. Hatte er mitbekommen, was seine Kollegen gesagt hatten?

Bumst 'nen Spasti in Windeln.

Scham klebte wie Dreck in Bens Adern, machte ihn schwer und kraftlos. Er fühlte sich wie nackt auf den Rasen eines riesigen Stadions geschubst, von Zehntausenden hysterisch verlacht, verschrien, verspottet. *Hirni. Spasti. Zurückgeblieben. Behindert. Wo ist dein Kleid, dürres Mädchen? Hast ein böses Aua, hmmm?*

Claudia stürzte auf Paul zu. »Bist du irre? Einfach aufzustehen?«

Träge wandte sich Ben ab, sank mit dem Rücken mutlos gegen den Automaten und lehnte schwerfällig den Kopf dagegen.

Scheiße.

Zwei Frauen stellten sich zum Lift, drückten einen Knopf und musterten Ben abfällig. *Schau! Der Zurückgebliebene. Ein Polizist wollte ihn durchnehmen, da hat er sich von oben bis unten angepinkelt!*

Erschöpft stieß sich Ben vom Automaten ab und spähte den Flur hinunter. Claudia und Paul verschwanden gerade im Sechsbettzimmer. Ben war abgeschrieben. Vergessen. Peinliche Vergangenheit.

Jochen hatte gesiegt.

Müde schlurfte Ben Richtung Treppenhaus. Er wollte keinen Menschen mehr sehen.

25 | GRÜNANLAGE

Die Rotoren eines Hubschraubers zerhackten die stehende Luft des Hochsommertags. Baumkronen winkten, Vögel flatterten auf, eine Minute lang war nichts weiter zu hören, als der ratternde Krach des Landeanflugs auf dem Dach des Krankenhauses.

Dann war es still. Kein Lüftchen. Kein Geräusch. Die Hitze fraß den Schall. Der Himmel wurde von einem satten Blau gelähmt und das Gras verlor die Farbe. Ben hockte zusammengekauert auf einer Sitzbank der weitläufigen Parkanlage rund um das Krankenhaus. Die sengende Sonne hielt die Leute im Gebäude. Sogar die Spitalsluft war ihnen lieber als diese unerträgliche Schwüle.

Fickt einen Hirni. Bumst einen Spasti. Deckt den geistig Behinderten. Wie Straßenköter. Schönes Kleid hast du da an. Hast du ein Aua? Ich würd' ihm eine Kugel reinjagen, aber richtig.

Die Sätze tobten durch Bens Hirn wie ein akustisches Kaleidoskop. Immer wieder sah er vor seinem geistigen Auge Pauls betroffenen Blick, denselben, wie er aufgesetzt hatte, als Ben ihm auf die Hand gepinkelt hatte.

Knirschen von Kies.

Ben hielt den Atem an. Jeder Muskel verspannte. Er setzte die Sohlen auf den piksenden, heißen Boden, bereit, wegzurennen.

Die Schritte kamen näher. Schleifen. Knuspernder Schotter. Dann Knie, Füße, Räder, Nachthemd, Verband – Paul. Claudia schob ihn im Rollstuhl vor sich her.

»Da ist er!« Energisch packte Paul den Reifen und

bremste. »Lass uns allein!«

»Du willst hier draußen bleiben? Bei *der* Hitze?« Mit einem Ruck überwand Claudia Pauls Widerstand und schob ihn näher an Ben heran. »Das ist eine beschissene Idee, wenn ich das sagen darf, ihr seid beide kreislauftechnisch nicht ...«

»Bitte! Claudia!« Paul krallte die Hand fester in den Reifen. »Lass uns einfach ein paar Minuten allein, ja?«

»Benjamin ...«, flötete Claudia, »... sei wenigstens du gescheit ...«

»Claudia! Bitte!« Der grobe Ton, mit dem Paul seine Schwester anfuhr, ließ Ben zusammenzucken. Etwas sanfter fügte Paul hinzu: »Geh derweil in die Cafeteria, wir kommen gleich nach. Geht das?«

Frustriert seufzend wandte sich Claudia an Ben. »Du führst ihn! Und du lässt auf keinen Fall zu, dass er aufsteht!«

»Ja, Mama!«, knurrte Paul.

»Idiot! – Benjamin? Ich verlass mich darauf, dass du den Spinner im Griff hast!«

Verunsichert suchte Ben Pauls Zustimmung. Der nickte, also nickte auch Ben, schaute zu Claudia hoch, nickte intensiver.

Claudia schüttelte den Kopf, zischte und stakste davon. Kaum war sie außer Sichtweite, erhob sich Paul aus dem Rollstuhl. »Verdammte Glucke!«

Ben sprang hoch.

»Lass! Setz dich! Ich hab einen Schulterschuss, keine Querschnittslähmung.«

Ratlos blieb Ben stehen und starrte Paul an, der auf ihn zu wankte. Das Nachthemd bedeckte seine linke Schulter, der rechte Ärmel baumelte lose runter und – Ben wollte es nicht, aber er musste einfach hinsehen – Paul trug nichts darunter. Man sah zwar nichts, aber so, wie das Nachthemd bei der Bewegung gegen die Hüften streifte, war Paul unter dem bisschen Stoff nackt.

Wie kannst du nach all dem daran denken, Spasti?

Verschämt wandte Ben den Blick ab und ließ sich wieder auf die Sitzbank nieder. Allein das Versprechen, das er Claudia gegeben hatte, hielt ihn davon ab, wegzurennen.

Vorsichtig setzte sich Paul neben ihn. So verwundet er war, so grausam die Worte, die sie hierher getrieben hatten, so vernichtet Bens Seele – Pauls Nähe war betörend. Es wurde schwierig, den Dingen zu glauben, die Jochens Kollegen gesagt hatten, wenn Paul so selbstverständlich, so sicher, so unbeeindruckt von all dem hier neben ihm saß.

»Ich möchte mich in aller Form bei dir entschuldigen.« Paul blickte auf Bens Knie. »Nicht für das vorhin. Nicht im Namen meiner Kollegen – ich selbst werde ihnen das bestimmt nicht verzeihen – sondern dafür, dass ich ... ein Idiot bin.«

Ein kalter Schauer jagte über Bens Rücken. Er glupschte Paul verstört an. Hieß das, Paul *glaubte,* dass Ben zurückgeblieben war?

»Ich hätte etwas dagegen tun können, ich hätte etwas sagen können. Schon vor Monaten. Es ist ja nicht so, als wäre das vorhin etwas völlig Neues gewesen.« Paul grinste zynisch. »Abgesehen davon, dass ich jetzt Teil der Show bin.« Beschämt ließ er den Kopf hängen. »Fühlt sich prächtig an, wenn auf diese Weise über einen geredet wird.«

Mit verschwommenem Blick starrte Ben auf Pauls Rollstuhl. »Mir tut es leid. Ich hab ... ich hab ... ich wollte nicht ...« Der Augenblick, als Paul zurückwankte und an der klatschnassen Uniformhose zupfte, war auf einmal grausam nah.

»Du hast gar nichts getan«, behauptete Paul, griff nach Bens Hand und drückte sie. »Du hast dir nichts vorzuwerfen! Absolut nichts. Wenn du nicht gewesen wärst ... Du hast mich vor einer riesigen Dummheit bewahrt.«

Dummheit? Welche Dummheit?

Lasch wand Ben die Finger aus Pauls Hand. »Ich habe dich ... ich habe ... du musst dich doch vor mir ekeln.«

»Wieso sollte ich mich vor dir ekeln? Denkst du etwa, ich glaub den Scheiß, den die reden? Ben! Das ist doch völliger, totaler, idiotischer, hirnverbrannter Blödsinn, und das wusste ich vom ersten Moment an, als ich davon hörte. Ich hätte etwas dagegen unternehmen müssen, stattdessen habe ich – um nicht aufzufallen – mitgespielt. Ich ekle mich vor mir selbst! *Dir* müsste es vor *mir* ekeln!«

Über Bens Wangen kullerten Tränen.

»Ich weiß, es ist keine Entschuldigung, aber es hat mir jedes Mal den Magen umgedreht. Ich fühle mich schäbig, kann nicht mehr in den Spiegel sehen.«

»Nein!«, schluchzte Ben. Wovon redete Paul denn da?

»Claudia hatte recht. Ich hatte mich total verrannt.« Erneut tastete Paul nach Bens Hand. »Bitte! Ben ... sieh mich an!«

Heulend schüttelte Ben den Kopf. »Nein!«

»Auf der Fahrt ins Krankenhaus, als ich dachte, ich müsste vielleicht sterben ...« Pauls Stimme brach. »Ich hätte die letzten Wochen lieber mit dir verbracht, statt ...« Leises Schniefen. »Scheiße!«

Ben drehte sich zu Paul herum. Vor lauter Tränen in den Augen konnte er nicht sehen, ob Paul weinte, aber er hörte es und es brach ihm das Herz.

»Ich bin ihm in die Falle getappt«, piepste Paul und schüttelte den Kopf. »Er hat gewonnen.«

Was? Was sollte das bedeuten? Gewonnen? Hieß das, zwischen ihnen, das war ... zerstört? »Nein!«

»Ich halte ihn hin, bis ich etwas gehen ihn in der Hand habe?« Paul zischte bitter. »Von wegen! Ich habe bloß *uns* hingehalten. Er wusste es die ganze Zeit. Er hat mit mir gespielt – mit uns – und er hat es genossen. Ich war so besessen davon, ihn dranzukriegen, dass ich es einfach nicht sehen wollte – konnte.« Zärtlich drückte er Bens Finger. »Er hatte mich so weit, alles zu zerstören. Scheiße, ich ...« Paul schniefte und seine Stimme bebte. »Ich wollte ihn umbringen. Ich wurde zu seinem Handlanger, ohne es zu merken.«

»Nein!«, wimmerte Ben. »Nein!«

»Ben.« Paul schaute ihm eindringlich in die Augen. »Was du gesagt hast, da in der Nacht ... dass ich dich nicht wahrnehmen würde, dass ich in dir nicht *mehr* sehen würde, als einen Nagel für Jochens Sarg ...« Pauls Mundwinkel bebten. »Du hattest recht.«

»Nein!«

»Doch! Ich habe das Wichtigste aus den Augen verloren. Ich habe das Ziel aus den Augen verloren.«

Über Bens Wimpern stürzten unablässig Tränen.

»Es ging nur noch um Jochen. Nicht mehr um ... dich ... uns.«

Ben schnappte nach Luft und produzierte dabei ein peinliches Schluchzen. »Nein.«

»Als du mir vorgeworfen hast, nur mit dir zu spielen, fiel es mir wie Schuppen von den Augen. Der Abgrund – ich habe zu tief und zu lange hineingestarrt. Das war nicht mehr ich. Ich hab mich mit Claudia zerstritten und zugesehen, wie du allmählich verschwindest ...«, traurig blickte Paul auf Bens Knie. Sein Kinn bebte.

»Scheiße ... du bist so dünn geworden.«

»Ich habe dich angepinkelt!«, stieß Ben hervor und zog seine Finger aus Pauls Hand. »Während du ... während wir ...«

»Was?«

Ben drehte sich weg, zog die Beine zur Brust und schlang die Arme darum. »Sie haben recht. Ich bin zurückgeblieben! Alles, was sie sagen, stimmt.«

»Wovon redest du, bitteschön?«

»Ich bin ... ich ... ich bin ...«

»*Was* bist du?« Zärtlich legte Paul eine Hand auf Bens Rücken.

Ben schüttelte sie ab, sprang hoch, wollte weglaufen, doch dann sah er den Rollstuhl. Er konnte nicht, durfte nicht weg. Schließlich ballte er die Fäuste, schloss die Augen und krächzte: »Ich hab dich angepinkelt. Als du mir einen runtergeholt hast.«

Stille.

Noch mehr Stille.

»Ich weiß.«

Ben blinzelte. »Und?«

»Und?« Auf Pauls vom Verband halb verdeckter Stirn entstanden Falten. »Ach so! Du ... ähm ... du versuchst mir zu sagen, dass ...«

Verlegen krallte Ben die Finger ins Nachthemd und nickte.

»Tja, also ...« Paul schürzte die Lippen und ließ den Blick über die Parkanlage gleiten. »Okay. Das ist natürlich ... Da hätten wir vorher vielleicht darüber reden sollen ...«

Das war's also? Hätte Ben Paul gleich gesagt, dass er Bettnässer war, hätten sie sich all das erspart? Kein Schulterschuss, keine Platzwunden ... keine Küsse, keine ... vielleicht ... Liebe? Obwohl sich Ben zusammenreißen wollte, würgte ein Schluchzen aus seiner Kehle.

»Hey«, sagte Paul sanft. »Es hat mich etwas überrumpelt, aber wenn ... ich meine ... wenn du das *brauchst,* dann ... es ist ja auch nicht wirklich schlimm, nur etwas unerwartet ...«

In Bens Kopf polterten ein paar Schränke voller Gedanken durcheinander. »Brauchen?«

»Einige meiner Exfreunde waren ziemlich kranke Wichser, also ... Nicht dass ich sagen will, dass du ein kranker ... Was ich meine, ist ... ich bin für einiges zu haben ... also ... gibt es außer Urophilie noch etwas, das ich – in dieser Hinsicht – wissen sollte? Nur, damit ich mich darauf einstellen kann ...«

»Urowas?«

»Na deinen Urin-Fetisch.« Paul blinzelte wieder in das beruhigende Grün des Parks. »Ich hätte zwar nicht erwartet, dass wir hier und heute über so etwas reden, noch bevor ... Aber, warum eigentlich nicht. Nun, ich mag es manchmal – nicht immer – aber doch gelegentlich, wenn ...«

»Ich hab keinen ...« Ben setzte sich zu Paul und flüsterte: »... Urin-Fetisch.«

»Aha«, brummte Paul und runzelte die Stirn. »Und ... äh ... worüber reden wir dann hier seit ein paar Minuten?«

Betreten senkte Ben den Blick, knetet die Finger im Schoß und nuschelte: »Ch bn Bttnssr.«

»Chbrtnbrwas?«

»Bettnässer.«

Nachdenklich kletterte Pauls Blick über Bens Körper – rauf, runter, rauf, runter. »Du pinkelst also ins Bett. Im Schlaf.«

Wow. Das klang ziemlich ... entwürdigend. Beschämt zog Ben die Schultern hoch und nickte.

»Immer? Ich meine ... jede Nacht?«

Bens Herz raste vor Verlegenheit. Er schüttelte den Kopf.

»Wir waren nicht im Bett. Du hast nicht geschlafen ... also ... was ...?«

Möge sich doch endlich die Erde auftun und mich verschlingen. »Es passiert manchmal auch so. Ich meine, wenn ich ... wach bin ... Stress ...«

»Angst?«

Ben biss sich auf die Lippen und nickte.

»Okay.«

Irritiert blickte Ben hoch. *Okay?*

»Ich habe mir schon so etwas gedacht ...«

Wieso denkt sich Paul ...? »Weil mich Jochen entmündigen will?«

Paul prustete bitter. »*Deswegen?* Wie kommst du bitteschön auf die bescheuerte Idee, dass ...«, dann erschlaffte sein Gesicht. »Oh, Mann, warum glaubst du ihm denn so einen Scheiß?«

Jetzt kam sich Ben richtig naiv – ja, geradezu zurückgeblieben – vor. Betreten grub er mit dem großen Zeh eine Furche durch den Kies.

Plötzlich durchschnitten die Rotoren des startenden Hubschraubers wieder die Schwüle. Pfeifendes Surren leitete ohrenbetäubenden Lärm ein, die Bäume rauften mit dem Wind, dann hob sich die Metalllibelle über die Dächer hinweg und ratterte rasch in die Ferne.

Während die Ordnung der Stille wieder hergestellt wurde und sich die Hitze wie ein schwerer Teppich über den Park legte, strich Paul zwischen Bens Finger und verflocht ihre Hände miteinander.

Minutenlang sagte keiner ein Wort. Bens Bauch kribbelte mit jeder Sekunde intensiver, die so schön verstrich im einvernehmlichen Schweigen. Irgendwie war auf einmal alles so ruhig. Die wochenlange schrille Panik schlief, der Terror der Scham, der die letzte Stunde gewütet hatte, lag wie ein schlimmer Albtraum hinter ihm. Dafür hielt Paul seine Hand und sie waren einfach nur da. Erstmals, seit sie sich kannten, waren sie zusammen allein. Abgesehen von der Begegnung auf der Brücke, und an die dachte Ben jetzt. Es war der kälteste Tag des Jahres gewesen – und heute war vielleicht der heißeste.

»Ich muss dir etwas sagen«, begann Paul schließlich und blickte Ben ernst an. »Aber vorher musst du mir versprechen, dass du es niemals Claudia erzählen wirst – komme, was wolle.«

Unruhe zwängte sich in die wunderbare Einigkeit, bedrohte diese kaum gesponnene Schicht zarten Glücks. Mit einem zähen Stich im Bauch stimmte Ben zu. »Versprochen.«

Paul blickte wieder ins Grün. »Du hast mir meine Brücke weggenommen. Meinen Termin.«

Die Behaglichkeit wurden von der Dampfmaschine eines Schocks zerstampft. Ben wollte nicht verstehen, schob die Information wie die Bausteine bei Tangram hin und her, um sie zu einer schöneren, einer viel besseren Form zu vereinen.

»Du hast es mir versaut!« Über Pauls Gesicht huschte der Anflug eines Lächelns. »Unter anderen Umständen wäre ich verdammt sauer auf dich gewesen. Wochenlange Planung im Arsch. Mit einer gluckenhaften Psychologenschwester im Nacken war das das reinste Psycho-Katz-und-Maus-Spiel.«

Ben schluckte schwer. »Du wolltest dich ... umbringen?«

»Zwei Esel, ein Gedanke, hm?« Paul grinste schief. »Nur ein weiterer Fall in der Feiertagsstatistik.«

Gänsehaut zog über Bens Nacken – trotz Hitze kribbelte ihm eiskalt der Rücken.

»Weißt du, wie oft ich in meinem Job Leute davon abgehalten habe, genau so eine Dummheit zu begehen?« Ohne eine Antwort abzuwarten, fuhr Paul fort. »Sieben Mal. Und weißt du, wie die Reaktionen waren?« Betrübt schüttelte er den Kopf. »Hass. Wut. Tätliche Angriffe. Beleidigungen. Vier haben es wenige Wochen später wieder versucht – mit Erfolg.«

Statt seiner führte Paul Bens Handfläche über das Nachthemd. »Aber du …« Seine Mundwinkel bebten. »Niemand, wirklich niemand hat sich jemals so an mich geklammert wie du. Du hattest mehr Lebenswillen als ich, mehr als die meisten Menschen, die ich kenne und die nicht auf die Idee kommen, zu springen. Du hast meine Rettung so bedingungslos angenommen, bist so dankbar an mir gehangen, dass ich mir schäbig vorkam, jemals auch nur daran gedacht zu haben, Schluss zu machen.«

Betroffen glotzte Ben auf seine Knie, schwieg. Wäre er nicht in dieser Nacht auf der Brücke gestanden, wären sie vielleicht beide nicht mehr hier. So war das also einst in der Schule gemeint, Minus und Minus ergibt Plus.

»Und jetzt?«, flüsterte Ben nach einer Weile.

»Es hat sich viel verändert.« Paul streichelte mit dem Daumen über Bens Handrücken und sah sich dabei zu. »Als ich dich wiedergesehen hab – in Jochens Wohnung – und realisiert hab, dass du dieser Typ bist, über den sie solche würdelose Sachen behaupten, hatte ich erst einmal einen Schock. Auch weil …« Paul holte tief Luft und schüttelte den Kopf. »Mein Leben lang hab ich mir eingeredet, dass ich meinen Vater eines Tages hätte bezwingen können, wenn er nicht so früh gestorben wäre

– aber als ich dich da gesehen habe, kaum mehr als ein verschreckter Schatten, wurde mir klar, dass ich mir bloß etwas vorgemacht habe. Wenn er noch leben würde, wäre ich heute in deiner Position. Nach wie vor. Und das hat mich fertiggemacht.« Paul grinste schief. »Claudia ist mir dauernd mit irgendeinem Freudgesülze auf die Nerven gegangen, von wegen, dass ich mit meinen diversen Ex oder Jochen stellvertretend unseren Vater bezwingen wollen würde. Ich hab sie ausgelacht, aber sie hat vermutlich recht.«

»Also hat das alles nichts mit mir zu tun.«

»Abgesehen davon, dass Jochen dein Bruder ist? Nein.«

Ben nickte tapfer und krächzte: »Okay.«

»Zumindest am Anfang.« Paul hob den Kopf und blickte Ben so sanft in die Augen, dass diesem ganz warm im Bauch wurde. »Ausgerechnet du, der du allen Grund dazu hättest, jemanden wie mich – einen Polizisten und Kollegen deines Bruders – wegzustoßen, hast mich so bedingungslos in dein Herz gelassen wie niemand zuvor.« Paul ließ Bens Hand los und strich ihm über Schläfe und Wange. »Ich war innerlich tot, bis ich dich getroffen habe, ein schweigender Klotz. Und nun ... schau mich an, ich heule, ich rede – und ich bin nüchtern dabei – noch nie wollte ich jemandem so viel sagen, ihn so sehr an dem teilhaben lassen, was ich denke, was ich fühle, wie dir.« Zärtlich streichelte Paul an Bens Hals abwärts und fuhr mit den Fingern in seinen Nacken. »Du machst etwas mit mir, dass ich mich mag, dass ich mein Leben mag. Scheiße, ich sitze angeschossen in einem Krankenhaus, meine Kollegen wollen mich umbringen, weil ich schwul bin, ein Psychopath ist hinter mir her, und ich liebe mein Leben.« Über Pauls Wangen liefen Tränen. »Vielleicht bin ich ja total kaputt, oder es ist etwas dran an dem, was Claudia sagt, dass ich nur im Krieg leben kann, ich weiß es nicht, aber ich weiß, dass ich verdammt froh bin, dass du mir meine Brücke und meinen Termin geklaut hast. Es tut mir leid, dass ich dich so hab zappeln lassen, dass du das vorhin hast anhören müssen, das hast du nicht verdient, und ich will, dass du weißt, dass, wäre ich im Moment nicht so lädiert, sie jetzt alle mit Kieferschiene neben Jochen liegen würden. Ich kann nicht gut machen, was ich versäumt habe, aber … Scheiße … ich will die Chance nutzen, die ich bekommen habe, um es ab jetzt besser zu machen – und das heißt, du …« Paul lachte und heulte zugleich. »Das heißt: *du!*«

Der Verband auf Bens Kinn saugte Träne um Träne auf. Ganz blöd vor Gefühlen wollte er fast ein Ich-liebe-Dich hinausplärren, doch war es das? War es das, was Paul ihm hatte mit so vielen Worten sagen wollen? »Danke«, flüsterte Ben und legte zitternd die Finger auf Pauls Wangen. »Danke. Danke. Danke.«

Ben schnappte hungrig nach Pauls salzigen, von Schweiß und Tränen nassen Lippen, schnaufte verheult in den zitternden Kuss. Zärtlich schob er die Hände in Pauls Nacken, grub die Finger in seine Locken, wollte diesen Mann kosten, schmecken, in ihm versinken, mit ihm verschmelzen. Aus Pauls Brust drang ein tiefes, überwältigtes Brummen. Er öffnete den Mund und empfing Bens ungestüme Gier.

In Bens Kopf zündeten Funken und so verzweifelt er eben noch gewesen war, so erregt war er nun, vielleicht sogar glücklich, doch auf jeden Fall in einem Rausch der Gefühle – schöner Gefühle. Je offensiver Paul dagegenhielt, umso mutiger wurde Ben, umso mehr fühlte er den Drang, ja das Recht, den ausgedörrten Sumpf seiner Erfahrungen zu fluten. Sieben Jahre war es her, dass er einen Mann angefasst hatte, *richtig* angefasst hatte. Ein Junge war er noch gewesen, wenn auch kein scheuer. Zumindest damals. Doch Paul war kein Teenager wie Tim, er war ein richtiger Mann, roch herb und trotz seiner Verletzungen waren da Kraft und ein betörend energischer Wille, der Ben nach und nach die Sicherungen durchbrennen ließ.

Er vergaß, dass sie in der Parkanlage eines Krankenhauses saßen, dass sie beide verwundet waren, dass es Vormittag war und das, was er wollte, besser in den eigenen vier Wänden geschah. Paul stöhnte überrascht auf, als Ben die Finger unter sein Nachthemd schob, direkt, ohne Umschweife, und voller Neugier und Hunger nach Erfahrung den schweren Hodensack befühlte. Erregt zuckend spreizte Paul einladend die Beine und Ben spielte behutsam mit den Kugeln unter der samtigen Haut. Verwegen fuhr er mit den Fingerkuppen über den harten Schwanz, der unter der etwas unbeholfenen Berührung freudig zuckte.

»Ah!«, stöhnte Paul, kurz und in einer so erregenden Tonlage, irgendwie verzweifelt, irgendwie verlangend, dass sich nur allein davon in Bens Becken die Säfte sammelten.

Gewissenhaft zeichnete Ben die harte Rille des Eichelrands nach, entlang des auf die kleine Öffnung zulaufenden Schwungs und wischte mit dem Daumen den Lusttropfen von der Spitze. Er widerstand der Versuchung, sich zwischen Pauls Knie sinken zu lassen um ihn mit den Lippen zu fühlen, zu kosten, zu riechen, sich dieser Erfahrung mit allen Sinnen hinzugeben, und umfasste den pulsierenden Schaft.

»Ah!«, machte Paul wieder, kurz und gequält, zuckte am ganzen Körper und kippte das Becken als wollte er sich aus dem Griff winden, nur um drängend in die

Faust zu stoßen.

Wie Ben an Pauls Zunge entlang glitt, führte er die Hand über den Schwanz, und wie er die Lippen gegen Pauls Mund drückte, massierte er mit Daumen und Zeigefinger die Corona. Saugte er an Pauls Unterlippe, zog er die Vorhaut über die Eichel, drang er tief in Pauls Mundhöhle, schob er sie zurück.

»Ah!«, wimmerte Paul, und noch einmal, »Ah!« Sein Kuss wurde unkonzentriert, die Hand wanderte auf Bens Schulter, krallte sich daran fest. Beherzt glitt Ben mit der Faust rhytmisch über die steinharte Länge, »Ah!«, kontrolliert abwärts, »Ah!« wieder hoch, steigerte das Tempo und hielt es nicht mehr aus. Flink packte er mit der anderen Hand seinen eigenen Schwanz, vollführte die letzten Bewegungen synchron, schnell, schneller, langsam, stopp.

»Aaah!«, jammerte Paul, schnaufte, zog die Zunge aus dem Kuss zurück, presste die Stirn gegen Bens Schläfe, Wange an Wange, sang ihm ein gedehntes »Aaahjaaahjaah!« ins Ohr. Heiß und zäh sprudelte Pauls Saft über Bens Fingerknöchel, während Ben seine eigene Lust geschickt mit der Faust auffing.

Als hätte sie ein Regenguss erwischt, lehnten Ben und Paul klatschnass geschwitzt Stirn an Stirn, keuchten und ließen den kitzelnden Rausch im Kopf verebben. Die Augen geschlossen lachten sie leise, glücklich, über sich selbst, ihre Angerührtheit, ihre Geilheit.

Klatschen.

Applaus.

Jeder Schlag ein Knall. Erschrocken fuhren sie auseinander. Im Rollstuhl saß Jochen, blähte die Nüstern und klatschte laut und anerkennend in die Hände.

26 | VERRECKE

Der Rollstuhl spottete der animalischen Erscheinung. Jochen wirkte, als lauerte er auf seinen Einsatz als Joker, um die ausgepowerte gegnerische Mannschaft zu demoralisieren, plattzumachen, ihr den Todesstoß zu verpassen. Anders als Paul und Ben trug er Jogginghose, T-Shirt und Turnschuhe und keinen Verband. Abgesehen von seinem geschwollenen Kiefer wirkte er kräftig und vital wie immer, bloß dass er nicht sprechen konnte und stattdessen durch seine mit Draht gefletschten Zähne zischte – was ihn noch furchteinflößender machte.

Während der Schrecken die Kraft aus Bens Körper rupfte, spannte Paul sämtliche Muskeln an und wandte sich Jochen zu. Mit zitternden Fingern tastete Ben nach Pauls Hand – und stupste gegen eine geballte Faust. Ben kannte das Tier in Jochen, kannte den kalten Blick einer grausamen Entschlossenheit, den Auftakt zu einem Spiel, das nur einen Verlierer kannte: Ben. Diesmal jedoch war es Paul, den Jochen so fixierte – schlimmer noch – der Stahl in Jochens Blick glühte. Das war nicht bloß sadistische Vorfreude, das war nicht bloß Verachtung für alles Menschliche, er blickte Paul nicht an wie eine Laborratte, deren Reaktion auf sein Experiment ihn faszinierte – Jochen wollte vernichten.

Sollte Ben jemals die Regung eines Gefühls an seinem Bruder gesehen haben, so in diesen Sekunden. Auf Jochens Stirn traten Adern hervor und in seinem Körper vibrierte die Anspannung der Lauer. Er wartete auf das geringste Zeichen von Schwäche, um Paul anzugreifen, den kleinsten Anflug von Unkonzentriertheit. Nicht, weil er es nötig hätte – Paul war schwer verletzt und selbst im gesunden Zustand konnte er Jochen nur schwer das Wasser reichen –, es gehörte zum Spiel. Jochen wollte Furcht sehen, Resignation, den Tod der Hoffnung. Darum ging es. Das war der Anreiz. Auch im Hass. *Besonders* im Hass.

Ben war starr vor Angst, doch es war nicht *seine* Kapitulation, die Jochen suchte.

Paul knirschte hörbar mit den Zähnen und trotz seiner Verletzung schien er sich auf einen harten Kampf vorzubereiten.

»Nein!«, kreischte jemand.

Ben zuckte hoch und sah Claudia, wie sie über die Wiese herbeigestürmt kam und kurz innehielt, um die Stöckelschuhe von den Füßen zu schütteln.

Diesen kurzen Moment der Unachtsamkeit nutzte Jochen. Er stemmte sich aus dem Rollstuhl, streckte den Arm nach Paul aus und packte ihn am Genick. Blitzschnell hakte Paul den Fuß um Jochens Wade und riss ihm in einem Ruck das Bein unter dem Körper weg. Zugleich rammte er ihm den Ellenbogen ins Brustbein. Jochen ächzte, plumpste zurück in den Rollstuhl und riss Paul mit sich. Mit einer fast zärtlich ruhigen Bewegung schlang er den Arm unter Pauls Kinn und begann seinen Hals zu quetschen.

»Nein!« Ben rutschte von der Sitzbank, packte Jochen am Unterarm und zerrte daran. »Hör auf!« Mit ganzem Gewicht hängte er sich an den Würgegriff, doch alles, was er erreichte, war bloß, dass Jochen lachte.

Paul krallte die Hand in Jochens Arm, röchelte, sein schmerzverzerrtes Gesicht färbte sich lila.

»Hör auf! Hör auf!« Mit beiden Fäusten drosch Ben auf Jochen ein – vergebens, es klatschte bloß und Jochen schnaubte belustigt.

Plötzlich riss Jochen den Kopf zurück, sein eben noch

überhebliches Lachen verstummte. Er würgte.

»Lass ihn los, du Schwein!«, fauchte Claudia und plumpste hinter dem Rollstuhl zu Boden. Erst jetzt sah Ben, dass sie den Riemen ihrer Handtasche um Jochens Hals geschlungen hatte. Die Füße gegen die Rückenlehne des Rollstuhls gestemmt, zerrte sie mit aller Kraft an der Tasche und würgte das Biest.

Endlich ließ es los.

Hustend kippte Paul nach vorn auf die Knie, legte die Hand auf den Verband an seiner Schulter, ächzte. Die weiße Mütze rutschte von seinem Kopf und fiel in Jochens Schoß.

Bens Beine wurden weich. Er sank zu Paul auf den Boden, krallte die Finger in dessen Nachthemd, und zog ihn zu sich, weg von diesem Ekel. Die kahle Stelle mit der verkrusteten Naht über Pauls Ohr glänzte. An Jochens Oberarm klebte Pauls Blut.

Im Augenwinkel sah Ben einen Mann über die Wiese auf sie zurennen.

Jochen gurgelte und versuchte, den Riemen der Handtasche von seinem Hals zu entfernen. An seiner sehnigen, von der Reibung des Riemens rot gefärbten Kehle, traten die Adern hervor und dicke Schweißtropfen strömten über sein Gesicht.

»Verrecke! Du Schwein! Verrecke du verdammtes Schwein!«, zischte Claudia in einem fort und zerrte unablässig an ihrer Tasche.

Mit einer ruhigen, bestimmten Bewegung schob Paul Ben von sich, dann fuhr er rasch herum, hob die Faust und boxte Jochen mit aller Kraft in die Weichteile. Jochen jaulte auf, trat aus und traf Paul so heftig an der Seite, dass er durch den heftigen Stoß direkt gegen Bens Brust knallte.

Der Wucht konnte Ben wenig entgegensetzen. Im Reflex schlang er die Arme um Paul und fiel mit ihm eng umschlungen auf den Rücken. Das dünne Nachthemd bot keinen Schutz gegen die spitzen Steinchen des Kieses. Der Aufprall und Pauls Gewicht raubten Ben den Atem. Vor Schmerz und Schreck krallte er die Finger in Pauls Rücken und japste. Über Pauls Schulter sah er, wie etwas emporschnellte.

»Fuck!«, schrie Claudia.

Alarmiert wand sich Paul aus Bens Armen und drehte sich herum. Der Riemen der Handtasche war gerissen.

Jochen hustete, röchelte und rang mit einem schrecklich rasselnden Geräusch um Luft. Eine Faust in den Schritt gepresst, wuchtete er sich vornübergebeugt aus dem Rollstuhl, drehte sich mit einem furchterregenden Knurren zu Claudia herum, und gab dem Rollstuhl mit einer wegwerfenden Handbewegung einen Schubs, sodass er ins nahe Gebüsch rollte.

»Scheiße!« Claudia krabbelte auf dem Rücken liegend rückwärts.

Geistesgegenwärtig, wenn auch mittlerweile deutlich geschwächt, rutschte Paul an Ben abwärts und trat Jochen so gekonnt gegen den Fußknöchel, dass er ihm damit ein weiteres Mal das Bein unterm Körper wegriss. Jochen stolperte gefährlich und ruderte mit den Armen, um sich an der Luft festzukrallen. Rasch riss Claudia die Beine hoch und trat ihm, der drohte, auf sie draufzufallen, mit Wucht gegen die Rippen.

Jochen winselte auf, taumelte ein paar Schritte zur Seite und wurde von dem Mann aufgefangen, der über die Wiese herbeigeeilt war. Der Kerl versuchte, Jochen in den Schwitzkasten zu nehmen und nach einem kurzen Gerangel – infolgedessen der Mann ins Gras plumpste und einen gezielten Tritt in die Niere einstecken musste – rannte Jochen davon, nicht schnell, aber mit eingezogenem Kopf. Der Mann wälzte sich über den Rasen und ächzte vor Schmerz.

»Ja! Lauf nur weg, du Scheißpsycho!«, schrie Claudia Jochen hinterher und ballte die Fäuste. »Lass dich hier nie wieder blicken!«, etwas schwächer: »Scheißkerl!« Keuchend neigte sie sich vor, stemmte die Hände auf ihre Knie und drehte sich zu Ben und Paul herum. »Alles okay mit euch?«

Statt etwas zu sagen, streckte Paul lasch den Daumen in die Luft, ließ sich stöhnend gegen Ben sinken und grub erschöpft das Gesicht in seinen Bauch.

Claudia hob ihre ruinierte Handtasche hoch. »Ich mach ihn kalt! Du hast recht, Paul, die Welt braucht so ein Schwein nicht.«

Ben setzte sich auf und bettete zärtlich Pauls Kopf in seinem Schoß. Umständlich und mit einem gequälten Ächzen rollte sich Paul zur Seite und zog die Beine an. Ben erschrak. Ohr, Schläfe – die ganze Gesichtshälfte und Pauls Hals waren von der gerissenen Naht am Kopf voller Blut. Auch der Verband an der Schulter war durch und durch mit Blut getränkt. Paul war blass und ein Schweißfilm klebte auf seiner Haut. Der Schmerz zeichnete tiefe Furchen in sein Gesicht.

Bens Herz zerriss und sein Blick wurde verschwommen. Er wollte irgendetwas sagen, aber er wusste nicht, was. Zitternd streichelte er über Pauls Scheitel und ließ die andere Hand hilflos über ihm kreisen. Er wusste nicht, wo er ihn bei all dem Blut anfassen sollte und hatte Angst, ihm wehzutun. Eine Träne purzelte von seiner Nasenspitze auf Pauls Oberlippe.

Verdutzt blickte Paul zu ihm hoch. Obwohl der Schmerz an seinen Gesichtsmuskeln zerrte, begann er zu lächeln und stupste tröstend die Finger gegen Bens

Seite. »Hey. Nicht weinen. Ich ...« Pauls Lider flatterten. »Ich l...«, er verdrehte die Augen, versuchte auf Ben zu fokussieren, »... lmndb ...«, dann erschlaffte sein Gesicht und sein Kopf wurde schwer.

27 | U̲n̲v̲e̲r̲n̲u̲n̲f̲t̲

»Sie können heimgehen.« Die Ärztin wandte sich auf ihrem Drehstuhl um und zerrte die Einweghandschuhe von ihren Händen. »Die Naht am Kinn erfordert keinen weiteren Spitalsaufenthalt, aber Sie sollen sich etwas Ruhe gönnen, solche Aktionen ...«, sie nickte zu den aufgeschürften Knien, »... sind nicht gerade gut für die Genesung.«

Routiniert schnalzte sie die laschen Gummiteile in den Mülleimer und streifte Ben mit strengem Blick. »Vernunft scheint im Hause Niemeier ja generell nicht besonders großgeschrieben zu werden, was?«

Sie gab dem Drehstuhl einen Drall, rollte bis zum Schreibtisch und tippte etwas in den Computer. »Ich weiß, Ihr Bruder scheint zu glauben, er wäre unverwundbar, aber achten Sie bitte trotzdem darauf, dass er sich schont und den Kiefer mit Kühlpackungen behandelt.«

Als sie Bens verdutzten Gesichtsausdruck bemerkte, hob sie die Augenbrauen. »Sie wissen doch, dass er heute Vormittag auf eigene Verantwortung die Klinik verlassen hat?« Seufzend schüttelte sie den Kopf. »Dass das nicht gerade vernünftig ist, muss ich Ihnen wohl nicht sagen. Es ist immer das selbe mit unseren *Freunden und Helfern.*« Energisch drückte sie Ben irgendwelche Zettel in die Hand und schaute ihn auffordernd an. »In drei Tagen seh ich Sie wieder.«

Wie betäubt wankte Ben aus dem Behandlungszimmer. Paul lag unter dem Messer und Jochen lauerte daheim. Es nahm kein Ende. Es gab kein Glück. Irgendwann musste Ben endlich einsehen, dass Jochens Lektionen stimmten. Hoffnung war ein Irrtum.

28 | Genug

Kais viel zu großer Arbeitsoverall kratzte. Der Stuhl, auf dem Ben saß, konnte nicht mehr näher an Pauls Bett geschoben werden – die Knie, zwischen Sitzfläche und Bettkante eingeklemmt, schmerzten bereits empfindlich. Kopf und Arme auf die Matratze gebettet, schmiegte Ben die Wange an Pauls Finger. Stille Tränen liefen aus seinen Augenwinkeln und tränkten das Laken.

Gelegentlich kamen Claudia oder Kai herein, legten ihm eine Hand auf Schulter oder Rücken und versuchten ihn zu überreden, sich die Beine zu vertreten, etwas zu essen oder etwas zu trinken, doch Ben blieb wie ein Stein, mehr wie ein nasser Sack, hocken.

Da das Krankenhaus seine Kleidung aus Hygienegründen entsorgt hatte, trug Ben nun Kais Reserve-Arbeitsoverall, den dieser wohl immer im Auto mitführte. In das Teil hätte Ben locker drei Mal gepasst und ohne etwas darunter scheuerte der grobe Stoff empfindlich – vor allem an den sensibleren Stellen und den Schürfwunden auf Rücken und Beinen.

Kai war der Mann gewesen, der ihnen zur Hilfe geeilt war. In all dem Durcheinander und da Ben ihn noch nie außerhalb der Werkstatt und damit ohne Overall und Ölflecken in Gesicht und Haar gesehen hatte, hatte er ihn nicht sofort erkannt. In Jeans und Hemd wirkte Kai ungewohnt seriös, fast ein bisschen elitär.

Nachdem die Sanitäter Paul auf eine Bare geschnallt und weggetragen hatten, war Ben wie mit dem Boden verschmolzen sitzen geblieben. Sein Körper fühlte sie an wie Stein und sein Nachthemd war durchtränkt von Blut, Schweiß und Urin – wieder einmal. Auch nach mehrmaliger Aufforderung blieb er hocken und starrte auf seine blutigen Hände. Schließlich hob Kai ihn hoch, setzte ihn in den Rollstuhl und schob ihn hinter dem Trupp rund um Paul her.

Irgendwann am Nachmittag war Walter gekommen und hatte betreten Claudias hysterische Angaben aufgenommen. Gleich einem väterlichen Freund blieb er ein paar Minuten bei Ben im Wartebereich, dann klopfte er ihm wortlos die Schulter, schüttelte über das neuerliche Unglück den Kopf, und schlurfte müde davon.

»Durch das Blut hat es schlimmer ausgesehen, als es ist«, hatte der Arzt beruhigt, als man Paul – reglos in seinem Bett liegend – wieder ins Zimmer schob. »Zwischendurch war er wach und hat sogar einen Scherz gemacht, aber jetzt braucht er Ruhe. Lassen Sie ihn schlafen und machen Sie sich keine Sorgen.«

Keine Sorgen?

Was wusste der Arzt schon? Was wusste er denn davon, wie aufgerieben Ben war, wie leid, Beschwichtigungen zu hören. Keine Sorgen zu haben, bedeutete doch bloß, noch Sorgen zu bekommen. Es gab kein Aufatmen, sondern nur Luftholen, um durch die nächste Scheiße tauchen zu können.

Ben verweigerte Beruhigungstropfen – schlug sie Claudia schließlich sogar rüde aus der Hand, als sie damit aufdringlich wurde. Er war fertig mit der Welt und wollte nichts mehr dulden, das sich zwischen ihn und Paul stellte, nicht Jochen, nicht Vernunft, nicht Claudia und auch keine Sedativa. Er wollte keine Vorwürfe mehr hören, keine Ratschläge, keine Parolen zur Aufmunterung und hätte er nicht Angst gehabt, Paul wehzutun, hätte er sich längst zu ihm ins Bett gelegt und Arme und Beine um ihn geschlungen.

Ben wollte nicht daran denken, dass er hier irgendwann wegmusste, nach Hause zu Jochen, den *armen* unvernünftigen Bruder, um dafür zu sorgen, dass er sich schone, dieser Arsch. Kühlpackungen auf den Kiefer? Die Faust konnte er haben. Einen Ziegelstein konnte er haben. Ben würde nie wieder heimgehen, es sei denn, um Jochen zu töten. Ja, auch wenn er dafür ins Gefängnis müsste, da war er nun ganz auf Pauls Linie – egal wie geläutert Paul dahingehend mittlerweile war.

Aber vorerst wollte er bleiben und niemand würde ihn von hier wegbringen. Dazu müssten sie schon Gewalt anwenden oder ihn betäuben. Auch deswegen wurde Ben zunehmend aggressiver, wenn sich jemand näherte, selbst gegenüber Claudia oder Kai.

Es war einfach genug.

Und doch, trotz Wut, Hass und Zorn auf die Welt, blieb er innen drin weich. Der Paul zugewandte Teil war so verletzt, so empfindsam, tat so verdammt weh und trieb ihm ununterbrochen die Tränen in die Augen. Ben konnte sich nicht leiden. Den kratzbürstigen Teil nicht, weil er Menschen wegstieß, die er mochte, den kaltblütigen Teil nicht, weil er ihn Jochen so ähnlich machte, den sensiblen Teil nicht, weil er so unerträglich wehtat.

Plötzlich – endlich – bewegte Paul einen Finger und strich über Bens Nasenrücken.

Aufgeregt hob Ben den Kopf.

Paul lächelte. »Nicht weinen.«

Seine Stimme klang so sanft, so schön, ließ Bens Herz jubeln, bis es fast platzte, in der Brust schmerzte und er – ganz entgegen Pauls Forderung – wild zu schluchzen begann.

Paul blinzelte zärtlich, hob die Hand an Bens Wange und fing mit dem Daumen die Tränen auf. »Nicht weinen.«

Blöd vor Freude, dass Paul erwacht war, schmiegte

Ben sein Gesicht in die warme Handfläche und schob die Finger über Pauls Handrücken, um ihn sanft festzuhalten, küsste den Handteller, das Handgelenk, den Unterarm abwärts und wieder zurück bis zu den Fingerkuppen. Kleine, flinke, dankbare Küsse.

Paul kicherte leise und ächzte. »Komm her.«

Eilig kletterte Ben aufs Bett und legte sich – aus Angst Paul zu verletzen – so weit an den Rand, dass er ihn kaum berührte.

»Näher«, flüsterte Paul und breitete den linken Arm aus, damit sich Ben hineinkuscheln konnte. Vorsichtig drückte sich Ben an Paul, streichelte oberhalb der Decke über Bauch und Brust hoch und fuhr mit den Fingerkuppen spielerisch-zärtlich über die Bartstoppeln.

»Küss mich!«, forderte Paul, der wie erschlagen auf dem Rücken lag, und neigte mit starrem Hals ein bisschen den Kopf. Erwartungsvoll befeuchtete er die Lippen und beließ die rosa Zunge zwischen den Zähnen.

Nichts lieber als das.

Ben grapschte nach dem Triangelgriff über dem Bett und zog sich daran hoch, um sich über Paul lehnen zu können, ohne ihm wehzutun. Pauls Augen waren von den Anstrengungen des Tages rot geschwollen und ein dicker Tränenfilm glänzte darin. Kaum streifte Ben die spröden Lippen, schnappte Paul gierig zu und suchte mit der Zunge den direkten Weg in Bens Mund.

Für einen, der gerade erst aus dem Schlaf erwacht war, legte sich Paul ziemlich ins Zeug. Behutsam versuchte Ben ihn zu bremsen, obgleich er sich zu gerne mit Haut und Haar auf die sich rasch entfachende Leidenschaft eingelassen hätte.

Als er die Lippen löste, setzte Paul nach, hob den Kopf, ächzte, und ließ sich vom Schmerz frustriert ins Kissen sinken. Von seiner Schläfe zum Haaransatz glänzte eine nasse Spur.

»So will ich ...« Ein Kloß in der Kehle würgte Paul das Wort ab und er musste schlucken. »So will ich ...«, begann er erstickt, musste wieder unterbrechen, rang um Luft.

»Schschsch«, zärtlich legte Ben den Zeigefinger auf Pauls Lippen. »Nicht ...«

»Was wird denn das?« Stöckel klapperten eilig über den Boden, dann neigte sich Claudia auch schon über Paul. »Hey, Bruderherz! Du bist wach!«

Schuldbewusst rutschte Ben vom Bett, obwohl Paul versuchte, ihn festzuhalten. »Gerade erst ... eine Minute ...«

Kai schlenderte, betont lässig die Daumen in die Gürtelschlaufen gehakt, herein und grinste. »Es lebt!«

Langsam, verunsichert, schlurfte Rob hinter ihm her, schaute betroffen aus der Wäsche und nickte zum Gruß. Wann war *er* denn hierher gekommen?

Im Türrahmen blieb ein Mann stehen, der offenbar auch irgendwie dazugehörte, den Ben jedoch nicht kannte, und der sich neugierig und ein wenig ratlos umschaute.

»Der Psychoarsch kriegt eine saftige Anzeige!«, erklärte Claudia harsch und zupfte an der Bettdecke herum. »Hast du Schmerzen?«

Paul blinzelte träge. »Sinnlos«. Mit einem müden Kopfschütteln wandte er sich von Claudia ab und registrierte scheinbar erst jetzt Bens Aufmachung. Er begann breit zu lächeln. »Formel ... Dings ...«

»Geil, ha?« Kai schnippte mit den Fingern und zwinkerte Paul zu. »Kann was – auch wenn der Hering darin verlorengeht.«

Tausend Fragezeichen im Gesicht drehte sich Claudia zu Kai herum.

»Formel-Eins«, erklärte Rob. »Der Overall.« Aus seiner Kehle drang ein schicksalsergebenes Seufzen. »Kai denkt, wenn er den immer mitführt, ist er für jeden Formel-Eins-Boxenstopp gewappnet, dem er unterwegs zufällig begegnen könnte.«

»Hey, mach ich mich lustig über deine Pilates-Weltmeisterschaft?«

Claudia runzelte die Stirn. »Es gibt eine Pilates-Weltmeisterschaft?«

In Pauls Augen schimmerte Erregung und er glupschte Ben begeistert an. »Steht dir.« Sein Blick kletterte abwärts, tastete über das bisschen nackte Haut, das aus dem etwas tief gezogenen Ausschnitt hervorblitzte, und wanderte von da über den Reißverschluss weiter hinab. »Darunter ...?«

Bens Ohren begannen zu glühen. Er presste die Lippen zusammen, zuckte mit den Schultern und schüttelte kaum merklich den Kopf.

Ein leises Stöhnen auf den Lippen ließ Paul den Kopf ins Kissen sinken und schloss die Augen. Als wollte er die Decke von den Beinen strampeln, wetzte er unruhig herum und blinzelte Ben auffordernd an. »Schick sie raus.«

Mit einem Schlag war Ben erregt. Sein Herz hämmerte und die frivole Bitte kribbelte wie verrückt in den Hoden. Der Overall war nicht gerade dazu geschaffen, eine Erektion zu kaschieren, also schob Ben unauffällig eine Hand vor den Schritt.

Claudia neigte sich über Paul. »Was hast du gesagt?«

»Raus!«

»Quatschkopf!« Fürsorglich strich sie neben Pauls Ohren das Kopfkissen glatt und lachte. »Wir haben Stunden gewartet, bis du aufwachst. So schnell wirst du uns nicht los.«

Paul verdrehte die Augen und stöhnte genervt. Dann weckte der Disput seine Aufmerksamkeit, der neben Claudia entbrannt war. Rob und Kai debattierten heftig über die Ernsthaftigkeit eines Sports, der sich nicht in Wettbewerben messen wollte und ob sich das bloße Sitzen hinter dem Steuer überhaupt Sport nennen durfte. Mehr oder weniger Dauerthema zwischen den beiden – Ben kannte ihre mitunter abenteuerlichen Argumentationsketten bereits im Schlaf.

»Wer sind diese Typen?«, fragte Paul schließlich.

»Bens Arbeitskollegen ... Kai hat uns mit Jochen geholfen und Rob hält heute mit Herold hier Wache.«

»Gerald!«, verbesserte Rob.

»Wache?« Ruckartig fuhr Paul hoch, ächzte und ließ sich wieder ins Kissen sinken. »Wieso Wache? Wer ist Gerald?«

»Pilatesmeister!«, erklärte Kai.

»Ka-ra-te!«, fauchte Rob.

»So lange Jochen da draußen frei herumrennt und du so beisammen bist, lass ich dich bestimmt nicht allein. In diesem Krankenhaus passt doch niemand auf, dass der Psycho nicht hier reinkommt und dir etwas antut!« Hektisch zupfte Claudia an der Decke herum. »Und wie deine sauberen Kollegen zu dir stehen, haben wir ja heute gesehen.«

Mit gerunzelter Stirn glotzte Paul zur Tür. »Und mich soll ein *Pilatesmeister* schützen?«

»Karate!«

»Eigentlich Kendō«, murmelte Gerald kleinlaut.

»Was meinst du damit, dass Jochen *da draußen* ist?«, wollte Paul wissen und wandte sich an Ben. Er war jetzt hellwach. »Ist er denn nicht hier im Krankenhaus?«

Ben schüttelte den Kopf. Sein Magen ballte sich zusammen.

Angespannt und weit weniger begeistert als noch vorhin musterte Paul den Overall, dann schaute er Ben forschend ins Gesicht. »Du bist ebenfalls entlassen?«

Ben nickte.

»Nein!« Hektisch tastete Paul nach dem Triangelgriff und zog sich mit schmerzverzerrter Miene daran hoch. »Nein! Das kommt nicht in Frage!«

»Bleib liegen!« Claudia klapste auf Pauls Finger und drückte sachte gegen seine gesunde Schulter.

»Ben darf nicht ... Auf keinen Fall lass ich zu ... Wo ist ein Arzt! Sie können ihn nicht einfach heimschicken, wenn dieser Irre ...«

»Leg dich wieder hin, oder willst du dir die Nähte nochmal ...«

»Verdammt Claudia! Ihr könnt ihn nicht heimgehen lassen und *mich* hier bewachen!«

»Ich geh nicht heim!«, sagte Ben bestimmt, ließ sich auf den Stuhl plumpsen, rückte entschlossen ans Bett und legte sanft eine Hand auf Pauls Bauch. »Ich bleib hier. Hier bei dir. Die ganze Nacht!«

Widerwillig ließ Paul den Griff los und sank wieder zurück ins Kissen. Auf seinem Gesicht glänzte ein Schweißfilm. Schmerz und Sorge gruben Furchen in seine Stirn. »Du darfst da auf keinen Fall mehr hin!« Er packte Bens Finger, knetete sie. »Schon gar nicht ohne Begleitung. Am besten, du ziehst auf der Stelle aus! Ich will nicht ... Dir darf nichts passieren! Wenn er dir auch nur ein Haar krümmt ... Nein!« Paul drehte sich zu Claudia herum. »Er zieht zu dir! Ab sofort! Vorübergehend!« Plötzlich packte ihn eine spontane Eingebung, er wandte sich ruckartig herum und blickte suchend zum Nachtkästchen. »Mein Handy ... wieso hab ich nicht früher daran gedacht ... gib mir das Handy!«

Ben reichte ihm das Telefon, und während Paul eine Nummer wählte, schüttelte er den Kopf. »Pilatesmeister ... ihr habt einen Knall!«

29 | SEHNSUCHT

Ben ließ den Blick hinaus in die Nacht gleiten. Gleich Adventskalendern in den ersten Dezembertagen erhellten nur vereinzelt Fenster die Fassaden von Wohnhäusern, deren Dächer in der Dunkelheit versanken. Irgendwo, nur zwei oder drei Kilometer Luftlinie entfernt, lag Paul in seinem Krankenbett, im Flur zwei Männer der Sicherheitsfirma eines ehemaligen Kollegen, die extra aus der nahen Großstadt angereist waren. Zwei dieser Biokampfeinheiten belagerten auch Claudias Haus, da ließ Paul nicht mit sich reden.

Von der Küche her drangen Stimmen. Kai hatte sich nicht nehmen lassen, Claudia und Ben nach Hause zu begleiten und erarbeitete sich gerade die goldene Bratpfanne. Interessanterweise schien Claudia nicht einmal abgeneigt, was nur daran liegen konnte, dass sie Kai noch nie in der Werkstatt erlebt hatte und sich zudem vom elitären Auftritt etwas anderes zu erwarten schien, als … Kai.

Ben hob den Saum des T-Shirts an die Nase und atmete tief ein. Unter dem frühlingshaften Waschmittelgeruch tänzelte Pauls Duft hervor, fein, kaum wahrnehmbar, aber deutlich genug, um Ben zu beruhigen.

Um nicht in diesem Formel-Eins-Overall schlafen zu müssen, hatte ihm Claudia ein paar Sachen von Paul rausgesucht, und obwohl es eigentlich zu schwül dafür war, schlüpfte Ben auch in die dicke Jogginghose. Der weiche Stoff schmiegte sich an seine Beine und Ben stellte sich vor, wie Paul sie getragen hatte. Vielleicht im Winter. Vielleicht beim Laufen. Vielleicht in der Nacht auf der Brücke. Ben versuchte sich zu erinnern, aber wie

Pauls Hosen ausgesehen hatten, wusste er nicht mehr. Die Mütze (mittelgrau) und die ärmellose Kapuzenweste (dunkelgrau wattiert) über dem Pulli (hellgrau, feinmaschig) hatte er noch sehr präzise in Erinnerung.

Auch das Shirt, das Ben nun trug, die Retro-Pants und die Jogginghose waren in verschiedenen Grautönen gehalten. Offenbar hatte Paul ein Faible für diese fröhliche Farbe.

Ben schaltete das Licht aus und hockte sich vors Fenster. Die Nacht war heller, wenn der Raum dunkel war, und Paul damit näher. Ob er bereits in diesem Gästebett gelegen hatte? Ben machte einen Bogen drumherum. Bisher hatte er noch nie in einem anderen als dem eigenen Bett geschlafen und die Angst, eine fremde Matratze einzusauen, machte ihm unmöglich, die Nacht in Claudias Gästebett zu verbringen. Aber schlafen, davon war Ben überzeugt, würde er ohnehin nicht können, denn drei Kilometer von hier entfernt lag Paul – zu nah, um ihn nicht zu spüren, zu weit weg, um sich nicht nach ihm zu verzehren.

30 | UND ACTION

»Wie viel Zeit haben wir?« Kai schlich durch den Flur als wäre er Bruce Willis in ›Stirb Langsam‹.

»Walter ruft an, sobald Jochen das Revier verlässt ... eine Stunde vielleicht, oder eine halbe.« Claudia folgte Kai auf leisen Sohlen und spähte durch jede offene Tür. »Schaffen wir das?«

Ben nickte und schlüpfte in sein Zimmer. Dreißig Minuten, um all sein Hab und Gut zusammenzupacken. Und das mit rasendem Herzen, zitternden Fingern und bebenden Knien.

Vor dem Wohnblock warteten die beiden Pitbulls aus der Sicherheitsfirma – für den Notfall. Mittlerweile fühlte sich Ben wie in einem Actionfilm und fragte sich, wie er jemals ohne dieses Team lebend in und aus dieser Wohnung gekommen war. Ratlos schaute er sich in seinem Zimmer um und wunderte sich, wie fremd es ihm in den vergangenen drei Tagen geworden war. Wie das Quartier eines Unbekannten. Als wühlte er in den Privatsachen eines Menschen, der gar nicht existierte.

Wahllos grapschte er Kleidung aus Schubladen und Schränken und stopfte sie in große, schwarze Müllsäcke.

So geht es schneller, hatte Kai vorgeschlagen. Ein logistisch bestechendes Argument, auch wenn es sich seltsam anfühlte, alles, was er besaß, in Müllsäcke zu stopfen. Als wäre die Person tot, der sie gehörten. Als wäre Ben dabei, die letzten Beweise eines verschollenen Lebens zu vernichten. Am liebsten wollte er alles zurücklassen, keine Erinnerungen, ein sauberer Schnitt, doch er konnte nicht ewig in Pauls viel zu großen Sachen herumlaufen. Außerdem gab es das ein oder andere, das er doch behalten wollte. Fotos von früher, von der Kindheit, als die Eltern noch lebten, und Ines und Hasso. Blöd nur, dass auf allen auch immer Jochen abgelichtet war, untrennbar verbunden mit der Vergangenheit, mit dem, was Ben liebte.

Kaum hatte er einen Müllsack zur Hälfte gefüllt, packte Claudia ihn, um ihn runter ins Auto zu tragen. Ihr Telefon in der Hand, schaute sie ständig auf die Uhr und murmelte unentwegt: »Ich hoffe, Walter ruft uns wirklich an. Ich hoffe, er weiß, wie wichtig es ist, dass er uns warnt.«

Wenn es nach Ben ginge, wäre er jetzt bei Paul.

Heute früh war alles viel zu schnell gegangen. Offenbar hatten Claudia und Kai die halbe Nacht Pläne geschmiedet und bereits in den Morgenstunden mit aller Welt telefoniert.

Mit den Worten: »Was machst du hier auf dem Fußboden?«, hatte Claudia Ben aufgeweckt und statt eine Antwort abzuwarten, hektisch herumgefuchtelt. »Steh auf, schnell, schnell, wir fahren in die Wohnung, deine Sachen holen!«

Als Ben schlaftrunken im Auto saß, total verspannt, da er wohl doch eingeschlafen war und die ganze Nacht verknotet auf dem Fußboden gelegen hatte, unterrichtete ihn Claudia darüber, dass sie Jochen zwar nicht antreffen würden, sich aber beeilen müssten, da Walter ihn nicht lange würde festhalten können. Bereits im Auto trennte sie die Müllsäcke von der Rolle – dafür würde hernach keine Zeit sein – und betonte, dass Ben bei seinen Sachen würde Abstriche machen müssen. Eventuell hätte er nur wenige Minuten, seinen Kram zusammenzusuchen, er solle also das Wichtigste zuerst einpacken.

Entsprechend gestresst fühlte sich Ben jetzt und mit

jeder Sekunde, die verstrich, und die Walter nicht anrief, wurde er unkonzentrierter. Irgendwie war Ben davon ausgegangen, Kai und Claudia würden ihm dabei helfen, seine Sachen in Säcke zu verstauen. Ein Irrtum, wie sich herausstellte.

Claudia löste sich völlig im Wahnsinn der Fluchtlogistik auf. Und Kai? Gelegentlich tönte er aus einem der Nebenzimmer: »Boah geil!« – »Hey, dein Bruder hat eine Drückbank zu Hause?« – »Sind die Pokale alle echt?« Hin und wieder entkam ihm auch ein: »Hoppla.« Dann rumpelte oder klirrte gleich etwas.

Ben rang den Reflex nieder, zu Kai zu stürzen und ihm zu verbieten, Jochens Sachen anzufassen. In der absperrbaren Vitrine herumzuschnüffeln und die Pokale, Medaillen und Abzeichen anzufassen, glich einem Suizid aus purem Leichtsinn.

»Hey, fang!« Ben hob abwehrend die Hände und was auch immer Kai ihm zugeworfen hatte, kullerte zu Boden und rollte unters Bett. »Du fängst echt wie ein Mädchen!«

»Mh!«, machte Ben und wandte sich der nächsten Schublade zu, um großzügig Socken herauszufassen.

Offenbar war sich Kai trotz Claudias Panik, den beiden Security-Männern und dem saftigen Nierentritt nicht darüber im Klaren, in welcher Situation sie sich befanden. Er plumpste auf die Knie, tastete unter dem Bett herum und schnüffelte. »Wöäh! Da stinkt's nach Pisse!«

Ben wurde heiß vor Scham. Seine Ohren begannen zu glühen. Musste dieser Arsch jetzt unbedingt an der Matratze riechen? Hatte er nichts Wichtigeres zu tun?

»So! Und jetzt fang! Aber richtig!«, rief Kai, da stürzte Claudia herein.

»Er kommt! Raus, raus, raus, raus! Er ist auf dem

Weg!« Sie warf Ben einen panischen Blick zu. »Hast du alles?«

Nein.

Ben nickte, schnappte den Müllsack, den ihm Claudia sofort aus der Hand riss, und sperrte hinter ihr und Kai die Wohnung ab. Eine ältere Nachbarin stand im Flur, glotzte ihnen blöd hinterher und schrie. »Niemeier, du Rotzbub! Hier wird nicht gerannt! Und grüßen kannst auch nicht! Na warte! Das sag ich deinem Bruder, damit er dir Mal wieder die Ohren langzieht!«

Claudia bremste ab, machte einen Schritt zurück, dann zischte sie verächtlich, atmete tief durch und folgte Ben und Kai nach draußen. Während sich Kai hinters Steuer setzte, schleuderte sie den Müllsack zum schwarzen Haufen im Kofferraum, und sprang ins Auto.

Kaum startete Kai den Wagen, bog auch schon Jochen in die Wohnstraße ein.

»Runter!«, schrie Claudia und duckte sich über Kais Schoß, während sich Ben auf die Rückbank legte.

»O lá lá!« Kai verriss das Lenkrad und Claudia rammte mit der Nase seinen Schritt. »Die Frau gefällt mir!« Mit quietschenden Reifen lenkte Kai den Wagen in die Hauptstraße und stieg aufs Gas.

»Vollidiot!« Claudia tauchte wieder auf, drehte sich um und blickte durch die Heckscheibe. »Ich glaub, wir haben ihn abgehängt.«

»Ich glaub, er weiß noch nicht, dass er uns verfolgen muss«, meinte Kai.

Das Auto der beiden Sicherheitsmänner bog hinter ihnen gemütlich in die Hauptstraße ein und schloss behäbig auf.

Während der Rotphase einer Kreuzung reichte Kai etwas über seinen Kopf nach hinten. »Hier, Mädel! Hab ich gefunden. Ich glaub, das kannst du brauchen.«

Zögernd griff Ben nach dem Ding – eine kleine Spraydose – und las die Aufschrift. *Synthetischer Pfeffer. Hochaggressiv.*

»Was ist das?« Claudia drehte sich um. »Pfefferspray. Ja ... steck ihn ein. Sehr gut.« An Kai gewandt: »Vielleicht bist du ja doch nicht ganz so ein Vollidiot.«

»Wohin eigentlich?«, fragte Kai.

»Nach Hause!«, befahl Claudia.

»Ins Krankenhaus!«, rief Ben.

31 | Fallout

Ben stürzte aus dem Lift, rannte zwischen den herumschlurfenden Patienten und Schwestern Slalom und sprintete durch den Flur Richtung Sechsbettzimmer. Claudia und Kai stiegen vermutlich gerade erst unten in den Aufzug. Der Motor hatte noch gebrummt, als Ben aus dem Auto gesprungen und losgestürmt war.

Je näher er Paul kam, umso ungeduldiger wurde er und umso unerträglicher wurde jeder einzelne Meter, der sie noch voneinander trennte.

Das Bett war weg.

Bens Herz blieb stehen. Die Welt blieb stehen. Der Puls des Lebens erstarrte und alles Sein schien gleich einem Strudel ins unendliche Nichts gesogen.

Jemand legte ihm eine schwere Hand auf die Schulter. Ben fuhr herum. Das einzige Lebendige in dieser erstarrten Dimension waren er und der Mann vom Sicherheitsdienst, einer der beiden, die auf Paul hätten aufpassen sollen. Er hatte diesen unerbittlich ernsten Blick eines Kerls, der nichts Gutes von der Welt erwartete. Nie. Nicht eine Sekunde. Und der davon überzeugt war, damit genau die richtige Einstellung zu haben. Er strahlte die Ruhe eines Mannes aus, der nicht enttäuscht werden konnte, weil er wusste, dass er in der schlimmsten aller Realitäten weilte.

Von Ben unterschied er sich vor allem durch etwa vierzig Kilo Muskelmasse und dem Wissen, was mit Paul passiert war. Er nickte und führte Ben schweigend aus dem Zimmer. Bens Knie begannen zu schlottern. Krampfhaft suchte er nach einem Weg, wie er das Unvermeidliche vermeiden, mit bloßer Willenskraft die drohende Wahrheit abwehren konnte. Wie würde es sich anfühlen, völlig auseinanderzufallen und nie wieder zusammenzuwachsen?

Als sich vor Ben die mittelgraue Tür erhob, jene, vor die ihn vierundzwanzig Stunden zuvor Jochen geschoben hatte, schwanden ihm fast die Sinne. *Nein. Ich geh da nicht rein.* Doch dann kam ein kleiner Logikwurm über die Wirbelsäule hochgewunden. Gestern waren zwei Betten frei geworden. Paul hätte versicherungstechnisch ein Dreibettzimmer belegen müssen. Das hieß also …

Euphorisch riss Ben die Tür auf, jauchzte, flitzte auf Paul zu – der aufrecht im Bett saß und konzentriert auf seinem Handy herumdrückte –, hopste zu ihm auf die Matratze, neigte sich vor und drückte ihm einen Kuss auf den Mund, dann noch einen, noch einen und noch einen.

Paul lachte, legte das Telefon auf den Nachtkasten, schmiegte die Hand an Bens Wange und hielt ihn sachte fest, um aus den stürmischen, flinken Küssen einen langsamen, zärtlichen zu machen.

»Ich hab dich auch vermisst«, flüsterte er, als sich ihre Lippen trennten, und streichelte über Bens Schulter und Arm abwärts, um seine Hand zu ergreifen. »Wo ist der Overall?« Das klang fast ein wenig enttäuscht.

»Kai wollte ihn wiederhaben.« Bens Herz rumpelte, sein Bauch kitzelte, er kam mit dem Atmen kaum hinterher, so viel Luft verlangte das Glück in seiner Brust.

»Hol ihn zurück! Nein! Ich kauf ihn ihm ab. Noch besser – du kriegst einen von mir, der dir passt.«

»Aber … er kratzt.«

»Du wirst ihn nicht lange anhaben.«

Die Wucht der Erregung packte Ben so unerwartet, dass er ihr nichts entgegensetzen konnte. Sein Becken zuckte verräterisch, als sich die Lust süß kribbelnd ausbreitete und Ben glühte, glühte so heftig, dass er zu verbrennen glaubte. Verlegen versuchte er, die Lust hinunterzuschlucken, doch sie blieb in der Brust stecken und hämmerte wie verrückt bis zum Hals.

Auch an Pauls Wangen leuchtete die gesunde Farbe der Erregung, seine Augen begannen zu glänzen und sein Blick bekam etwas Wildes. Er wand die Finger aus Bens Hand und legte sie direkt auf die Beule im Schritt. Ben schauderte, keuchte auf und machte einladend die Beine breit.

Pauls Mund umspielte ein Lächeln. Langsam schob er die Finger unter den Saum des Shirts und streichelte Bens Bauch. Den Mund für ein lautloses Stöhnen geöffnet, schloss Ben die Augen und ergab sich den warmen, rauen Fingern auf seiner Haut.

»Mmh, so eine Zigarette wär jetzt genau das Richtige ... oder zwei ... oder drei!«

»Was?« Der sinnliche Rausch plumpste in den Keller und Ben glupschte Paul verdutzt an. *Du rauchst? Du willst jetzt rauchen?*

Verunsichert rutschte Ben hin und her. Sollte er Paul jetzt Platz machen, damit er aufstehen und ... irgendwohin eine rauchen gehen konnte?

»Schon verstanden«, tönte es von der andern Seite des Zimmers. Der Mann mit dem zur Seite weggestreckten Gipsarm wand sich umständlich aus dem Bett und schlurfte zur Tür. Als er sie öffnete, um das Zimmer zu verlassen, warf sofort einer der beiden Pitbulls einen kontrollierenden Blick herein.

»Zehn Minuten!«, rief Paul ihm zu, blickte Ben in die Augen und verbesserte. »Fünfzehn!«

Der Mann, für den selbst ein Atompilz eine jederzeit zu erwartende Asymmetrie in der Konstante des Alltags darstellen konnte, und der für diesen Fall bereits die erforderliche Mimik trug, grinste schief, nickte und schloss die Tür hinter sich.

Als Paul Bens verblüfften Gesichtsausdruck bemerkte, schmunzelte er. »Es gibt Dinge auf dieser Welt, für die hat jeder Verständnis.«

Die Anspielung tropfte wie heißer Honig von Bens Bauchnabel direkt zum Damm. Erregt schnappte er nach Luft. Die erotische Achterbahnfahrt nahm wieder Geschwindigkeit auf.

Paul legte die Hand an Bens Wange, dirigierte ihn zu sich und schnappte zärtlich nach seinen Lippen. Mit einem ungeduldigen Stöhnen öffnete er den Mund, leckte genüsslich über Bens Unterlippe und lockte seine Zunge zu einem sinnlichen Duell. Sie waren alleine in einem Zimmer – erstmals – und hörten nichts weiter als das Schmatzen ihres zärtlichen Spiels und ihren aufgeregten Atem.

Als sich Paul von Ben löste, bekam er einen seltsam ernsten Blick. »Ich muss dich etwas fragen.«

Ben versuchte, tapfer zu sein, doch ihm gelang nicht, das Gewicht der Sorge loszulassen, das sich plötzlich in seiner Seele ausbreitete. Beunruhigt schaute er Paul in die Augen und zwang sich zu einem Lächeln. »Hm?«

»Es geht mir nicht aus dem Kopf.« Pauls Miene wurde noch düsterer, fast schmerzvoll. »In dieser Nacht ... da hat Jochen ... als er den Knüppel ...«, er schluckte schwer und schnaubte gequält. »Hat er dich ... sexuell ...« Bedrückt wandte Paul den Blick ab. »Tut mir leid ... ich ... er hatte diesen Ausdruck im Gesicht und ...«

»Nein.«

Überrascht fuhr Paul hoch. »Er hat nicht ...?«

Ben schüttelte den Kopf. »Nein. Er ... ist nicht schwul und ... ich glaub er macht sich generell nicht viel aus ...

naja, Sex.«

»Das muss nichts heißen«, wandte Paul ein und strich besorgt über Bens Wange. »Wenn es ihm nur um ... Macht ... Demütigung ...«

»Nein«, Ben bemühte ein beschwichtigendes Lächeln, doch es wollte ihm nicht gelingen. Er wusste, was Paul mit *diesem Ausdruck im Gesicht* meinte. »Bisher nicht.«

Betroffen weitete Paul die Augen. »Dann wird er das auch nicht! Das lass ich nicht zu! Verstanden?«

Ben presste die Lippen zusammen, grinste ohne einen Ansatz von Freude und nickte kooperativ. So sicher wie Paul war er sich in Sachen Jochen nicht. Das Tier war immer noch in freier Wildbahn, gedemütigt und rachedurstig, ein Rudel Speichellecker an den Lefzen und einen Staat im Rücken, der seine Tatkraft schätzte.

Paul schaute Ben forschend in die Augen. »Es wäre also das erste Mal gewesen, dass ...?«

Schamvoll senkte Ben den Blick. »Es wäre *überhaupt* das erste Mal gewesen.«

»Wie ... wie meinst du das?« Paul legte die Hand an Bens Wange und forderte ihn sanft auf, ihn wieder anzusehen. »Wie meinst du das? Hattest du nicht ... ich dachte, Tim und du ...«

»Nicht *das*.« Verlegen biss sich Ben auf die Lippen und blickte Paul verzagt an. »Nur ... das, was wir zwei auch schon ...« Der feine Faden, an dem das Verlangen all die Jahre gebaumelt hatte, unerfüllt und trostlos, riss mit einem fragilen ›Zing‹ und die Enden schnalzten wild durch die Luft. »Es liegt nicht an *mir!* Nicht daran, dass ich nicht wollte. Wie hätte ich denn sollen? Wann? Er hat es mir genommen, mir klar gemacht, was passiert, wenn ich ... wenn ich jemanden an mich ranlasse.

Er hat nicht nur Tim ... nicht nur Ines ...« Aus Bens Augen quollen Tränen. »Ich wünschte, ich hätte das einfach abstellen können, aber ... ich kann nicht mehr ... ich will nicht ... verdammt!«

»Moment! Moment, Ben!« Beunruhigt ergriff Paul seine Hand. »Was meinst du damit, dass Tim und Ines nicht die Einzigen waren?«

Mit tränenverquollenen Augen glupschte Ben ihn an. »Was?«

»Du hast gesagt, Tim und Ines wären nicht die Einzigen ... die einzigen *was?*«

»Nein!«, heulte Ben und schüttelte den Kopf. »Nein!«

Paul legte die Hand in Bens Nacken und zog ihn zu sich, küsste seine Wange, sein Ohr, seinen Hals und nuschelte: »Es tut mir leid ... es tut mir leid.«

Kraftlos krallte Ben die Finger in Pauls Nachthemd und schluchzte. »Ich will nicht, dass dir und Claudia etwas passiert! Ich will nicht, dass er euch auch kaputtmacht.«

»Ben ...«, Paul kraulte ihm den Nacken und bedeckte ihn mit kleinen, tröstenden Küssen. »Das wird nicht passieren. Er wird uns nicht kaputtmachen. Jetzt ist er an die Falschen geraten – das bricht ihm das Genick. Ich versprech's dir ... Ben, ich versprech's dir.«

Wäre sonst jemand mit einem solchen Versprechen angekommen, hätte Ben ihm nicht geglaubt, aber weil Paul es war, der es gab, weil er vier Pitbulls an der Leine hatte, weil Ben plötzlich nicht mehr alleine war, sondern sich ein Team von mittlerweile ... sechs ... plus den Security-Männern – also zehn, zehn(!) Leuten um ihn scharte, alle gegen Jochen – wagte er es zu glauben. Wenn auch nur zögernd. Wenn auch nur mit Vorbehalt. Aber er wagte sich ganz vorsichtig an die Idee, dass Jochen vielleicht doch besiegbar war.

Darin, sich das Hoffen abzugewöhnen, war Ben aber schon immer schlecht gewesen, so sehr sich Jochen auch bemühte, ihm Lektionen der Aussichtslosigkeit zu erteilen. Vielleicht war Ben ja wirklich behindert, renitent, dumm, naiv ... aber er konnte nicht widerstehen, wenn Indizien auftauchten, er konnte einfach nicht widerstehen, von Neuem der Hoffnung zu verfallen, immer und immer wieder. Vielleicht lag es in der Natur der Hoffnung. Vielleicht lag es in Bens Natur.

Schniefend löste er sich aus Pauls Armen, wischte sich die Tränen von den Wangen und lächelte. »Wie viele Minuten haben wir noch?«

32 | PUSTEBLUME

Hastig knöpfte Ben die Jeans auf, rutschte vom Rand des Bettes, schob sie mitsamt Slip über den Hintern runter und setzte sich wieder zu Paul auf die Matratze. Seine Erektion richtete sich steil auf. Verunsichert forschte Ben in Pauls Miene nach Anzeichen von Missfallen.

»Du bist schön«, sagte Paul und meinte wohl eher *dein Schwanz ist schön*. Zumindest ruhte sein Blick auf ihm, als er es aussprach und Ben konnte nicht anders, als Stolz über dieses Kompliment zu sein, zu dessen Begründung er nichts beigetragen hatte.

Wenn dem so war, dass er schön war, dann war es pures Glück, und Glück, das begriff Ben langsam, war eine Leistung, kein Zufall. Nicht, etwas zu erhalten, war Glück, sondern, es zu erkennen und zu packen, egal wie beschissen die begleitenden Umstände waren. Sagte man nicht deswegen, dass Scheiße Glück brachte? Weil es nirgends sonst so sichtbar war, so notwendig und so leicht zu erkennen? Weil man nirgends sonst so motiviert war, es festhalten zu wollen?

Paul wollte es festhalten. Ohne Umschweife schloss er die Hand um den Schaft, und anders, als in jener schrecklichen Nacht, hatte er diesmal keine Eile, Ben so schnell wie möglich abfertigen zu wollen, sondern … hielt ihn bloß fest.

Es war irritierend statisch. Und das wiederum war irritierend erregend. Ben blickte an sich runter, dann in Pauls Gesicht, dann wieder an sich runter, wo die kräftige Männerhand ihn einfach nur hielt. Bens Schenkel begannen zu zucken, sein Atem beschleunigte sich, die Lust prickelte in Wellen durch seinen Körper und ballte sich immer konzentrierter um Pauls warme, energisch ruhende Hand. Bald war ein Punkt erreicht, an dem Ben *mehr* brauchte, ab dem jede Minute zur Qual wurde, zur süßen Qual zwar, aber doch schmerzhaft. Auffordernd kippte er das Becken, krallte die Finger ins Laken und warf genießerisch den Kopf in den Nacken. Er wollte Paul gerade auffordern, endlich loszulegen, ihn endlich zu rubbeln wie blöd, da kam es ihm – völlig unerwartet, als hätte Paul irgendwelche Energien durch Bens Körper gejagt und die Ekstase mit bloßem Willen heraufbeschworen. Langsam schob er die Faust hoch zur Eichel und intensivierte den Kick noch.

Ben schauderte, seine Muskeln krampften, er schnaufte und entlud sich zuckend in Pauls Hand.

»Küss mich«, flüsterte Paul.

Berauscht von der Bitte und der Ekstase, die ihm dieser wunderbare Mann verschafft hatte, kippte Ben zur Seite und schnappte nach seinen Lippen. Paul schob ihm, wild vor Verlangen, gierig die Zunge in den Mund und küsste ihn so hemmungslos, dass es schon fast etwas Rabiates hatte.

Allmählich flutete eine wohlige Befriedigung Bens Körper. Der rasende Kampf ihrer Zungen und Lippen geriet in ein tänzelndes Spiel, wurde so zärtlich und liebevoll, dass es nicht mehr Sex war, sondern ...

Es lag auf Bens Lippen. Sachte löste er sich aus dem Kuss und funkelte Paul an, der immer noch seinen allmählich erschlaffenden Schwanz hielt. Ein verstörend schönes Gefühl, eine Ahnung davon, bedingungslos angenommen zu werden.

»Ich l...« Vor Aufregung blieb Ben die Luft weg. Er atmete tief durch und öffnete den Mund für einen neuerlichen Anlauf. »Ich l...«

»Nicht.« Paul legte ihm besänftigend zwei Finger auf

die Lippen. Sein Blick und seine melodiöse Stimme forderten das Schweigen so warm und eindringlich, dass Ben verstummte. Ungesagte Worte drifteten zwischen ihnen hoch wie die flaumigen Fruchtschirmchen von Pusteblumen. Irgendwie – es war ganz seltsam – fühlten sie sich plötzlich ausgesprochen an, Paul ins Herz geflüstert, ihm in die Seele gekritzelt, naiv, krakelig, unschuldig und für die Ewigkeit.

Etwas behaglich Vertrautes breitete sich leise in Bens Herz aus und schwappte warm und tröstend in seinen Kopf. Es war die Erkenntnis, warum er Paul so betörend fand. Nicht allein, dass er gut aussah, ihn zu retten versuchte, ihm Sicherheit spendete, seinen Körper in Wallungen versetzte und ihn, Ben, attraktiv fand – es war seine unaufgeregte, stille Weisheit, die Ben so gefangen nahm und sie auf eine Weise miteinander verband, die schmerzhaft schön war.

Paul war tatsächlich wie Ben. Ganz tief drin, hinter seiner ruhigen Art, seinem entschlossenen Blick, seiner Tatkraft und Entschiedenheit, seinem eisernen Willen und seiner schrulligen Vorliebe für Formel-Eins-Overalls, war Paul jemand, der all das kannte, was Ben durchmachte. Er wusste, wie man damit umging und erklärte sich bereit, es ihm zu zeigen. Er sah in ihrem Trauma keinen Makel, sondern eine Kraft. Und – Ben verglühte bei diesem Gedanken fast – Paul konnte nur er selbst sein, wenn Ben da war, weil er den Schlüssel hatte, weil er sein Spiegel war, mit Hilfe dessen all das Verkehrte plötzlich richtig herum war und Sinn ergab.

Ben rang um Luft. So wundervoll das war, so beklemmend war es auch.

»Komm her«, sagte Paul, fuhr mit der Hand in Bens Nacken, zog ihn zu sich, so nah, dass er mit den Lippen sein Ohr berührte, und flüsterte. »Danke.«

33 | Arschtritt

»Oh!« Claudia drängte sich rückwärts und schlug rasch die Tür wieder zu.

Erschrocken sprang Ben vom Bett, hopste rasch in seine Hosen, knöpfte sie hastig zu und strich sein Shirt glatt. Nach diesen wunderbaren Minuten intensiver Nähe schmerzen schon wenige Sekunden ohne Berührung. Ben warf Paul einen wehmütigen Blick zu. Er fühlte sich so offen und verwundbar.

»Mach dir keine Sorgen«, sagte Paul, lächelte Ben zuversichtlich an und streckte die Hand nach ihm aus. »Du und ich, wir beide ...«

Die Tür sprang auf und der Mann mit dem Gipsarm schlurfte herein, unbeeindruckt davon, dass ihm Claudia irgendetwas von wegen ›Stören‹ erzählte. Als sie sah, dass Ben Hosen anhatte, kam sie zögernd näher.

»Alles ... erledigt?«

Paul gluckste und begann herzlich zu lachen. Er wirkte so gelöst, wie Ben ihn noch nie gesehen hatte. Bens Herz hüpfte, seine Lippen zucken und schließlich steckte ihn diese fröhliche Ausgelassenheit an und er musste ebenfalls lachen. Es war das erste Mal, seit ... seit ... er wusste es nicht. Tränen stiegen ihm die Augen und während er lachte, heulte er um die Jahre, in denen er das Lachen vermisst hatte. Sollte ein Einundzwanzigjähriger überhaupt Jahre erlebt haben, in denen er nicht gelacht hatte? Warum begriff Ben plötzlich Defizite, die ihm nie bewusst gewesen waren? Es tat fürchterlich weh und zugleich fühlte es sich heilsam an. Er war so zerschunden und fragil. Mit jedem kleinen Schritt aus der Hölle wurden die Risse in den brüchigen Mauern um seine Seele tiefer. Ben hatte Angst zu zerbrechen und wie Lena zu enden. Ehe er drohte, ganz loszulassen, zog er die Zügel stramm, verstummte und wischte sich verlegen über die Wangen.

Als Paul Bens Gefühlsausbruch bemerkte, schenkte er ihm ein liebevolles Lächeln und strich mit dem Daumen über seinen Handrücken. Er schien gerade etwas sagen zu wollen, da schwenkte die Tür auf und einer der Pitbulls hielt den ungehalten zappelnden Kai am Arm zurück.

»Er ist okay!«, rief Claudia, doch erst als Paul ihm zunickte, ließ der Security-Mann ihn los.

»Arschloch!«, grummelte Kai, ruderte sich grob aus dem Griff und eilte, sein Smartphone schwenkend, auf Claudia, Paul und Ben zu. »Ihr glaubt es nicht.« Er wischte mit dem Finger auf dem Display herum und reichte Paul das Gerät. »Das macht gerade im Internet die Runde! Seht euch das an!«

Ben setzte sich aufs Bett, um mit ansehen zu können, was Kai so erregte.

›Courageous Woman kicks homphobic Asshole!‹

Jemand hatte, aus einiger Entfernung und in schlechter Qualität, aber dennoch deutlich erkennbar, mitgefilmt, wie Ben und Paul nach ihrem frivolen Intermezzo im Park von Jochen angegriffen und von einer ziemlich rasend wirkenden Claudia gerettet worden waren. Aufgrund der Perspektive konnte man nicht sehen, welchen Anteil Paul am Kampf hatte, auch Kai war zunächst nicht zu sehen. Es wirkte so, als hätte allein Claudia Jochen in die Flucht geschlagen. Die letzte Aufnahme zeigte, wie Paul leblos in Bens Armen lag.

Unter dem Video war eine Diskussion darüber entbrannt, was mit dem Kerl in Bens Armen passiert war. Einige behaupteten, sie wüssten aus sicherer Quelle, dass er tot wäre, andere wiederum stellten die Authentizität des ganzen Videos infrage, wieder andere meinten zu wissen, dass das Pärchen in dem Video keine *Schwuchteln* waren, sondern der dünne Typ ein Mädchen wäre. Grundtenor allerdings war – abgesehen von einigen Trollen, die Jochens Einschreiten gegen diese ›Sünde wider den Herrn‹ mutig und rechtens fanden – dass Claudia für ihre Zivilcourage ein Orden verliehen werden müsste.

Ben schnürte es die Kehle zu. Paul noch einmal so leblos zu sehen und zu lesen, dass Menschen ihn für tot hielten, tat unglaublich weh. Ein heftiges Bedürfnis nach Nähe überkam ihn und er lehnte sich an Paul, um ihn zu spüren, sicher zu sein, dass er da war, lebendig, warm und pulsierend. Ben wollte sich an ihn klammern und nie wieder loslassen.

»Das ist nicht gut«, murmelte Paul und schüttelte den Kopf. »Das gibt Ärger.«

»Hey!« Kai grapschte ihm das Smartphone aus der Hand und funkelte ihn beleidigt an. »Lass deiner Schwester doch den Ruhm, sie hat das echt verdient!«

Jetzt bekam auch Claudia einen langen Hals. »Was ist denn das? Worum geht's denn?«

»Moment!« Kai stellte das Video wieder auf Anfang und reichte ihr das Smartphone. Claudias Gesicht war ein pantomimisches Epos, während sie sich die Aufnahme ihres Auftritts anschaute. Sie runzelte die Stirn, lachte ungläubig auf, kniff die Augen zusammen, rümpfte die Nase, verzerrte die Mundwinkel und vollführte noch rund zweihundertneun weitere Gesten.

Plötzlich läutete Pauls Handy und tanzte durch den Vibrationsalarm über das Nachtkästchen. Ben grapschte nach dem enervierenden Ding und reichte es Paul.

Beim Blick aufs Display verzog dieser den Mund.

»Das ging schneller als erwartet!«

Es war ein sehr kurzes Gespräch, in dem Paul bloß nickte und nur am Schluss einmal knapp »Ja« sagte. Kopfschüttelnd legte er auf, blickte auf das Telefon in der Hand und seufzte frustriert. »Scheiße!«

34 | Verbrannte Katze

Gelegentlich flitzte eine Kellnerin zwischen den Tischen umher und balancierte eine einzelne Kaffeetasse oder ein Glas Limonade auf einem Tablett. An der Vitrine zu Kuchen, Torten und buntem Zuckerzeug standen Kinder und Diabetiker und drückten sich die Nasen platt. An fast jedem der besetzten Tische saß einer der Gäste breitbeinig im Nachthemd und ließ sich von den Anverwandten hofieren. Wie fragile Garderobenständer mit satten Früchten ragten neben manchen Tischen dürre Metallarme hoch und trugen Infusionen.

»Versuchter Totschlag! Pfts! Haben die einen Knall? Was hättest du denn machen sollen? Zusehen, wie er deinen Bruder umbringt?«, erregte sich Kai.

»Paul hat gesagt, es wäre *möglich,* also reg dich bitte nicht so auf.« Seit acht Minuten rührte Claudia ohne Unterbrechung in ihrem Kaffee, obgleich sie weder Zucker noch Milch hineingetan hatte. Klink. Klonk. Klink. Klonk. Klink. Klonk.

»Wenn da nichts Perverses ausgeheckt wird, warum belagern dann seit einer halben Stunde zwei Polizisten das Zimmer deines Bruders?«

»Es sind Kollegen.« Ohne irgendwo hängenzubleiben, raste Claudias Blick durch die Cafeteria. »Kollegen besuchen einander nun mal im Krankenhaus.«

»Ja. Genau! Und weil es ein harmloser Besuch ist, schicken sie uns raus. Und es ist auch *ganz* normal, dass sie ihn während der Dienstzeit besuchen und in ihren Uniformen kommen. Ja klar!«

»Vielleicht ist ihre Schicht ja zu Ende. Wenn Paul noch keine Gelegenheit hatte, sich umzuziehen, kommt er auch manchmal mit der Uniform ...«

»Keine zwanzig Minuten nach einem ernsten Telefonat mit dem Revier marschieren sie auf und schmeißen uns raus. Ja, das klingt *ganz* nach einem Freundschaftsbesuch unter Kollegen.«

»Solange nichts fix ist, steigere ich mich nicht rein«, behauptete Claudia und knallte laut klirrend den Löffel auf die Untertasse. »Der Kaffee riecht wie verbrannte Katze! – Und schmeckt auch so.«

»Du hast noch gar nicht gekostet.«

»Muss ich nicht!«, sie schob Kai die Tasse ihn. »Riech Mal. Er sieht sogar wie verbrannte Katz aus!«

Kai schüttelte den Kopf. »Das alles lässt dich völlig kalt, ja?«

»Warum isst du den nicht?« Claudia langte über den Tisch und drückte einen Finger in den Schinken-Käse-Toast, der vor Ben lauerte. »Na Prima! Jetzt ist er total kalt.«

»Er hat doch gesagt, dass er keinen will«, meinte Kai.

Ben schaltete das Video auf Kais Smartphone wieder auf Anfang. Zum sechsten oder siebten Mal, seit sie in der Cafeteria saßen, schaute er sich die Szene im Park an. Erregung öffentlichen Ärgernisses. So nannte die Exekutive, was in den ersten Sekunden des Filmchens passierte. Die Qualität war so schlecht, dass die Handlung nur aufgrund der ruckartigen Bewegungen zu erraten war. Unter sich zähflüssig verschiebenden Pixel – ein fleischfarbener Fleck ihrer mehr oder weniger miteinander verschmolzenen Köpfe – konnte man erkennen, dass der Kuss leidenschaftlich war.

Bei Sekunde dreizehn kam Jochen ins Bild, und jedes Mal, wenn er es sah, erschrak Ben. Jochen stapfte an ihnen vorbei, hielt an, machte einen Schritt zurück, noch einen, der Rollstuhl streifte sein Bein, was ihn offenbar irritierte, dann setzte er sich.

Wie hatten Ben und Paul das nicht bemerken können? Sie hätten doch den Kies knirschen hören müssen – Jochen hatte sich weder angeschlichen noch lauernd bewegt, sondern war energisch, grob und entschlossen vorgegangen wie immer.

Dann kam die zweite Stelle, bei der Ben jedes Mal zuckte. Eben noch saß Paul neben Ben, in der nächsten Sekunde war er weg. Durch die Perspektive konnte man ihn hinter dem Rollstuhl nicht sehen. Ben trommelte auf Jochen ein – oder Paul, auch das konnte man nicht genau erkennen. Kein Wunder, dass die Leute glaubten, Ben wäre ein Mädchen, nachdem sie den armseligen Auftritt gesehen hatten. Männlich, geschweige denn heroisch sah sein Versuch, Paul zu befreien, nicht gerade aus.

Dann purzelte von rechts ein Stöckelschuh ins Bild. Die Kamera schwenkte herum und zeigte Claudia, die auf die Szene zulief, den Riemen der Handtasche um Jochens Hals schlang, auf den Boden plumpste, die Füße gegen die Rollstuhllehne stemmte und mit aller Kraft an der Tasche zerrte. Jochen bäumte sich auf. Ben verschwand ebenfalls hinter dem Stuhl. Ab jetzt, wenn man wollte, sah es aus, als, würde Claudia einen armen Mann im Rollstuhl grundlos erwürgen wollen.

Vielleicht hatte die Polizei ein geschnittenes Video zu Gesicht bekommen. Dann mochte es wirklich nach dem aussehen, was sie Claudia schlimmstenfalls anhängen wollten: versuchter Totschlag. Dafür musste aber auch das letzte Drittel des Filmes weggeschnitten worden sein – das zeigte, dass Jochen nicht der schwache, unschuldige, von einer wahnsinnigen Frau überfallene Kerl war, wie es vielleicht den Anschein machte. Dann wurde man Zeuge seiner Größe und wie er bedrohlich auf Claudia zuwankte, den Rollstuhl mit Leichtigkeit zur Seite schubste und dahinter zwei sich am Boden windende Männer zum Vorschein kamen.

Warum Jochen plötzlich stolperte, konnte man in dem Pixelsalat nicht erkennen, dafür aber, wie Claudia ihm einen saftigen Tritt in die Rippen verpasste und Jochen links aus dem Bild torkelte. Die Kamera schwenkte ihm hinterher, doch man sah nur noch Kai über den Rasen kullern. Jochen war weg. Das Bild fokussierte wieder auf Claudia. Im Hintergrund saß Ben und neigte sich über Paul, der sich nicht bewegte.

Wieder sammelten sich die Tränen in Bens Augen.

Neue Kommentare listeten sich unter dem Video, weitere Spekulationen.

– *Schaut doch genau, Leute, das ist voll die abgekartete Sache. Der im Rollstuhl hält den Typen fest und der Dünne drischt auf ihn ein.*

– *Vielleicht wollte der Dünne mit seinem neuen Liebhaber den Verflossenen umbringen.*

– *Scheint gelungen zu sein, der schaut ziemlich tot aus.*

– *Vielleicht war das auch ein Kinderschänder. Ich meine – schaut ja eher aus, als wären der Kerl im Rollstuhl und der dünne Typ Vater und Sohn.*

– *Voll krank, Mann.*

– *ich HASSE diese perversen. die sollte man alle umbringen!!!*

– *Wen meinst denn jetzt?*

– *Kinderschänder meint er!*

– *HOMOS meine ich!!!*

– **facepalm**

...

Claudia grapschte über den Tisch nach dem Smartphone und riss es Ben aus der Hand. »Genug! Hör auf, dich damit zu quälen.«

Im Reflex streckte Ben die Hände aus, um es wieder an sich zu nehmen, doch Claudia war schneller. Wortlos streckte sie Kai das Telefon hin, der es mit leicht irritiertem Blick wieder an Ben weiterreichte. Claudia pflückte es ihm vor der Nase weg.

»Der macht sich total fertig damit!«

»Nein«, protestierte Ben. »Ich will nur ...«, – *gute Frage. Was eigentlich?*

Kai runzelte die Stirn. »Ist das nicht *seine* Entscheidung, ob er sich fertigmachen will?«

»Nein ... ja ... es ist nicht gut für ihn.«

»Du behandelst ihn wie ein kleines Kind, merkst du das?« Kai fuchtelte mit dem Smartphone herum. »Erst bestellst du ihm Toast, obwohl er keinen will. Dann sagst du dauernd: *Denk an deine Cola!,* als wüsste er nicht, wann er Durst hat. Du hast ihm sogar vorgeschrieben, auf welchen Platz er sich setzen soll!«

Durch seine ausladenden Gesten fuchtelte Kai (unabsichtlich) mit dem Smartphone vor Bens Nase herum, und Ben versuchte (vergeblich) danach zu grapschen.

»Ich hab ihm nicht vorgeschrieben ...«

Kai hob die Augenbrauen.

»Okay – aber er muss mehr essen. Vor zwei Tagen ist er wegen einem Kreislaufzusammenbruch ins Spital eingeliefert worden!« Sie wandte sich an Ben: »Und? Was hast du seitdem gegessen?« Wieder zu Kai: »Du hast es doch selbst gesehen, was er heute Morgen zu sich genommen hat. Cola. Zum Frühstück! Und die Croissants hat er nicht angerührt«

»Die waren verbrannt«, meinte Kai. »Sie hatten die *Konsistenz* von verbrannter Katze!«

»Ach ja? Du hast aber gleich drei davon gegessen!«

Grinsend schob Kai das Telefon in seine Hosentasche. »Weil ich mich niemals einer Frau widersetzen würde, die sich mit Bullen anlegt.«

Ben verdrehte die Augen, doch Claudia bekam tatsächlich rosa Flecken an den Wangen, straffte die Schultern und reckte das Kinn. Sie verfügte gewiss über ein ganzes Arsenal schlagfertiger Antworten auf plumpe Anmachversuche, aber alles, was sie sagte, nachdem sie tief Luft geholt hatte, war: »Spinner.«

Ben sprang hoch. »Ich geh aufs Klo.«

»Mädel, du musst dich doch nicht abmelden, wenn du pinkeln musst«, sagte Kai. Eine flirtfördernde Männersolidarität vermutend zwinkerte er Ben zu. »Hopp, hopp, bevor es ins Höschen geht.«

Ben wurde heiß. War das eine Anspielung? Alle Gäste der Cafeteria schienen ihre Gespräche zu unterbrechen und ihn anzuglotzen. *Gleich pisst er sich an.*

»Allein?« Claudia schaute sich alarmiert um.

»Ach komm«, machte sich Kai über sie lustig. »Willst du ihm jetzt auch noch den Hintern auswischen? Ich verrate dir etwas: Im Gegensatz zu euch Frauen müssen Jungs nicht zu zweit ...«

Ben wandte sich ab und eilte durch den Gastraum. Mit jedem Schritt verschwand mehr Gefühl aus seinen Beinen, und als er endlich den Türgriff zur Toilette runterdrückte, war er nur noch brennender Kopf. Gierige Blicke jagten ihm hinterher. *Gleich pisst er sich an, der Spasti.*

Scham war Terror.

Ben stürzte in die einzige Kabine und lehnte sich mit dem Rücken gegen die Tür. Schweiß kitzelte über seinen Rücken. Sein Herz hämmerte wie verrückt. Sekundenlang hielt er es für möglich, dass ihm ein nach Demütigung lechzender Mob folgen könnte.

Doch es blieb still.

Ben klappte den Klodeckel runter und kauerte sich darauf zusammen, die Beine zur Brust gezogen und die Arme um die Knie geschlungen. Er fühlte sich wund. Und er vermisste Paul. Es tat weh, Kai und Claudia miteinander flirten zu sehen. Ben wollte das auch.

Ein paar Stockwerke über ihm unterhielt sich Paul mit zwei Polizisten. Ob Ben tatsächlich eine Anzeige wegen Erregung öffentlichen Ärgernisses blühte? Wollte man Claudia wirklich versuchten Totschlag anhängen? Das wären zwar nur Eventualitäten, hatte Paul gesagt, aber man müsste sich darauf einstellen. Er erinnerte Claudia an ihren Vater und dessen eigentümliches Gerechtigkeitsempfinden und gab zu bedenken, dass Jochen mit dem Staatsanwalt befreundet war – einem Mann, der für skandalöse Anklagen berüchtigt war.

Erregung öffentlichen Ärgernisses ... Bens Blick wurde verschwommen. An so etwas hätte er im Traum nicht gedacht. Er wollte niemanden ärgern, schon gar nicht die Öffentlichkeit. Alles, was er wollte, war, Paul nahe zu sein, ihn zu spüren, und nun zerfetzte sich die Internetgemeinde das Maul über ihn und unterstellte Paul sogar, ein Kinderschänder zu sein. Damit war sie auf einer Linie mit Jochens Kollegen. Vermutlich beklatschten sie, wie der *Spastistecher* von Jochen fertiggemacht wurde, lachten sich über die jämmerlichen Bemühungen des *geistig Zurückgebliebenen* kaputt, Paul zur Hilfe zu eilen und prahlten damit, auf welche Arten sie es Claudia besorgen würden – aus Rache, als Denkzettel dafür, dass sich Paul an der Familie eines Kollegen vergriffen hatte.

Ben presste die Lippen aufs Knie und wischte mit den Fäusten Tränen aus den Augenwinkeln. Das alles war seine Schuld. Was, wenn Claudia ins Gefängnis musste? Das konnte Paul ihm doch unmöglich verzeihen. Alles zerbrach. Es war genauso wie immer. Was Jochen nicht mit eigener Hand zerstörte, vernichtete er mit Intrigen. Ben zu lieben war ein Suizidversuch.

Plötzlich ein Rums.

Ben fuhr hoch. Jemand rüttelte so kräftig an der Kabinentür, dass die Wände zitterten. Bens Herz polterte bis zum Hals. Er sprang hoch und stellte sich auf den Klodeckel. Der Schock vereiste jeden Muskel. Über den Rand der Kabine konnte Ben ihn sehen – Jochen. Nun hörte er auch das Zischen aus gefletschten Zähnen. Jochen ließ einen ungeduldigen Brüller los. Er wirkte anders als sonst. Der Aggression, mit der er gegen die Kabinentür hämmerte, fehlte die übliche Selbstgefälligkeit – er wirkte getrieben. Das war keine sadistische Raserei aus einer Laune heraus, weil sich gerade eine Gelegenheit bot, jemanden fertigzumachen. Der Zorn schien nicht Selbstzweck, sondern Begleiterscheinung …

Jochen spielte nicht!

Er tobte aus Ärger. Das ließ ihn verstörend menschlich wirken – wenn auch nicht weniger gefährlich. Wenn er noch länger so brutal an der Kabinentür rüttelte, würde sie aus der Verankerung brechen. Und auch das war seltsam: Jochen hätte durchaus die Kraft und Rücksichtslosigkeit, mit nur einem Tritt die Kabine zu stürmen – dagegen wirkte sein brutales Herumreißen am Türgriff geradezu wie eine nette Aufforderung.

Dennoch packte Ben Panik. Hektisch schaute er sich in der kleinen Toilette um. Wenn Jochen es schaffte, in die Kabine einzufallen (und es sah ganz danach aus, dass er es bald schaffte), hatte Ben keine Chance – außer er kletterte über die Kabinenwand. Ein Hindernis dieser Höhe hatte Ben jedoch noch nie überwunden, aber vom Klodeckel aus müsste es ihm gelingen …

Rums. Jochen rammte eine Faust gegen die Tür und

etwas löste sich vom Schloss, schepperte zu Boden und rollte unter der Tür hindurch bis hinter die Kloschüssel. Ein Bild blitzte auf, wie Ben heute Morgen in seinem Zimmer etwas nicht gefangen hatte, das Kai ihm zugeworfen hatte und das danach unters Bett gerollt war ...

Das Pfefferspray!

Mit zitternden Fingern zupfte Ben die Dose aus der Hosentasche und drehte sie hin und her. Diverse Warnhinweise und Symbole forderten dazu auf, unbedingt die Bedienungsanleitung zu lesen. Verdammt – Ben hatte weder Zeit noch Nerven dafür. Panik war die Feindin der Konzentration. Die Scheißkappe der Dose war versiegelt und die Worte der Anleitung ergaben keinen Sinn.

Wieder ein Schlag gegen die Kabinentür. Wieder klirrte etwas zu Boden. Bens Knie begannen zu schlottern und er hatte Mühe, die Dose nicht fallenzulassen. Sein Herz raste wie verrückt und sein Blick wurde verschwommen. Gleich würde Jochen in die Kabine einbrechen und das Scheißding ließ sich einfach nicht ...

Klack. Ein Plastikteilchen brach weg und der Sprühkopf lag frei.

Entschlossen ballte Ben die Faust um die Dose, streckte den Arm aus und hielt – jeden Muskel angespannt – das Spray direkt zur Tür.

Mit einem weiteren Rums kippte die Tür aus der Verankerung und Jochen schleuderte sie zur Seite weg. Laut schreiend presste Ben den Zeigefinger auf den Sprühkopf.

Kein Zischen.

Es tat sich gar nichts.

Jochen packte Bens Unterarm und pulte das Pfefferspray aus seiner Faust. Er benötigte nur eine Sekunde und kaum Kraftanstrengung. Die Bewegung wirkte so beiläufig wie das stumme Handeln eines Elternteils, das ohne Diskussion einem Kind etwas Gefährliches aus der Hand nahm.

Plötzlich knallte in Bens Hirn eine Sicherung durch. Immer nur wegnehmen, wegnehmen, wegnehmen ... behandelt werden, wie ein kleines Kind, ein Idiot, ein scheißverdammtes Opfer! Es war genug! Er hatte es so satt! Statt sich auf Schmerz einzustellen, auf Demütigung, darauf, dass Jochen mit ihm spielte, sprang Ben vom Klodeckel direkt auf Jochens Rücken. Blind vor Wut klemmte er die Beine um Jochens Taille, krallte sich in sein Gesicht, bohrte ihm die Finger in Auge und Nase und schlang ihm den anderen Arm unters Kinn, um ihn zu würgen. Dann biss er zu.

Jochen brüllte auf.

Wie im Rausch rammte Ben die Zähne in den Trapezmuskel und je tiefer sie drangen, umso fester verspannte sich sein Kiefer und umso triebhafter wurde die Energie, mit der er sich in Jochen verbiss. Das Shirt klebte trocken und faserig an der Zunge, die Lippen brannten von der Dehnung und in den Ohren knackten die Sehnen.

Ben grub die Fingernägel immer tiefer in Jochens Gesicht und presste die Schenkel mit aller Kraft gegen die von Claudia angeknacksten Rippen. Jochen jaulte auf, packte Bens Knie, um sie wegzudrücken und grapschte überkopf in Bens Haar, riss es büschelweise aus. *Ich sollte mir den Schädel rasieren*. Ben spürte kaum Schmerzen, bloß ein lästiges Ziepen, das ihn noch aggressiver machte. Je mehr Jochen ihn abzuschütteln versuchte, umso fester verbiss sich Ben in seinem Fleisch, schnaubte und knurrte wie ein Tier. Sein Mund füllte sich mit metallischem Geschmack.

Jemand kam in die Toilette gestürmt. Jemand

schlang Ben von hinten Arme um den Bauch. Jemand versuchte, seine Finger zu lösen. Jemand riss ihn an der Stirn zurück, und weil Ben nicht losließ, hielt ihm jemand die Nase zu.

Nur widerwillig, weil er keine Luft bekam, löste Ben den Kiefer und die Person, die ihn umklammert hielt, taumelte mit ihm rückwärts und prallte gegen die Wand. Ohne sich umzudrehen stürzte Jochen aus der Toilette. Im Spiegel erkannte Ben, dass Kai es war, der ihn von Jochen weggezerrt hatte.

»Einmal versuchter Totschlag reicht«, krächzte Kai. Vorsichtig lockerte er den Griff. »Kann ich dich loslassen?«

Ben nickte, doch kaum löste Kai die Arme, sackte er in die Knie. Seine Muskeln zitterten, sein Kiefer schmerzte, der Geschmack von Blut erfüllte seinen Mund und auf seiner Zunge klebten Fasern von Jochens Shirt. Kraftlos ließ sich Ben gegen die Wand sinken, die Beine von sich gestreckt, die Arme schwer wie Blei. Die schweißnasse Kleidung klebte an seinem Körper, seine Lungen brannten und sein Herz hämmerte wie verrückt.

Kai rutschte an der Wand abwärts, bis er neben Ben auf dem Boden saß, und klatschte ihm auf den Schenkel. »Scheiße Mann, du bist ein Tier!« Minutenlang fixierte er die zerbeulte Pfefferspraydose am anderen Ende der Toilette und hing seinen Gedanken nach.

Bens Kopf dagegen war wie leergefegt. Seltsam satt starrte er in die Unschärfe einer erschöpften Welt.

Schließlich klopfte ihm Kai kameradschaftlich auf die Schulter, sagte »gut gemacht, Mädel«, und mühte sich umständlich auf die Beine. Er wischte vermeintlichen Dreck von den Jeans und bückte sich nach dem Pfefferspray.

Verwundert betrachtete Ben das Blut an seinen Fingern, nachdem er sich über den Mund gewischt hatte.

»Na gut, Mädel«, Kai packte entschlossen den Türgriff. »Du wäschst dich am besten in der Zwischenzeit, ich hole derweil ...«

»Kai?«

»Hm?«

Ben wischte sich mit dem Handrücken weiteres Blut von den Lippen. »Nenn mich nie wieder Mädchen.«

35 | WATTEWEICH

Alarmiert richtete sich Paul auf. »Was ist passiert?«

Walter erhob sich vom Stuhl neben dem Bett und nickte zum Gruß. Der andere Polizist machte einen Schritt rückwärts, als hätte er etwas Verbotenes angestellt.

»Dein Süßer ist ein Killer«, rief Kai hinter Ben hervor, dann wurde er sich der beiden Polizisten bewusst. »Ich meine ... äh ... ein Tier wollte ich sagen ... ein tapferer Mensch.« Auf dem Weg von der Cafeteria bis zum Zimmer hatte er Claudia den Tathergang drei Mal geschildert – blöd vor Begeisterung und mit dramatisch ansteigender ... Dramatik.

Bens Kopf dröhnte. Sein Mund brannte von den zwei Minifläschchen Wodka, die ihm Kai auf der Toilette eingeflößt hatte. *Zur Desinfektion,* hatte er trocken erklärt, als würde er solche Situationen wöchentlich erleben, *und für die Nerven.*

Auf nüchternen Magen entfaltete der Alkohol seine volle Wirkung. In Kombination mit dem immer noch tosenden Adrenalin und der Erschöpfung machte er aus Ben eine Art Wolke – die nach Desinfektionsmittel und Schweiß roch.

Claudia hatte darauf bestanden, dass sich Ben Hände und Gesicht desinfizierte und ihn kurzerhand mit Kai in die öffentliche Krankenhaustoilette geschubst. Aus irgendeinem Grund war Kai auf die Idee gekommen, auch Bens Haar mit diesem antiseptischen Zeug einzureiben und Ben hatte es sich gefallen lassen. Mental hing er immer noch auf Jochens Rücken und konnte die Gefühle diesbezüglich nicht einordnen. Es war ein Cocktail aus Befriedigung und Schuldgefühlen, dem Empfinden, total jämmerlich und genauso ein Irrer wie Jochen zu sein, und dem Wunsch, ihn noch einmal in die Finger zu kriegen, um ihm noch mehr einzuschenken.

Ben war zwar schon oft wütend und richtig zornig gewesen, wenn auch nur heimlich, alleine, wenn er am Bahndamm herumschlich und Wände besprühte, mit Steinen und Flaschen nach Mauern warf – aber das hier war etwas völlig anderes. Die Aggression machte ihn ruhig, fast friedlich, aus dem tiefen Gefühl heraus, er könnte die ganze Welt abschlachten, und er würde es bloß aus reiner Gnade nicht tun. Ben fühlte sich unbesiegbar und das nahm ihm all die Angst und Panik, die seit Jahren quälende Begleiter waren. Theoretisch war er hellwach und fokussiert, doch da es dafür keine Notwendigkeit gab, driftete er gutmütig durch die Eindrücke ringsum und schenkte allem gleich viel Aufmerksamkeit.

So dünn Ben war, er fühlte sich wie ein Buddha, wie ein Löwe, der nach erfolgreicher Jagd für ein ausgedehntes Nickerchen ein Plätzchen in der Savanne suchte. Die Ereignisse rauschten in seinem Kopf wie eine total überdrehte Radiosendung und machten ihn noch müder.

Seit der Cafeteria schwebte Ben ein paar Zentimeter über dem Boden. Er glitt quer durch das Zimmer, driftete sanft und dösig um das Bett herum und ließ sich watteweich auf den Stuhl direkt neben Pauls Bett nieder, der noch von Walters Hintern aufgewärmt war.

»Scheißkerle!«, fauchte Claudia die beiden Polizisten an und ließ sich auf den anderen Besucherstuhl plumpsen. »Ihr diskutiert hier herum, ob ihr mir Totschlag anhängen könnt, während euer sauberer Kollege da unten seelenruhig seinen Bruder umbringt.«

»Was?« Paul grapschte nach dem Triangelgriff, zog sich daran hoch und griff mit schmerzverzerrtem Gesicht zur verbundene Schulter. »Was ist passiert?«

»Das Übliche«, meinte Claudia und verdrehte die Augen.

Paul musterte Ben besorgt von Kopf bis Fuß und griff nach seiner Hand. »Hat er dir etwas angetan?«

Kai lachte auf. »Frag lieber, was er *ihm* angetan hat!« Gehetzt glupschte er zu den Polizisten. »Aus ... ähm ... Notwehr, selbstverständlich, reiner Notwehr.«

»Nein«, flüsterte Ben, rückte so nah ans Bett heran, dass die Knie dagegen stießen und legte einen Arm auf die Matratze. Erschöpft bettete er den Kopf darauf, verschränkte spielerisch seine und Pauls Finger miteinander und streifte Nasen und Lippen über Pauls Handrücken. Sollte er sich schlecht fühlen? Oder gut? Hatte irgendetwas Relevanz – abgesehen von dieser rauschigen Stille und dem tosenden Lärm, die ihn ganz lahm machten. Der Tag fühlte sich an, als dauerte er bereits drei Wochen, dabei war es gerade einmal Mittag.

Kai schilderte, was auf der Toilette passiert war und unterstrich es mit actiongeladenen Ausrufen wie *Bamm* und *Zack,* und Begriffen wie *gottverdammter Vampir* oder *jaulte wie ein kastrierter Oger*. Hin und wieder zuckte Paul und sein Griff um Bens Hand wurde fester. Mit den Worten: »Und das Steak hat er vorher kräftig gewürzt«, schloss Kai seine atemberaubende Geschichte.

Was?

Ben hob müde den Kopf und blickte seinen Kollegen verdutzt an. Mit leuchtendem Blick zupfte Kai das Pfefferspray aus seiner Hosentasche und fuchtelte stolz damit herum.

»Was ist das?« Paul wand die Finger aus Bens Hand

und griff nach der Dose.

»Hab ich bei Jochen in der Vitrine gefunden und Ben zur Selbstverteidigung gegeben!«, sagte Kai und legte zufrieden die Hände auf Claudias Schultern. »Und gut war's!«

Die beiden Polizisten traten näher ans Bett heran und warfen einen interessierten Blick auf das verbeulte Ding.

Paul wog es in seiner Hand und wandte sich ungehalten an Ben. »Du hast das in einer winzigen Toilette benutzt?«

»Nein. – Ist kaputt«, nuschelte Ben.

»Da hast du aber Scheißglück gehabt.«

»Hey!«, fuhr Kai dazwischen und straffte die Schultern. »Das hat ihm vielleicht das Leben gerettet.«

»Hast du nicht zugehört?«, fuhr Claudia ihn an. »Das Spray hat nicht funktioniert.«

Paul drehte die Dose hin und her und begutachtete sie von allen Seiten. »Weißt du überhaupt, wie man damit umgeht?«

Verlegen schüttelte Ben den Kopf.

Mit zusammengekniffenen Augen las Paul die Prägung auf der Unterseite. »Abgelaufen. Schon seit vier Jahren.«

»Sollte aber trotzdem noch funktionieren«, murmelte Walter.

»Hat er die Sicherung entfernt?« Der andere Polizist schnappte Paul die Dose aus der Hand und untersuchte sie. »Hmmm«, er hielt sie Ben unter die Nase. »War die schon vorher so verbeult?«

Unsicher, ob er sie jetzt etwa nehmen sollte, glotzte Ben darauf. »Ich glaub, Jochen ist draufgetreten, als wir am Klo ... Sie war in Ordnung – vorher.«

Der Polizist reichte die Dose weiter an Walter, der sie

ebenfalls prüfend in der Hand zu wiegen und herumzudrehen begann.

»Was ist?«, fragte Claudia gereizt und blickte zwischen den ratlos wirkenden Polizisten hin und her.

»Merkt ihr es auch?«, fragte Paul seine beiden Kollegen. Sie nickten.

»Was denn?« – Kai.

»Irgendetwas stimmt damit nicht«, murmelte Walter und schüttelte das Pfefferspray dicht an seinem Ohr.

Kai verdrehte die Augen. »Tja, wenn das Teil nicht funktioniert hat, wird damit wohl irgendetwas nicht stimmen!«

»Gib nochmal her«, forderte Paul, begutachtete die Dose von allen Seiten und schüttelte sie. Es klackerte leise. »Woher hast du gesagt, hast du die?«

»Jochen«, murmelte Ben. »Kai hat sie ...«

»Sie lag in der Vitrine.«

»Welcher Vitrine?«

»Er bewahrt seine Pokale und Medaillen in einer verschließbaren Vitrine in seinem Zimmer auf und Kai hat ...«

»... hat mich etwas gewundert, dass er ein Pfefferspray unter all den Auszeichnungen liegen hat ... aber irgendwie auch clever, oder? Jemand kommt und zwingt ihn, die Vitrine zu öffnen, und mit einem Griff hat er das Spray und Pffff.« Den teuflischen Plan, einen Einbrecher zu überwältigen, der einen Polizisten bittet eine Vitrine aufzuschließen, um Blechpokale zu stehlen, unterstrich Kai mit einer abenteuerlichen Choreografie und vollem Körpereinsatz.

Claudia verbarg ihr Gesicht mit einer Hand und seufzte tief.

Unbeeindruckt von den Schilderungen wandte sich Paul an Ben. »Was ist in der Toilette *genau* passiert? –

Diesmal von dir!«

Bens Ausführungen klangen nicht halb so spektakulär, wie Kais Darstellungen. »... dann hat mir Jochen das Spray aus der Hand gerissen und ich bin von der Kloschüssel auf seinen Rücken gesprungen und ...«

»Auf den Rücken? Er drehte sich um?«

»Äh ... ja ...«

Irritiert runzelte Paul die Stirn. »Zum Gehen? Oder um auszuholen?«

»Hey, wollt ihr ihm jetzt *auch* versuchten Totschlag anhängen, oder was?«, rief Kai.

Mit einer ruhigen Handbewegung deutete ihm Paul, sich zurückzunehmen. »Erinnere dich, Ben. Wie war das genau?«

Von seiner Erinnerung überrascht murmelt Ben: »Er hat sich umgedreht, um zu gehen.«

»Sag kein Wort mehr!« Kai wischte vor sich in der Luft herum. »Du darfst ab jetzt kein Wort mehr sagen! Nicht ohne Anwalt.«

Paul warf seinen Kollegen einen bedeutsamen Blick zu und wandte sich wieder an Ben. »Was denkst du? Wenn du ihn nicht angefallen hättest ... hätte er die Toilette einfach verlassen?«

Das war nicht gut. Das war ganz und gar nicht gut.

»Das wäre das erste Mal gewesen«, sagte Ben leise. *Scheiße.*

Claudia rückte unruhig auf dem Stuhl herum. »Paul, du willst ihm doch jetzt nicht was anhängen.«

»Und das Spray habt ihr *wann* genommen?«

»Ich«, betonte Kai. »*Ich* habe es heute Morgen genommen, als Ben seine Sachen aus der Wohnung geschafft hat. Bin ich jetzt ein Komplize oder was?«

»Paul!« Beschwichtigend legte Claudia eine Hand auf die Bettdecke. »Zieh jetzt bitte keine voreiligen Schlüsse. Woher sollte Ben denn wissen, dass Jochen ihm nichts antun will? Der Arsch hat ihn jahrelang malträtiert, er hat dich angeschossen ... Ben hat doch davon ausgehen *müssen,* dass er in Gefahr ist, vor allem nach dem Vorfall gestern im Park ...«

Als hätte er sie nicht gehört, als wäre sie gar nicht da, blickte Paul an Ben vorbei zu den Kollegen. »Wenn ihr mich fragt«, er wackelte mit der verbeulten Dose. »Das ist kein Spray.«

Der Polizist, der nicht Walter war, nahm Paul die Dose aus der Hand, schüttelte sie, drehte sie herum, hob sie ans Ohr, schüttelte sie wieder. »Die wurde manipuliert.« Er reichte sie an Walter weiter. »Was auch immer da drin ist – das ist kein Pfeffer.«

Geduldig drückte und schraubte Walter am Pfefferspray herum, machte sicherheitshalber einen Schritt zurück und wandte sich dem Fenster zu.

»Sollten wir das nicht ... ich meine ... das ist keine gute ... da könnte weiß Gott was ...« Nervös trat der zweite Polizist von einem aufs andere Bein. »Wir sollten ...«

»Hah!« Walter drehte sich um, in einer Hand die Dose, in der anderen den Verschluss.

Neugierig hob Paul die Augenbrauen. »Und?«

»Da ist etwas drin.« Walter machte einen großen Schritt aufs Bett zu, nahm die Kappe vom Kopf und ließ den Inhalt der Dose hineinkullern. Alle beugten sich vor und reckten ihren Hals.

In der Mütze lag ein Glaszylinder, in den etwas eingegossen war. Klein, krumm, fleischfarben.

»Ein Wurm?« Kai rümpfte die Nase. »Wie krank!«

»Das ist kein Wurm«, zischte Claudia. »Das ist ... Oh Gott!« Sie wurde kreidebleich, drehte sich um und taumelte würgend ein paar Schritte davon.

Als nächstes hob der Polizist die Hand an den Mund

und ruckte zurück.

»Scheiße Mann! Ist der echt?«, flüsterte Kai ehrfürchtig.

»Ach du lieber Himmel!« Fassungslos schüttelte Walter den Kopf. »So klein ... so klein ...«

Paul schob Walters Arm zur Seite. »Bitte ...« Mit einem gequälten Blick zu Ben krächzte er: »Er sollte das nicht sehen müssen ...«

»Doch!« Gierig grapschte Ben nach Walters Handgelenk und zog daran, bis er einen guten Blick in die Mütze werfen konnte. In den Glaszylinder war ein kleiner Daumen eingegossen – auf dem Nagelbett klebten Rückstände eines blau glitzernden Nagellacks.

»Das ist Ines!«, rief Ben aufgeregt und wollte danach greifen.

Paul packte seine Hand. »Nicht anfassen!«, etwas leiser, »Fingerabdrücke.«

»'Tschuldigung.« Ben krallte die Finger fester in Walters Handgelenk. »Das ist Ines. Der Nagellack ist einfach nicht abgegangen, ich hab geschrubbt und geschrubbt und Tim ...« Ben entkam ein Lacher. »... er dachte, wir hätten Nagellackentferner daheim. Ich hab ihr erlaubt, den Rest abzuknabbern ...« Ein unerträglich schmerzhafter Stich fuhr in Zeitlupe von seinem Hals abwärts und bohrte sich quälend langsam von Zelle zu Zelle durch die Brust. »... sie hätte die Farbe abknabbern sollen ...« Der Speer des Entsetzens drang heiß und scharf bis in den Magen vor. »... wieso hat sie nicht ... sie liebt es doch, am Daumen zu lutschen ...«

»Ben?« Paul versuchte vorsichtig seine Finger von Walters Arm zu lösen.

»Sie hätte doch bloß daran rumknabbern müssen!« Bens Herz hämmerte so heftig, dass sich der Raum dehnte und zusammenzog, dehnte und zusammenzog, mit ihm die Flure und anderen Zimmer – das gesamte Krankenhaus pulsierte.

»Benjamin!«, ächzte Walter.

»Ben, lass los.« Sanft strich Paul über Bens Hand. »Du tust ihm weh.«

»Sie hätte doch bloß …« Bens Brust wurde immer enger. Er bekam nicht mehr richtig Luft. Von den Füßen aufwärts wuchsen Disteln und die Stacheln bohrten sich durch Fleisch und Haut. Borstige Blüten zerrissen Bens Gedärme. Sein Herz blieb stehen, polterte los, blieb stehen, polterte los, und mit ihm die Welt. Stillstand. Rasen. Stillstand. Rasen. Vögel und Wolken stolperten über den Himmel, der Wind stockte, blies, stockte, blies, ein furchtbares Hämmern erschütterte die Welt, ließ die Menschen innehalten, aufschauen, sich stellvertretend für Ben die Hände gegen die Brust pressen, dessen Herz so quälend brach, dass sie alle es fühlen mussten.

Der Wahnsinn legte einen Gurt um Bens Hals und zurrte ihn enger und immer enger.

»Sie hätte …«, würgte Ben hervor, dann kippte das Zimmer, der Boden wölbte sich zu seiner linken und drosch gegen seine Schläfe.

»Ben!« Pauls Stimme klang gepresst. Auch die anderen riefen seinen Namen. Irgendjemand keuchte furchtbar, wie ein krankes Tier – winselte erbärmlich. Hände packten zu. Entsetzte Augen stierten ihn aus betroffenen Gesichtern an. Aufgeregte Stimmen plapperten auf ihn ein. Alles wurde immer lauter und immer schriller. Das Chaos ließ die Welt explodieren. Bens Herz schlüpfte aus der Brust und hoppelte davon, die Lunge platzte, der Bauch bekam Risse und dann rieselte der ganze Körper wie feiner Sand ins Nichts.

Stille.

36 | MILCHGLAS

Das Leben war bloß eine diffuse Gegenwart. Alle Gedanken waren zu einem Brei gehackt, winzige Teilchen, die kein vollständiges Bild ergaben, keine zusammenhängende Vorstellung davon, was Realität oder Erinnerung, was bloß ein Albtraum oder Angst war.

Jetzthäppchen. Nur statische Erlebnissnacks ließen sich einfangen. Die Transparenz eines Plastikbechers, wenn ein Sonnenstrahl ihn berührte. Die kleinen Falten um Pauls Fingerknöchel. Die gesellige Formation der käferförmigen Tabletten auf der pastellgelben Tischfläche. Die raue Beschaffenheit von Pauls gepolsterten Handflächen. Der Glanz des Infusionsständers, der die Welt lang und dünn machte. Die Maserung des hellblauen Leders von Claudias Handtasche. Die unordentliche Anordnung der Vorhanghäkchen, dreiunddreißig an der Zahl. Das kleine Muttermal links neben Pauls Adamsapfel, das wie ein Kakaospritzer aussah. Der Wurf des Stoffes um den Knopfverschluss eines Schwesternkittels. Die schmale, weiße Narbe an Pauls Wange, die sich beim Lächeln wie ein Grübchen in die Lachfältchen drängte. Das langsame, paralysierende Tröpfeln vom Infusionsbeutel in den Schlauch. Diese weiche Art, mit der sich Pauls Lippen schlossen und wieder öffneten. Das furzende Geräusch des Luftpolsters zwischen Fersen und Pantoffeln. Claudias Schulter, die nie ruhig zu halten schien. Der Flur mit seinen orangefarbigen Stühlen an den kahlen Wänden und den Neonröhren an der Decke wie Mittelstreifen einer Straße. Die spezifische Rundung des roten Kunststofftürgriffs, der sich nicht kalt, nicht warm, nicht hart und nicht weich anfühlte.

»Wie geht es uns, Herr Niemeier?«

Ben fand sich einer freundlichen blonden Frau gegenüber. Wieder ein Häppchen Gegenwart, das plötzlich da war. Diffus wusste Ben, dass er den Weg vom Zimmer hierher selbst zurückgelegt hatte, aber er konnte sich nicht daran erinnern. Dafür blitzte ein Bild auf, wie er im Flur gesessen hatte. Eine Minute. Eine Stunde. Einen Tag. Es gab keine Zeit in der Jetztwelt. Die Frage der Ärztin war schwer zu beantworten. Sämtliche Gefühle und Gedanken befanden sich hinter Milchglas. Ben sah ihre Schatten, wusste, dass sie existieren, aber er konnte sie nicht fassen. Er fühlte sich wie aus dem Tiefschlaf gerissen, einen lebendigen Albtraum noch in den Knochen, das Handeln mehr Instinkt, denn bewusste Entscheidung – nur dass er schon seit Stunden wach war und der Albtraum sein Leben. Wacher wurde er nicht, auch nicht, wenn er sich richtig anstrengte, aber zur Anstrengung fehlte ihm ohnehin jegliche Kraft.

War Paul heute da gewesen? Oder gestern? Oder gar nicht?

Ihre Knie hatten sich berührt – Pauls nacktes, das unter dem Nachthemd hervorragte, Bens, das in Jeans steckte. Das fiel Ben ein, weil er feststellte, dass er Jeans trug. Überrascht strich er mit der Handfläche über den Stoff, aber die Erinnerung rutsche zu schnell weg, um sie festhalten und sich an ihr erfreuen zu können. Die Jagd nach Gefühlen blieb erfolglos.

Und nun saß Ben plötzlich dieser blonden Ärztin gegenüber, die eine Frage gestellt hatte und mit freudiger Spannung auf eine Antwort wartete.

»Müde«, sagte Ben.

»Prima!« Euphorisch, als hätte er bestanden, warf sie einen Blick in eine Akte uns strahlte ihn begeistert an.

»Bei der Menge an Beruhigungsmitteln ist das vollkommen normal.«

Nein, ich fühle mich nicht normal, hätte Ben ihr gerne sagen wollen. *Normal ist, wenn ich Angst habe, wenn ich traurig bin, oder verzweifelt. Für mich ist es nicht normal, nichts zu fühlen. Paul war da. Wir haben uns berührt und ich habe nichts gespürt. Ich habe ihn nur wie einen Gegenstand wahrgenommen, simple Haptik, aber das, was mich aufwachen, atmen, durchhalten lässt, habe ich nicht gefühlt. Ich bin nicht da. Ich bin anwesend, aber nicht da!*

Das alles wollte Ben ihr sagen, während sie irgendetwas in den Computer eintippte und vergnügt Selbstgespräche führte, indem sie Fragen stellte, deren Antworten sie sich selbst gab.

»… laaang … aaahm … wlang?«, presste Ben hervor. Seine Zunge war schwer und staubtrocken. Sekunden später war er sich schon nicht mehr sicher, ob er es überhaupt ausgesprochen hatte und was genau er eigentlich hatte sagen wollen. Die Frage bezog sich auf etwas, das jenseits der Jetztzeit stattfand. Die Antwort war wohl irrelevant.

Die Ärztin neigte sich vor, als unterbreite sie Ben geheime Exklusivinformationen. »Sie befinden sich in der psychiatrischen Ambulanz, Herr Niemeier. Machen Sie sich keine Sorgen, länger als drei Tage behalten wir hier kaum jemanden.« Selbstzufrieden lehnte sie sich zurück und glupschte wieder in den Monitor. »Ich habe hier vermerkt, dass Sie bereits in therapeutischer Behandlung sind …«

Behandlung? Therapie? Ich bin nicht …

»… Reisinger …«, die Ärztin schenkte Ben ein breites Strahlen. »Vielleicht besprechen sie mit ihrer Therapeutin, ob eine psychiatrische Reha für Sie sinnvoll ist, ja?«

Reisinger? Angestrengt blickte Ben auf den Hals des Monitors. *Reha?* Die glänzende Plakette auf dem Bildschirm, mit Strichcode, Zertifikatssiegel und Hinweisen zog seine Aufmerksamkeit auf sich und er versuchte unsinnigerweise, den winzigen Text zu entschlüsseln. Wie lange war er eigentlich schon hier? Pauls nacktes Knie und die Pölsterchen seiner rauen Handflächen im Flur, die Fältchen seiner Fingerknöchel, das Muttermal am Hals und die Narbe auf der Wange vor dem hell erleuchteten Fenster des Krankenzimmers. Es mussten verschiedene Tage gewesen sein. Die Erinnerung an eine Umarmung floss warm in Bens Bauch. Paul hatte ihm etwas ins Ohr geflüstert und Ben hatte genickt, was Paul offenbar beruhigt hatte – aber was er gesagt hatte, wusste Ben nicht mehr.

Ich will denken können, ich will mich erinnern und wieder fühlen!

Entschlossen setzte sich Ben auf, glotzte die Ärztin konzentriert an und öffnete den Mund. »Ich will … ich … ahm … w …« Der gerade so klar formulierte Wunsch flatterte auf und davon und ließ Ben mit einem Speichelfaden im Mundwinkel zurück. Das Bild von Lena schoss ihm ins Bewusstsein. War er wie sie? Panik schlich durch die Katakomben seiner Seele. Er musste die Fragmente seiner Erinnerungen und Wünsche zusammenbauen, rasch – jetzt.

Der Satz, den er endlich hervorpresste, fühlte sich wie der längste und komplexeste an, den er jemals ausgesprochen hatte: »Keine … Beruh… bitte … keine … ruhgung.«

Die Ärztin lachte auf und reichte Ben ein Papiertaschentuch. »Aber selbstverständlich. Mein Kollege verschreibt gern ein bisserl mehr, das setzen wir gleich runter.« Ihre Finger flirrten über die Tastatur. »Ich habe hier stehen, dass Sie morgen heimgehen. Ups, da hätten Sie die starken Mittel ja heute gar nicht mehr kriegen sollen.« Sie grinste breit. »Nicht so schlimm, haben Sie einen Tag Urlaub dazubekommen. Ich schreibe Ihnen jetzt Tabletten auf, die Sie dann daheim nehmen, ja?«

Nein. Ich will keine ... Ben schüttelte den Kopf.

»Diese hier sind nicht wie das, was Sie jetzt bekommen haben. Sie wirken nur ein wenig sedierend, damit Ihre Ängste gedämpft werden und Sie sich erholen können. Sie werden sich ein bisschen müde fühlen ...«

Gedämpft werden? Erholen? Sich müde fühlen? Auch wenn Ben an das, was hinter der Milchglastür lauerte, nicht herankam, fühlte er doch dieses Jucken, dass etwas ganz Wichtiges auf ihn wartete. Wie ein Termin, den er verpasst hatte. Etwas, das nicht aufgeschoben werden durfte, das umgehend in Angriff genommen werden musste.

Er wollte Pauls Lippen mit seinen berühren. Ganz kurz hatte Ben den Geschmack von Pauls Zunge im Mund, eine intensive Idee von Nähe, eine schmerzhafte Innigkeit, die er länger auskosten wollte. Er musste der Ärztin klar machen, wie wichtig es für ihn und seine Heilung war, diesen Kuss zu spüren, in all seinem Schmerz und all seinem Trost, und dass er das nur konnte, wenn er Herr seiner Sinne und Gedanken war. Aber sie würde es wohl nicht begreifen. Ein Kuss war für sie gewiss nichts, für das man riskieren sollte, bei Verstand zu sein, also schwieg Ben. Ihm fehlten ohnehin die Worte.

37 | HASS

Ben erwachte, weil ihm der Hass in den Bauch trat. Jeder Muskel brannte. Der ganze Körper war ein einziges, rohes Pulsieren. Sein Blick war gestochen scharf, das Gehör kristallklar, der Geist hochaktiv, hellwach, getrieben.

Sie waren alle wieder da, die Gefühle und Gedanken. Die Vergangenheit war näher als sonst, als erlebte Ben synchron jede Minute seines bisherigen Lebens in einem einzigen Augenblick nochmal. Es war ein Schock. Quälerei durch Jochen. Rumtollen mit Hasso. Schmusen mit Tim. Gespräche mit Lena. Flirten mit Sven. Ines' Lachen. Hassos qualvolles Sterben durch Rattengift. Tims ungreifbarer Tod in der Ferne. Lenas Sabberflecken. Sven ... an den Ben so lange nicht mehr gedacht hatte. Und Ines. Ihr kleiner verstümmelter Leichnam auf der Bahre in der Kühlkammer. Der fehlende Daumen. Von wilden Tieren gefressen, hieß es damals. In der Tat hatte ihn ein wildes Tier in seinen Besitz gebracht. Wie typisch für Jochen, jenen Körperteil an sich zu nehmen, der Ines' Schwäche und Trost war. Ihren geliebten Daumenlutschdaumen. Jochen hätte kein passenderes Souvenir finden können.

Souvenir!

Der Arsch hatte Ines' Daumen als Souvenir behalten! Er hatte seiner kleinen Schwester den Daumen abgeschnitten und aufbewahrt. Als Erinnerung ... Erinnerung woran? An eine eskalierte Quälerei? An flauschig sadistische Stunden im Wald? Um Ben eines Tages damit zu erpressen, wenn Worte, Schläge und Folter nicht mehr reichten? Hatte Jochen sie für Ben so zugerichtet?

Ben taumelte ins Bad und würgte, doch er konnte nicht erbrechen. Das Blut in seinen Adern schien zu kochen. Sieben Jahre lang hatte Ines' Daumen in der Wohnung gelegen. In Jochens Vitrine. Wie eine Trophäe. Ben hatte sie ein paar Stunden am Körper getragen, hatte versucht, Jochen mit ihrem Daumen zu überwältigen.

Deswegen war Jochen so erpicht auf das Pfefferspray gewesen! Ihm musste aufgefallen sein, dass sich jemand an der Vitrine zu schaffen gemacht hatte. Vielleicht glaubte er sogar, Ben hätte von dem Finger gewusst und ihn an sich genommen, um Jochen zu erpressen.

Ben kauerte sich mitsamt Nachthemd in die Dusche und drehte das eiskalte Wasser auf. Er zählte die Stunden, die er Ines bei sich getragen hatte. So nah und doch sieben Jahre getrennt. Sie wäre jetzt vierzehn. So alt wie Ben, als sie verschwunden war, als er die erste Liebe erlebte.

Dieser Sommer hätte ihr gehören können. Der erste Kuss ... Händchen halten ...

Irgendwo da draußen lief ein Junge herum, der sie vermissen musste, für den sie geschaffen war, und dem sie genommen worden war. Irgendwo verzehrte sich einer nach ihr, während er den anderen beim Verlieben zusehen musste, nicht wissend, dass von seinem Sommer des Lebens bloß ein Daumen in einem Glaszylinder übrig geblieben war.

Mit Ines hatte Jochen Ben nicht nur eine Schwester genommen, sondern anderen eine Freundin und die Liebe. Ines hätte Paul sicher gemocht und Claudia geliebt. Aber alles, was Paul und Claudia von ihr kennenlernen durften, war ihr Daumen. Alles, was die *kleine Hexe* für die aktuell wichtigsten Menschen in Bens Leben sein würde, war eine gruselige Requisite. Dank Jochen.

Er hatte Ines nicht bloß das Leben genommen, sondern auch die Würde. Im Tode noch verspottete er sie, machte er sie für andere zu dem, was er in ihr bloß gesehen hatte: Ein Ding, ein scheiß verdammtes Ding aus einem Horrorkabinett.

Das wirst du bereuen!

Ben schlug mit der Faust gegen die Fliesen. Sein Herz raste. Er sprang hoch, drehte das Wasser ab und tappte zurück ins Zimmer. Das klatschnasse Nachthemd regnete kleine Pfützen vom Bad bis zum Bett. Ben streifte es vom Körper, schleuderte es aufs Bett und schlüpfte in seine Sachen.

Du wirst das bereuen!

Die beiden Packungen Tabletten, die er von der Ärztin bekommen hatte, warf er in den Mülleimer auf der Toilette. Für das, was er vorhatte, brauchte er keine vernebelten Sinne, keine verwirrten Gedanken, keine Dämpfung.

38 | ILLEGAL

Als Ben das Krankenzimmer betrat, kam Paul gerade aus der Toilette. Ein bleiches Zucken streifte sein Gesicht und er musterte Ben von Kopf bis Fuß.

»Ben? Was machst du hier? Geht's dir gut?« Zögernd machte er einen Schritt auf ihn zu und schlang den Arm um ihn. »Ich wollte nachher zu dir runterkommen. Ich bin ein bisschen ... überrascht, dich hier zu sehen ...«

Ben schmiegte sich in die Umarmung. Pauls wegen der Schussverletzung am Körper fixierter Arm drückte unangenehm gegen seine Rippen und sein herber Duft machte Ben ganz besoffen. Er schloss die Augen, um sich auf den Geruch und Pauls kratzigen Kiefer an seiner Wange zu konzentrieren. Seine Lippen streiften Pauls kühles Ohrläppchen, und aus seinem Mund flossen Worte. »Ich liebe dich.«

»Ben ... nicht ...« Paul löste sich aus der Umarmung und schaute ihn besorgt an. »Du bist total zugedröhnt, du weißt nicht, was du sagst ...«

»Doch!«, behauptete Ben. »Ich bin nüchtern und ich sehe so klar wie nie zuvor. Ich bin voller Hass ...«, *und ich werde Jochen töten.* Um seine Aussage zu untermauern, zeigte er einen Wasserstand bis unter die Nase, dann legte er sich die Hand auf die Brust. »Aber ich liebe d...«

Mit einem eiligen Kuss fing Paul die Worte ab und Ben schob ihm sogleich die Zunge zwischen die Lippen. Zuerst zuckte Paul überrumpelt zurück, doch dann öffnete er den Mund und kam ihm ebenso stürmisch entgegen. Die blinde Wut über Jochen war wie Spiritus für die Lust, deren erster Funke sofort wild entflammte, und sich schmerzhaft gegen den Hosenstall und Pauls Becken drängte. Erstmals in seinem Leben hatte Ben das Gefühl, von jetzt auf gleich vor Leidenschaft die Kontrolle über sich zu verlieren. Er vergaß völlig, wo er war, wer er war, spürte nur sein heftig klopfendes Herz, seine pochende Erektion und einen animalischen Drang, dieser ungewöhnlich heftigen Energie seines Körpers zu folgen. Die Fäuste in Pauls Nachthemd gekrallt, war er drauf und dran, es ihm vom Körper zu reißen, um seine Haut spüren zu können.

»Ey, Schwuchteln, schleckt euch woanders ab. Ist ja voll pervers!«

Abrupt zog sich Paul aus dem Kuss zurück und wand sich aus Bens Umklammerung. Er drehte sich zu dem Patienten im mittleren Bett um, dessen linkes Bein und linker Arm in Gips gepackt war. »*Voll pervers* ist, bei Rot über die Kreuzung zu brettern, weil man SMS schreibt, statt sich auf den Verkehr zu konzentrieren.«

»Bist du Bulle, oder was?«

»Ja!«, knurrte Paul und fügte so leise, dass nur Ben es hören konnte, hinzu: »Zumindest war ich's mal.«

Ben krachte wie durch eine zu dünne Eisplatte aus dem heißen Nebel der Lust in ein fröstelndes Jetzt.

»Echt jetzt, Mann? Willst du mich verarschen?« An Ben gewandt: »Stimmt das? Der Klugscheißer hier ist Bulle?«

Ben zuckte mit den Schultern und glupschte Paul an.

»Ein schwuler Bulle?« Stöhnend drückte der Typ seinen Kopf ins Kissen. »Scheiße Mann, ich dachte, das ist illegal.«

Paul verdrehte die Augen und drängte Ben Richtung Tür. »Lass uns hier verschwinden ...« Im Flur schüttelte er den Kopf. »Wenn ich den noch länger ertragen muss, tu ich etwas Unüberlegtes.«

»Wie meinst du das, dass du Polizist *warst?*«

Paul schenkte Ben ein gequältes Lächeln. »Lass uns ...«, er wandte sich ab und winkte den Flur runter. »... lass uns irgendwohin gehen, wo wir Ruhe haben.«

Entschlossen packte er Ben am Unterarm und führte ihn an geöffneten Kranken- und Behandlungszimmern, Besucherstühlen und naiv gemalten Bildern vorbei. Vor einer unbeschrifteten Tür hielt er an und schaute sich prüfenden um. Die Schwestern wieselten geschäftig herum und schenkten ihnen keine Beachtung. Testweise betätigte Paul den Türgriff und wirkte überrascht, dass der Raum unversperrt war. Rasch schlüpfte er hinein.

»Komm, schnell«, flüsterte er und betätigte den Lichtschalter.

Die Neonröhren flatterten, ehe sie den Sanitärraum hell erleuchteten, der mit behindertengerechten Badewannen und Duschen ausgestattet war. An einer Wand standen zwei Rollstühle und in der Mitte ein Regal auf Rädern, das mit Tüchern und Plastikflaschen bestückt war. Das grelle Licht, die weißen Fliesen und die Wannen und Regalfächer aus gebürstetem Edelstahl weckten in Ben Erinnerungen an den Kühlraum, in dem er seine Schwester zuletzt gesehen hatte.

Jochen – ich töte dich.

»Nicht besonders ... einladend«, murmelte Paul mit gerunzelter Stirn und schaute sich um. Fragend wandte er sich an Ben. »Geht das hier okay?«

Okay wofür?

In Bens Hose pochte die Erregung, gedämpft durch Pauls seltsame Bemerkung, dass er kein Polizist mehr wäre, befeuert durch den Hass auf Jochen. Allmählich begriff Ben, warum man Sex und Wut dieselbe Farbe zuwies. Da war so viel Kraft und Energie, die unbedingt rausmussten, die ihn ganz verrückt machten, die seinen

Atem beschleunigten, seine Muskeln anspannten, ihn keine Sekunde ruhig stehen ließen. Ben musste irgendetwas tun, um diesen Druck abzubauen und Pauls Nähe verlangte nach noch mehr Nähe.

Herz und Schwanz jubelten, als Ben nickte. Was sonst wollte Paul mit ihm hier machen, alleine, wenn nicht Sex? Wozu sonst hätte er ihn hierhergeführt und die Tür hinter ihnen geschlossen, wenn nicht, um endlich ihrer Lust nachzugeben?

Hastig öffnete Ben seine Jeans. Das Zelt seiner Pants drängte zwischen den Knopfleisten hervor.

Irritiert runzelte Paul die Stirn. »Ben … was …«

Die Hand sofort im Schritt zupfte Ben am Giebel herum und schnappte erregt nach Luft.

»Ich bin suspendiert«, gestand Paul und blickte Ben abwartend in die Augen. »Wegen der Schießerei – einerseits, und andererseits, weil … weil ich darum gebeten habe.«

Ein kleiner Schock kitzelte Bens Bauch, doch statt die Erregung abzukühlen, befeuerte er sie. »Wieso?« Heftig atmend schob er eine Hand unter sein Shirt und streichelte seinen Bauch.

Paul verfolgte Bens laszive Bewegungen und biss sich auf die Unterlippe. »Es ist einiges vorgefallen, während du … Sie haben dich ziemlich mit Beruhigungsmittel vollgepumpt, daher konnte ich dir noch nicht sagen …«, er unterbrach sich und schloss die Augen. »Bitte … ich versuche dir etwas zu sagen, zu dem das hier nicht passt.«

»Dann sag's nicht«, flüsterte Ben, machte einen Schritt auf Paul zu und legte ihm beide Hände in den Nacken. Sanft fixierte seinen Kopf und schnappte verlangend nach seinen Lippen. Paul versteifte sich, doch dann schob auch er die Hand in Bens Nacken und stimmte in einen intensiven Tanz der Zungen mit ein. Eine Minute war nichts weiter zu hören als ihr Schnaufen und Schmatzen, das durch die glatten, gefliesten Wände verstärkt wurde.

Pauls Hand wanderte über Bens Schlüsselbein abwärts, blieb auf der Brust liegen und drückte behutsam dagegen. »Ben ...«, nuschelte er in den Kuss. »Ben ... hör mir zu ...«

»Nein«, erwiderte Ben, küsste Pauls Kiefer entlang bis zum Hals und streichelte seine Hüften. »Du warst da ... ich kann mich erinnern ... wir haben uns berührt ... ich konnte dich nicht spüren ... aber jetzt, jetzt kann ich dich spüren ...«

»Ja ...«, stöhnte Paul und neigte den Kopf zur Seite. »... du hast durch mich hindurchgesehen. Ich dachte, du erkennst mich nicht mehr ... das war ... ich war verrückt vor Sorge ...«

Die Vorstellung, dass Paul Angst um ihn gehabt hatte, dass er an seinem Bett gewacht hatte, wie vor Tagen Ben an Pauls Bett, dass ihm vielleicht dieselbe rüde Entschlossenheit gefangen hatte, nichts mehr zwischen sie kommen zu lassen, erregte Ben noch mehr. Die Vorboten der Ekstase prickelten vom Damm über den Rücken und gierig danach, endlich Pauls Haut zu spüren, raffte Ben das Nachthemd an den Seiten hoch. Der Atem stockte ihm, als er die Finger unter den Stoff schob und die heiße Haut berührte. Wie von selbst rutschten seine Hände weiter über Pauls nackten Hintern und begannen ihn zu kneten.

»Ben ... warte ...« Paul drückte gegen Bens Schulter, um ihn von sich zu schieben. »Wir müssen reden ...«

»Nachher«, flüsterte Ben, widersetzte sich der Aufforderung und saugte Pauls Ohrläppchen zwischen die Lippen. Um ihm sein Verlangen spüren zu lassen, drängte er ihm das Zelt seiner Pants gegen die Leisten. Unabsichtlich und doch gewollt rutschten die Jeans über die Beine abwärts, was die Lust weiter ankurbelte. Bens Hände gingen unter Pauls Nachthemd auf Wanderschaft.

»Nein ...« Paul versuchte, sich aus der Umklammerung zu winden. »Ich kann nicht ... hier ... jetzt ...«

»Aber ich liebe dich«, flüsterte Ben und schmiegte sich fester am Paul. Der fixierte Arm drückte schmerzhaft gegen seine Rippen, doch die sich rasend entfaltende Ekstase schürte die Sehnsucht nach mehr Paul, mehr und mehr. Am liebsten wollte Ben Paul sein, sich ganz in ihm auflösen, nichts mehr mit diesem peinlichen, dünnen Mädchen gemein haben, das er war. Verschmelzungswünsche, die keine Ablehnung duldeten.

»Nein ... Ben ... das bist nicht du ...«, presste Paul zwischen den Lippen hervor und versteifte sich immer mehr.

»Ich liebe dich!«, quengelte Ben und vergrub das Gesicht in Pauls Halsgrube. »Ich liebe dich.« Mehr Trieb als bewusste Absicht schob er die Finger zwischen Pauls Backen.

Plötzlich wurde er herumgewirbelt und befand sich in einem groben Klammergriff, der ihn vollständig fixierte. »Nein!«, knurrte Paul wütend, der offenbar nur einen Arm und ein Bein benötigte, um Ben trotz Schussverletzung mühelos zu überwältigen.

Die Ekstase verwandelte sich in den Zorn zurück, der die Lust in dieser Intensität entfacht hatte. Bens Herz zersprang vor Enttäuschung und Schmerz über diese mehr als deutliche Abfuhr. Das Gefühl tiefster Unverstandenheit paarte sich mit Scham, sich so vergessen zu haben. Sekundenlang pendelte er zwischen Hass und Verzweiflung hin und her. Die Energie, die sich bereits für den Orgasmus aufgebaut hatte, ließ seine Muskeln zittern und ein paar zähe Sekunden lang schien sein Körper kurz davor, der Lust ungeachtet der Demütigung nachzugeben. Die Erektion schwoll weiter an, die Säfte sammelten sich – dann kam ein Flashback.

Plötzlich war Ben davon überzeugt, er befände sich daheim in der Küche und Jochen hielte ihn fest. Der Schock war so heftig, dass er nicht nur innerhalb von Augenblicken erschlaffte, sondern auch im Reflex den Atem anhielt und sich aufs Totstellen vorbereitete. Er wurde in keine haarige Achsel gepresst und doch roch er Jochens säuerlichen Gestank. Ihm blieb die Luft weg und er würgte.

Vorsichtig löste Paul den Griff und Ben ließ sich gleich einer Marionette, deren Schnüre man durchtrennt hatte, leblos zu Boden plumpsen, die Augen halb geschlossen, den Mund halb offen. Perfekt tot, wie er es über viele Jahre hinweg gelernt hatte.

»Ben?«

Pauls Stimme passte nicht hierher. Sie war falsch. Ein Misston in einer abscheulichen Welt.

»Ist alles in Ordnung mit dir?«

Eine Hand berührte Bens Schulter. Der Test, ob er auch wirklich bewusstlos war. Finger fuhren sanft durch sein Haar, berührten seine Schläfe, seine Wange.

Ein Schauer beutelte Ben, stellte sämtliche Härchen im Nacken auf. »Ist er weg?«

»Wen meinst du? *Wer* soll weg sein?« Pauls angenehm melodiöse Stimme wirkte beruhigend.

»Jochen«, flüsterte Ben, als fürchtete er, ihn auf sich aufmerksam zu machen.

Pauls Atem stockte so heftig, dass die Wände des Raumes zusammenrückten. Sein Schlucken rumpelte durch seinen ganzen Körper. »Scheiße.«

Ben blinzelte und stellte seinen Blick scharf. Paul hockte neben ihm auf dem Boden und wischte sich mit zitternden Fingern übers Gesicht. »Scheiße ... Tut mir leid ... ich ... es tut mir leid.«

Binnen Augenblicken wurde die Welt wieder klar. Nicht Jochen hatte Ben gedemütigt, Paul war es gewesen. Jochen lief frei da draußen herum, obwohl er Ines in eine Horrorrequisite verwandelt hatte. Und Paul ... Paul der Verräter hatte Ben weggestoßen, nachdem er ihm die Liebe erklärt hatte. Es war klar, was vorgefallen war, während Ben in einer dicken Wolke aus Beruhigungsmittel dahingesabbert hatte. Jochen hatte gesiegt. Wie auch immer, und es war auch völlig egal wie, hatte er es geschafft, einen Keil zwischen Ben und Paul zu treiben.

Bens Muskeln brannten und sein Kopf glühte. Das war das letzte Mal, dass Jochen das gelungen war, das letzte Mal, dass er ihm etwas kaputtgemacht hatte.

»Aus!« Entschlossen sprang Ben auf die Beine, zog die Jeans hoch und knöpfte sie rasch zu. »Nie wieder! Nie wieder! Nie wieder!« Hastig streifte er das Shirt glatt und fuhr sich durchs Haar.

Beunruhigt blickte Paul zu ihm hoch. »Wir müssen reden, Ben. Dringend. Bitte ...«

Der Stachel der Ablehnung durchbohrte Bens Herz und je länger er in Pauls Nähe blieb, umso größer wurde die Schmach, der Schmerz, die Enttäuschung. Pauls flehender Ton und sein verzweifelter Blick vergrößerten den Abgrund, in den Ben seit Minuten stürzte – oder seit Jahren – es spielte keine Rolle, wenn er am Ende doch nur zerschmettert auf dem Boden lag. Interessierte Lena, welche Schritte sie zu Gemüse gemacht hatten? Zählten die kleinen Momente, die den Zerfall aufgehalten hatten? Am Ende war es einerlei. Am Ende vergrößerte jede Verzögerung nur das Leid.

»Es gibt nichts, das mir die Welt noch zu sagen hätte«, erklärte Ben und konnte nur mit Mühe ein Beben in seiner Stimme unterdrücken.

»Was soll das heißen?«, fragte Paul und stand auf.

»Es gibt nichts ...« Ben schwankte, sein Blick wurde verschwommen und er starrte auf seine Hand am Türgriff. »... das *ich* der Welt noch zu sagen hätte.« Dann stürzte er aus dem Raum, rannte durch den Flur, hörte Paul seinen Namen rufen, doch hielt nicht an. Jedes »Ben« bohrte ihm einen weiteren Pfeil durch Herz, zerrte wie ein immer dicker werdendes, immer straffer gespanntes Gummiband an seinem Körper. Als Ben vor dem Lift stand, war er es fast leid, zornig und verletzt zu sein, wollte er aufgeben und alles fallenlassen, nur um sich in Pauls Arme zu werfen. Verziehen, alles verziehen, wenn es nur weitere Minuten Glück gab, egal wie verkorkst, verdreht, verzweifelt und kaputt, nur einfach ein paar weitere Augenblicke der Hoffnung.

Dann ertönte das »Pling« des Fahrstuhls, Menschen schlüpften heraus, Ben stieg ein. Die Schiebetüren schlossen sich und Ben sah gerade noch, wie Paul um die Ecke kam. Den schmerzerfüllten Blick würde er nie vergessen, und er würde ihn sich in Erinnerung rufen, wenn er Jochen die Seele aus dem Leib ritzte.

39 | KRIEG

Am Rahmen der Wohnungstür prangte ein großes X aus Absperrband, das den Zutritt zur Wohnung untersagte. Ben schloss auf, bückte sich darunter durch, und trat in den Flur. Direkt an sein Bein gepresst hielt er eine Eisenstange, die Faust so fest darum geballt, dass die Handflächen brannten.

Er hielt den Atem an und lauschte. Kein Mucks. Dafür sah es aus, als hätte ein vierzehntägiger Krieg in der Wohnung gewütet. Sämtliche Möbel waren verrückt, ihr Inhalt auf dem Boden verstreut, sogar Bens Matratze lag nicht mehr auf dem Lattenrost und die Gummiunterlage war verschwunden. Minutenlang suchte Ben danach, als hinge sein Leben davon ab, dann wurde ihm sein absurdes Handeln bewusst, und er ließ es bleiben.

Erst, als in seinem Bewusstsein ankam, dass es nicht Jochen gewesen war, der die Wohnung auf den Kopf gestellt hatte, sondern die Polizei, geriet er wieder in Panik. Warum hatten die Beamten seinen Bettnässeschutz mitgenommen? Um sich über ihn lustig zu machen? *Wir dachten ja immer, Jochen übertreibt, aber seht her Leute, das haben wir aus dem Bett des Spastis gefischt. Und die Matratze hat gestunken wie ein Pissoir!*

Ben eilte zur Eingangstür – tatsächlich, es war ein Absperrband der Polizei, das er beim Hereinkommen ignoriert hatte. Warum waren sie hier gewesen und hatten jeden kleinsten Winkel durchsucht? Wegen Jochen? Wegen Ines? Wegen Ben? Sogar der Bodenbelag war teilweise herausgerissen und an manchen Stellen der Wand waren große Teile der Tapete abgeschält.

Ohne ein Gefühl für Zeit wühlte Ben in den Überresten dessen, was einundzwanzig Jahre sein Zuhause gewesen war – und aus dem die Polizei nun die letzten Erinnerungen an seine frühere Familie herausgekratzt hatte. Hier gab es keine Nostalgie mehr, keine Ecken, die Ben an seine Mutter, seinen Vater, Ines oder Hasso erinnerten, sondern nur noch blanke Zerstörung. Jochens Kollegen hatten sein Werk vollendet. So würdelos wie der Glaszylinder für Ines, war dieses Chaos das Grab der letzten Erinnerungen an eine einmal glücklichere Familie.

Brauchbares fand Ben nicht. Brauchbares wäre etwa ein Hinweis darauf gewesen, wo sich Jochen im Augenblick aufhielt. Ob er festgenommen worden war? Ob er jeden Moment hier auftauchen konnte? Im Krankenhaus waren weder Sicherheitsmänner noch Polizisten gewesen. Vielleicht hätte Ben Paul *doch* zuhören sollen.

Mehr, um die Stille des Chaos zu übertönen, als weil er ein Bedürfnis nach Unterhaltung hatte, schaltete Ben den Fernseher ein, wozu er ihn erst einmal wieder an seine Stelle rücken und anschließen musste. Begleitet vom beruhigenden Geplapper fremder Stimmen stakste Ben weiter durch die Wohnung und begutachtete die seltsamen Auswüchse der Hausdurchsuchung. Irgendein Spaßvogel hatte sogar den Inhalt der Zahnpastatuben ins Waschbecken gepresst. Die Wohnung sah weniger aus, als hätte die Polizei nach Beweisen gesucht, sondern eine Horde Junkies eine einwöchige Drogenparty gefeiert. Wer auch immer dieses Chaos beseitigen musste, er tat Ben leid.

Plötzlich hörte er seinen Namen. *Niemeier*. Wie erstarrt blieb er stehen, wagte kaum zu atmen. Wieder: *Niemeier*. Erst eine raue Frauenstimme, dann der typisch nörgelnde Tonfall eines Außendienstreporters. Ben stürzte ins Wohnzimmer und erstarrte.

Jochen!

Eine Nachrichtensendung blendete sein Passfoto ein. Ben kannte das Bild – Jochen hatte es erst vor wenigen Monaten anfertigen lassen, aber es hatte nie so brutal gewirkt, wie jetzt im Fernsehen. Vielleicht hatte es der Sender nachbearbeitet, etwas mit den Farben angestellt, um Jochen gefährlicher aussehen zu lassen.

Laut Berichterstattung fahndete die Polizei seit gestern nach Jochen, den mutmaßlichen Mörder seiner Schwester. Dann ein Foto von Ines. Es war wie ein Schlag in die Magengrube, sie auf einem Bildschirm neben Jochen zu sehen. Bens Familie auf einem Blick – so gehasst und so geliebt – warum mussten es immer Extreme sein? Der Journalist betonte mehrmals, wie gefährlich Jochen Niemeier wäre, der bereits auf einen Kollegen geschossen hätte.

Ben wankte rückwärts und ließ sich aufs Sofa fallen. So in die Enge getrieben hatte sich Jochen gefühlt, dass er auf seinen Hofstaat geschossen hatte? Erst Minuten später, als er einen weiteren Bericht von dem Mann, der zuvor zweifelhaften Ruhm im Internet erlangt hatte, sah, realisierte Ben, dass sie mit dem angeschossenen Kollegen Paul meinten. Dabei zeigten sie die *dramatischen Ausschnitte* des Videos in deutlich besserer Qualität aber mit verpixelten Gesichtern. Paul, wie er plötzlich hinter Jochen verschwand. Paul, wie er leblos in Bens Armen lag.

Ben wischte sich die Tränen aus den Augen und zappte durch die Kanäle. Niemeier das Monster. Niemeier die Bestie. Niemeier der Mörder. Seltsam, den eigenen Namen in diesem Zusammenhang immer wieder im Fernsehen zu hören. Die meisten Berichte verzichteten auf den Vornamen. Von einem Privatsender wurde Niemeier bereits als mutmaßlicher Serienmörder gehandhabt, nachdem ein findiger Journalist das Verschwinden anderer Kinder der Region ausgeforscht und die freche Frage gestellt hatte, ob diese mit der *Causa Niemeier* in Verbindung stehen könnten.

Niemeier stand nun für Monster, Bestie, Kinderschänder, Mörder, Serienkiller. Niemeier hat dies getan. Niemeier hat jenes getan. Niemeier ist dies. Niemeier ist jenes. Niemeier lautete nicht nur Bens Nachname, er teilte sogar das Blut mit diesem Monster. Was, wenn er ebenfalls eine Bestie war? Musste er nicht eine sein, wenn er überlebt hatte? Hatte sich Ben nicht wie ein Tier in Jochen verbissen? Wenn nicht das Blut aus ihnen Brüdern gemacht hätte, so doch Jochens tägliche Dosis Sadismus, mit der er Ben vergiftet hatte.

Wenn Niemeier schon für Geschwistermord stand, dann würde auch Ben dem Image gerecht werden. Jochen musste sterben. Jetzt mehr denn je.

Ben sprang hoch, stapfte ins Bad und schaute sich in den Spiegel. *Ich werde Jochen umbringen.* Sein Blick fiel auf den Haartrimmer, der aus unerfindlichen Gründen in der Seifenschale lag. Probeweise schaltete er das Gerät ein. Es funktionierte. Kurz entschlossen schlüpfte Ben aus der Kleidung und begann sich das Haar an den Schläfen wegzurasieren. Erst links, dann rechts, dann wieder links, dann wieder rechts, bis am Ende ein Irokese übrigblieb. Sollte er ihn so belassen? Es hatte etwas Radikales, wie eine Kriegsfrisur, das passte doch perfekt.

Ben räumte eine Menge Wäsche, Schuhe, den Föhn und irritierenderweise den Toaster aus der Dusche, wusch sich gründlich und schlüpfte wieder in seine Sachen. Behutsam entfernte er den Verband vom Kinn und betrachtete sich kritisch im Spiegel. Er sah weniger wie ein Krieger aus, als wie ein feiger Goth-Style-Modepunk, der sich für fünfundsechzig Euro ein schickes Che Guevara T-Shirt ›Made in Bangladesch‹ kaufen würde.

Also kein Iro.

Ohne lange nachzudenken, packte er den Haartrimmer und mit wenigen Schnitten hatte er eine vollständige Glatze – erstmals in seinem Leben. Er sah brutal aus. Vor allem in Kombination mit der frischen Narbe am Kinn. Seine Augen wirkten größer – überhaupt schien sein Gesicht auf einmal gröbere Konturen zu haben und mehr Charakter zu besitzen. Jetzt würde wohl keiner mehr auf die Idee kommen, ihn *Mädchen* zu nennen.

Ein klein wenig tat Ben die Veränderung leid, und als er endlich das Badezimmer verließ, war ihm, als ließe er mit seinem Haar auch einen Teil seines sanftmütigen Wesens zurück. Trotz seines nun so gefährlichen Aussehens stiegen ihm die Tränen in die Augen. Ein unbändiges Verlangen packte ihn, wieder ins Krankenhaus zu fahren, um Paul in die Arme zu schließen. Er wollte ihn berühren, küssen, sich vergewissern, dass Jochen doch nicht gesiegt hatte und er mit Paul vielleicht ... vielleicht glücklich werden konnten. Irgendwie.

Doch würde Paul ihn überhaupt noch wollen? Nicht nur, dass sich Ben aufgeführt hatte wie ein notgeiler Hund, sah er nun auch noch aus wie ein Skinhead. Er war nicht mehr der zerbrechliche Junge, das Mädchen, das von einem starken Polizisten gerettet werden musste. Wenn er zu Paul zurückkehrte, würde er ein Mörder sein.

Konnte ein Polizist einen Mörder lieben?

Von sich selbst angewidert stürzte Ben auf die Toilette, doch wie schon am Morgen konnte er nicht erbrechen. Er war leer. Völlig leer. Von einer Hitzewallung schweißgebadet hing er über der Kloschüssel. Wenn er Jochen töten wollte, musste er ihn vor der Polizei finden. Er braucht einen Plan. Und jemanden, der ihm half. Jemand, der kein Polizist war! Jemand, der der Polizei misstraute!

40 | KAKERLAKEN

»Sie wünschen, wir spielen?« Rob wischte die Hände in einen schmutzigen Lappen und stakste auf Ben zu. »Ben? Scheiße, wie siehst du denn aus? – Hey, Kai, komm einmal her, schau dir Ben an! – Haben sie das wegen der Läuse gemacht?«

Irritiert runzelte Ben die Stirn. »Was?«

Rob nickte zum kahlen Schädel. »Das machen die doch wegen der Läuse, oder? Damit die sich nicht verbreiten können, unter den ... öhm unter den ... Kranken in der ... Dings ... Anstalt.« Nervös musterte er Ben von Kopf bis Fuß. »Und du bist ... öhm ... geheilt? Ich meine ... lange warst du ja nicht drin ... Sie haben dich einfach so rausgelassen?«

Ben holte träge Luft. »Nein ... Ein stummer Indianer hat mir geholfen zu fliehen, indem er ein Fenster eingeschlagen hat.«

Robs Kiefer klappte runter. »Ernsthaft?«

»Mja«, sagte Ben und suchte Kai, der gerade unter einem Auto hervorrollte. Seufzend wandte er sich wieder an Rob. »Aber die Kakerlaken dort sind eine Delikatesse – sofern man sich mit ihnen nicht anfreundet, natürlich, sonst wäre es ja Kannibalismus.«

Robs Augen drifteten auseinander und er kratzte sich am Scheitel. »Tatsächlich ... öhm ...«

Erfreut Ben zu sehen, stapfte Kai herbei und grinste die Glatze an. »Schick, schick ... Hey, du kommst gerade richtig, guck dir das an ...« Er zerrte Ben an ein paar Kleinwagen vorbei durch die Werkstatt.

Im hinteren Teil der Halle turnte Gerald mit Notizblock und Kugelschreiber zwischen den Winterreifen herum, zählte und schrieb das Ergebnis auf.

»Beachte ihn nicht«, meinte Kai und winkte ab. »Er hilft nur aus, bis du wieder einsatzfähig bist. Robs Idee.« Kai rollte mit den Augen. »Ich lasse ihn Inventur machen, da kann er zumindest nichts kaputtmachen ...«

Etwas schepperte, dann folgte ein gedehntes »Uuuups!«

»... naja ... fast nichts.«

Vor einem Sportwagen hielt Kai an und breitete die Arme aus, als wollte er über der Motorhaube zwei Blechteller für einen feierlichen Tusch zusammenschlagen. »Rate mal!«

Ben nickte beiläufig. »Kann ich dich um etwas bitten?«

»Na los!« Euphorisch fuchtelte Kai zum PS-Monster. »Rate, wem der gehört!«

»Keine Ahnung! – Ich bin eigentlich hier, weil ich dich fragen wollte ...«

»Hans-Peter Keinrath!« Mit stolzgeschwellter Brust stemmte Kai die Fäuste in die Hüften und funkelte Ben herausfordernd an. »*Der* HaPe Keinrath! Was sagst du dazu?«

»Äh ... *toll* ..., was ich dich fragen wo...«

»Toll?« Empört schwenkte Kai die Arme herum. »Weißt du denn nicht, wer das ist? *Der* Formel-Eins-Fahrer der Jahre neunzehnhundert...«

»Kai!«, brüllte Ben. Sein Kollege zuckte zusammen. »Ich brauche deine Unterstützung.«

»Sag das doch gleich!« Lässig, als wäre es *sein* Auto, lehnte sich Kai gegen die Motorhaube des Sportwagens und schlug die Füße übereinander. »Schieß los. Was gibt's.«

Ben schaute sich kurz nach Rob und Gerald um. »Nicht hier.«

»Oh!«, machte Kai, stieß sich vom teuren Flitzer ab und zwinkerte. »Etwas Konspiratives, ja?« Nach einem prüfenden Blick zu den anderen stellte sich Kai näher zu Ben. »Soll ich dir etwas verraten? Ich hab im Internet durchsickern lassen, dass sie euch dieses Sexärgernis-Ding und Claudia den versuchten Totschlag anhängen wollen, und außerdem, dass man Paul gefeuert und Jochen befördert hat.« Er wackelte mit den Augenbrauen und klopfte sich stolz gegen die Brust. »Ich bin genauso ein subversives Element, wie dieser Fuck-the-Police-Sprayer. Hehe. Angeblich ist im Moment das ganze Revier wegen einem regenbogenfarbenen Shitstorm lahmgelegt.«

Bens Kiefer klappte runter. »Jochen wurde befördert?«

»Ach was«, Kai winkte ab. »Die haben ihn am Morgen suspendiert, als wir deine Sachen aus der Wohnung geholt haben. Aber das wissen *die* ja nicht. Hehe. Das nennt man *Projekt Chaos,* du verstehst?«

»Danke!«, sagte Ben.

»Was?« Kai glupschte Ben irritiert an. »Ach so. Ja. Äh. Bitte. Gern geschehen.«

»Jetzt sind sie wahrscheinlich damit beschäftigt, zu telefonieren und E-Mails zu beantworten, statt Jochen zu fangen.«

Verlegen kratzte sich Kai am Kopf. »Daran hab ich gar nicht ... Du hast das ironisch gemeint, mit dem *Danke,* richtig?«

»Ich will ihn!«, knurrte Ben.

Kais Augenbrauen zuckten erfreut hoch. »Ist doch prima! Claudia sagt, sie hätte Paul noch nie so verknallt gesehen. Du scheinst eine irre Wirkung auf ihn zu haben, weißt du das? Angeblich will er deinetwegen sogar den Polizeidienst quittieren ...«

Die Information war wie ein Schlag. »Meinetwegen? Wieso ... wieso meinetwegen?«

»Ich weiß' nicht genau ...«, nachdenklich kratzte sich Kai am Kopf. »... ich glaub, die Sache mit dem Rucksack hat ihm ziemlich zugesetzt – naja, wem nicht. Claudia hat nur gesagt, dass er deinetwegen bei der Polizei aufhören will. Vielleicht solltest du ihn einfach selbst danach fragen?«

»Was für eine Sache mit dem Rucksack?« Ben fühlte sich wie auf einem brüchigen Floß auf hoher See und die Kontinente, an denen er stranden könnte, versanken vor seinen Augen im Meer.

»Ach – das weißt du noch nicht? Sie haben den Rucksack gefunden, mit dem Jochen deine Schwester aus der Wohnung transportiert hat. Angeblich ist sie selbst da reingeklettert. Seltsam, oder?«

Gänsehaut überzog Bens Körper.

Das Bild drängte sich in sein Bewusstsein, wie Jochen den riesigen Tramperrucksack neben Ines auf den Küchenboden stellte, gemein grinste und sagte: ›Pass bloß auf, dass er dich nicht frisst.‹ Mit dem Verschluss ahmte er ein furchterregendes Maul nach, brüllte entsetzlich und jagte Ines durch die halbe Wohnung. Erst als sie sich unter dem Bett verkroch und wimmernd am Daumen lutschte, hörte er auf, lachte über die *blöde kleine Fotze* und packte das Ungetüm weg. »Das glaube ich nicht. Sie hatte Todesangst vor diesem Teil!«

»Dacht ich's mir doch.« Kai weitete die Mundwinkel zu einem überheblichen Grinsen. »Kam mir ja gleich komisch vor, dass die das nach all den Jahren herausgefunden haben wollen. Ich meine – Polizei – die finden einen Hinweis doch nur, wenn man einen Doughnut draufklebt ...«

Und wenn es *doch* stimmte? Hätte Ben nicht etwas

mitbekommen müssen? Er war doch mit Tim direkt nebenan zugange gewesen. Gewiss hätte Ines lautstark protestiert, in dieses Ungetüm steigen zu müssen. Es sei denn ...

Jochen hatte schon immer gern ausgetestet, wie weit sich jemand quälen und manipulieren ließ, wenn man ihm androhte, dasselbe einem anderen anzutun. Solidarität war für ihn ein geradezu groteskes Verhalten, völlig unlogisch, schwach und dumm. Noch dazu, wenn jemand alles nur Erdenkliche auf sich nahm, um ein nutzloses Tier zu schützen.

Nur zu bereitwillig hatte sich Ben jahrelang mit absurden Schuldgefühlen füttern lassen, weil Hasso elend an Rattengift krepiert war. Nun wurde ihm klar, dass Jochen es dem Hund so oder so verabreicht hätte, egal wie sehr er sich drangsalieren ließ, um ihn zu schützen. So, wie Jochen Ines getötet hätte, egal wie keusch Ben geblieben wäre. Und Ines war vermutlich nur deswegen stillschweigend in den Rucksack gestiegen, weil Jochen ihr angedroht hatte, Ben würde dasselbe Schicksal ereilen wie Corny, ihrem Hamster.

Nach dem Tod der Eltern hatte Jochen ihr das Tier in einer ungewöhnlich netten Geste zum Trost geschenkt. Wochen später lag Corny abgeschlachtet, das Innerste nach außen gekehrt, im Käfig und erschreckte Ines zu Tode. Jochen redete ihr ein, dass sie und nur sie alleine schuld daran hätte, dass das Tier so schrecklich gelitten hatte. Sie wäre eine unfolgsame Göre, ein schlechter Mensch und wahrscheinlich, das sähe er jetzt, wäre sie auch schuld am Tod der Eltern.

»Jochen!«, knurrte Ben und ballte die Fäuste. »Ich will, dass er kriegt, was er verdient! Ich will ihn vor der Polizei finden und – ich will, dass er leidet.«

»Oha.« Kai machte große Augen, dachte kurz nach,

schaute sich nach Rob um und nickte dann zur Tür. »Okay. Lass uns woanders darüber reden.«

41 | APOKALYPSE

Ben hockte im Auto, die Schläfe gegen die Fensterscheibe gelehnt, und wartete.

Mit Kai hatte er einen Verbündeten, was auch daran lag, dass er ihm nicht vollständig verraten hatte, was er mit Jochen vorhatte. Kai glaubte, es ginge bloß darum, der Polizei ihre Lahmarschigkeit unter die Nase zu reiben, indem sie Jochen vor ihr ausfindig machten.

Leiden lassen und die gerechte Strafe erhalten, interpretierte Kai so, dass Jochens Arsch im Gefängnis todsicher ausgeleiert würde, denn Ex-Polizist *und* Kinderschänder, da hätten auch Mörder den ein oder anderen pädagogisch wertvollen Fick auf Lager. Von Ambitionen zur spontanen Zahnamputation und Nasenkorrektur ganz zu schweigen. Überhaupt fielen Kai so viele grausame Regulationsmechanismen unter Tieren ein, dass Ben mit dem Gedanken spielte, Jochen *doch* der Polizei auszuliefern.

Aber was, wenn Kai irrte? Wenn es diese Form der Knastromantik nur im Fernsehen gab und sich ein Psycho wie Jochen hinter Gitter ein Imperium aufbauen konnte – mit Handlanger in Freiheit, die Ben und Paul das Leben zur Hölle machen könnten.

Auch Ben kannte den Knast nur aus Filmen.

Dann erinnerte er sich an Gefängnisreportagen, und da hatten die Zellen ausgesehen wie freundlich eingerichtete Jugendzimmer. Nichts von wegen schimmelige Matratzen, feuchte Mauern, zermürbende Gitterstäbe und rostige Stockbetten. Aber selbst ein solches Loch wäre für Jochen noch zu luxuriös.

Das Schwein musste weg.

Plötzlich wurde der Kofferraum aufgerissen. Erschrocken fuhr Ben herum und schaute verwundert zu, wie Kai eine riesige Armbrust auf die Ladefläche wuchtete.

»Für alle Fälle!«, erklärte Kai. Ächzend stellte er einen Karton daneben, fischte eine Büchse heraus und warf sie Ben zu. »Verpflegung!« Die Konservendose polterte in den Fußraum und kullerte unter Bens Sitz.

»Du fängst wie ein ... ähm ... vergiss es.«

»Brot in ... Dosen?«, fragte Ben, nachdem er die Büchse zwischen seinen Beinen hervorgefischt hatte, und musterte stirnrunzelnd Kais Tarnanzug.

»Haltbar, effizient, nahrhaft«, erklärte Kai, der wie ein Veteran im Apokalypsewahn aussah. Als er Bens kritischen Blick bemerkte, zupfte er am Stoff der viel zu warmen Jacke. »Praktisch, unauffällig, kleidsam.« Geschäftig wuchtete er weitere riesige Taschen ins Auto. »Ein Zelt. Ein Gaskocher. Schlafsäcke. Funkausrüstung. Stromgenerator. Hier ... schau mal ... wenn du das anziehst, siehst du aus wie ein wandelnder Busch. Sehr effizient im Gelände ...«

Was Paul wohl gerade machte? Ob er ihn jetzt hasste? Wollte er tatsächlich seinetwegen den Polizeidienst quittieren? Wie er ihn angesehen hatte, als sich die Türen des Lifts geschlossen hatten. Verletzlich, gequält ... enttäuscht. Statt mit Kai auf Psychopathenjagd zu gehen, mitsamt ... Gaskocher, Zelt und Dosenbrot ... wollte sich Ben mit Paul in einem großen, weichen Bett vergnügen. Keine Jagd, keine Schlacht, keine Rache, dafür ein hübsches Zimmer, wilde Küsse, nackte Haut.

Kai ließ sich auf den Beifahrersitz plumpsen, stellte einen Laptop auf seinen Schoß und tippte darauf. »Das Baby hilft uns, ihn zu finden! Starte den Wagen – es kann losgehen!«

»In welche Richtung?«

»Fahr einfach mal. Intuition ist der beste Ratgeber. Das alles ...« Kai fuchtelte vom Laptop Richtung Kofferraum. »... ist nur technischer Kram, eine kostbare Hilfe, aber da drin und da drin ...« Kai klopfte sich gegen Kopf und Bauch. »... ist der wahre Navigator. Da sitzt der Kapitän der Meere, der Jäger der Wälder, der König der Lüfte ...«

Seufzend rieb sich Ben über die Stelle seiner Brust, auf die Paul vor vier Monaten die Hand gelegt hatte. *Leiste Widerstand. Hier drin. Hab eine Mission. Halte durch.*

Intuitiv lenkte Ben den Wagen Richtung Krankenhaus, einmal quer durch die Stadt und wieder am Krankenhaus vorbei.

Ein Telefon läutete.

Kai zog das Smartphone aus der Brusttasche seiner Jacke und blickte aufs Display. »Es ist Claudia.« Vielversprechend zwinkerte er Ben zu und ging ran. »Süße ...« Weiter kam er nicht. Sein Ohr wurde von einem Redeschwall verstopft. »Ja, er ist hier.« – »Nein, er kann jetzt nicht rangehen.« – »Wirklich?« Kai musterte Ben von der Seite und flüsterte: »Du hast deine Tabletten in den Mülleimer geworfen?«

Ben wurde heiß. Er schüttelte den Kopf, nickte, schüttelte den Kopf, nickte. »Die machen mich ganz blöd.«

Während eine weitere Wortlawine in Kais Ohr floss, flüsterte er: »Du hättest sie im Klo runterspühlen müssen, da finden sie sie nicht.«

Überrascht wandte sich Ben zu Kai herum, der sofort hektisch zur Windschutzscheibe winkte. »Achte auf den Verkehr!«

»Ist ... ist Paul bei ihr?«, fragte Ben, ohne den Blick von der Straße zu nehmen.

»Ist Pa...«, begann Kai, wurde jedoch wieder unterbrochen.

»Geht es ihm gut?«, wollte Ben wissen.

»Wie geht e... ja, Claudia, ja ... Ben will wi...« Kai seufzte, hob den Zeigefinger und flüsterte zu Ben: »Pass auf!« Nach einem entschlossenen Räuspern straffte er die Schultern, nahm das Telefon vom Ohr und hielt es vor sein Gesicht. »Du bist jetzt mal still und hörst mir zu! Ben braucht dringend eine Auszeit und daher gehe ich mit ihm campen. Ein paar Tage Natur, weg von der Zivilisation, das tut ihm sicher besser als irgendwelche Psychopharmaka. Wir melden uns wieder, wenn wir auf dem Heimweg sind. Was sagst du? Was sagst du? Ich hör dich nicht. Der Empfang ist hier ganz schl...«, rasch beendete Kai das Gespräch, schaltete demonstrativ das Telefon ab und grinste Ben zufrieden an. »So macht man das.« Sein Blick fiel aus dem Fenster. »Dein intuitives Navi versagt. Du fährst schon zum fünften Mal am Krankenhaus vorbei. Fahr rechts ran, na los, ich übernehm ab jetzt das Steuer!«

Drei Stunden später waren sie am Ende der Welt. Zumindest gab es hier nichts außer Felder, Felder, Felder, eine Baumgruppe, Felder, Büsche, Felder, ein Fünfzig-Seelen-Dorf, Felder ...

Zwei weitere Stunden später wechselte das Bild. Wälder, Wälder, Wälder, ein winziger Acker, Wälder, eine kleine Lichtung, Wälder, ein verlassener Gasthof, Wälder ...

Regelmäßig hielt Kai an, um *die Lage zu checken und die Gegend zu sondieren,* und zeichnete auf einer virtuellen Landkarte auf dem Laptop die Route nach, die sie zurückgelegt hatten. Sie ähnelte einer großen Acht, in deren unterem Bauch die Heimatstadt lag. Im Augenblick befanden sie sich am Scheitel dieser Acht. Warum sie so und nicht anders gefahren waren und wie genau sie auf diese Weise Jochen finden wollten, konnte Kai Ben nicht nachvollziehbar erläutern. Da Ben jedoch mit keiner besseren Idee aufwarten konnte, beschwerte er sich nicht. Trotz intensiven Nachgrübelns wollte ihm nicht einfallen, ob Jochen einen besonderen Bezug zu einem bestimmten Ort hatte, den er im Falle einer Flucht aufsuchen könnte, oder ob er jemals eine Aussage getroffen hatte, wie:

›Wenn ich einmal flüchten muss, weil meine Kollegen herausgefunden haben, dass ich ein psychopathischer Killer bin, tauche ich hier unter, Ben, genau hier, merke dir die Koordinaten!‹

Die Versuche, sich auf Jochen zu konzentrieren, wurden außerdem von Paul sabotiert, der sich ständig in seinen Kopf schmuggelte. Mal schämte sich Ben, ihn so angefallen zu haben, dann wiederum riss ihn die Demütigung der groben Abfuhr fast in der Mitte entzwei. Er hätte zuhören sollen, er hätte mit Paul reden sollen, er hatte es vermasselt.

Je länger sie unterwegs waren, umso größer wurde der Knoten im Bauch. Ein paar Mal war Ben kurz davor, Kai zu bitten, ihm das Smartphone zu leihen. Aber was sollte er Paul sagen? *Ich bin unterwegs, um meinen psychopathischen Bruder zu ermorden, lass uns nachher miteinander reden – und, ach ja, ehe ich es vergesse, ich sehe jetzt aus wie ein Skinhead und die Polizeiabsperrung habe ich auch missachtet?*

Kai hätte einem Telefonat nie zugestimmt. Sie waren jetzt auf sich gestellt, wie er immer wieder betonte, Männer auf Mission, und damit man sie nicht orten konnte, hatte er sogar feierlich den Akku aus dem Smartphone entfernt. Im Laptop, der ununterbrochen online war, sah er allerdings keine Sicherheitslücke.

Obgleich sonst nicht arm an Worten, brütete Kai die meiste Zeit schweigend vor sich hin und blickte ständig zu den Fragmenten des zerlegten Telefons auf dem Ablagefach. Sein schlechtes Gewissen, das Gespräch mit Claudia so unfein abgewürgt zu haben, fraß sich durch die Sitze des Autos und schrie so laut, dass Kai mindestens einmal pro Stunde fragte: »Hast du was gesagt? Ich dachte, du hättest was gesagt.«

Schließlich, es dämmerte bereits, lenkte Kai den Wagen mitten im Nirgendwo auf einen Feldweg, brauste über die holperige Schotterstraße bis zum Waldrand und parkte das Auto zwischen zwei Bäumen. Zufrieden trommelte er aufs Lenkrad und drehte sich zu Ben herum. »Hier ist es perfekt, oder?«

Ben neigte sich vor und blickte durch die Windschutzscheibe zu den sanft winkenden Wipfeln der Nadelbäume hoch. »Perfekt wofür?«

»Um das Basislager aufzuschlagen«, erklärte Kai, und als Ben ihn ratlos anglupschte, präzisierte er: »Campen.«

»Ach so ... Ich dachte, das wäre bloß ein Witz.«

Kai lachte, als hätte *Ben* einen Witz gemacht und sprang aus dem Wagen. »Hilf mir.«

Eine halbe Stunde später war es finster und der Kofferraum des Kombis leergeräumt, damit auf der Ladefläche die Schlafsäcke Platz finden konnten. Kai hatte etwas vergessen, das er Hering nannte und offenbar für den Bau eines Zeltes unabdingbar war. Zwar versuchte er ein paar Minuten lang verbissen, das Zelt mit den Bolzen der Armbrust zu fixieren, und erklärt dabei euphorisch, dass diese brillante Idee auf seine Hackerqualitäten schließen lasse, aber dann warf er fluchend das Handtuch. Bei diesem Waldboden wäre es unmöglich, ein Zelt aufzubauen ... wie Treibsand wäre der, wie beschissener Treibsand.

Das klobige Funkgerät stellte sich als ein Teil heraus, das ein Freund vor Jahren vorbeigebracht hatte, damit Kai mal einen Blick drauf warf, er wäre doch Mechaniker. Das hieß: Es funktionierte nicht. In der Annahme, es handele sich nur um einen kleinen Defekt (›das haben wir gleich‹), untersuchte Kai es erst vor Ort. Drei Minuten bewundernswert geduldiges Herumschrauben später trat Kai das Teil wie einen Fußball in den Wald und fluchte.

Für den Gaskocher fehlte Gas und auf den Stromgenerator durfte Ben Kai nicht ansprechen, vor allem, nachdem dem Laptop der Saft ausgegangen war. Ein paar Minuten schockte Kai Ben mit der wahnsinnigen Idee, er wolle nun mit der Armbrust ein Reh schießen, damit sie nicht verhungern müssten – aber dann wurde es zu dunkel dafür und Kai reichte Ben ein paar Brotkonserven. Er hatte vergessen, die Vorräte daheim durchzumischen, daher gab es nur ... Brot.

Ben vermisste Paul so schmerzlich, dass er heimlich die ein oder andere Träne verlor. Er hatte Heimweh – oder besser: Paulweh. Diese Jagd auf Jochen kam ihm in der Ruhe der Nacht plötzlich wie die bescheuertste Idee seines Lebens vor. Kai und er hatten keinen Plan, und selbst wenn sie Jochen doch zufällig aufspüren sollten, wusste Ben nicht, wie genau er es anstellen wollte, ihn zu töten. So wütend er auf seinen Bruder war, so süß und edel die Rachegedanken, wenn er sich ausmalte, wie er vor ihm stand – Jochen sein wehrloser Gefangener, dem er ganz bewusst und mit Vorsatz etwas antun wollte – fühlte er Mitleid.

Natürlich war das verschwendet. Jochen verdiente es nicht. Aber Ben konnte noch nicht einmal eine der hundert Mücken erschlagen, die sich an seinem Körper besoffen. Sobald er sie anschaute und es bewusst tun wollte – schaffte er es nicht mehr. Die Viecher konnten doch nichts für ihren Blutdurst, es war ihre Natur. Welches Recht hatte er, sie dafür zu töten? Das bisschen Jucken war doch ein Leben nicht Wert.

Aber Jochen war kein bisschen Jucken. Dennoch, vielleicht war es seine Natur, eine Bestie zu sein. Er hatte sich das bestimmt nicht ausgesucht, so wie sich Ben nicht ausgesucht hatte, so weich und nah am Wasser gebaut zu sein. Ben dachte an die Berichterstattung, die groben Worte, die die Medien für Jochen übrig hatten, diesen Hass und die Abscheu, die in den Sätzen mitschwangen. Um erfassen zu können, wer Jochen war, hatten sie aus ihm ein ›es‹ gemacht, ein Monster, hatten ihn entmenschlicht. Aber Jochen war ein Mensch, wenn auch einer, der in seinen knapp dreißig Jahren niemals Mitgefühl empfunden hatte – nicht mit anderen, nicht mit sich selbst. In gewisser Hinsicht war er unschuldig und Ben im Vergleich zu ihm ein alter, weiser Mann.

Plötzlich tat Ben Jochen leid. War es nicht Strafe genug, dass er niemals so etwas würde fühlen können, wie Ben für Paul empfand?

Paul. Hatte ihm Claudia gesagt, dass Ben campen war? Wollte er wirklich wegen Ben aus dem Polizeidienst ausscheiden? Warum mochte er kein Ich-liebe-dich hören? Wollte er Ben vielleicht gar nicht als Mann? Was war das dann zwischen ihnen, wenn Paul zwar Bens Nähe nicht aber Sex wollte? Platonische Freundschaft?

Der Gedanke tat weh. Dabei war das doch nicht schlimm. Freunde ... das war toll. Trotzdem zog sich Bens Magen zusammen und seine Augen begannen zu brennen.

»Hast du etwas gesagt?«, fragte Kai.

Sie lagen in ihren Schlafsäcken und starrten an die niedrige Decke des Wagens, die sie eher erahnen als sehen konnten, zumindest, wenn Kai nicht mit der Taschenlampe herumfuchtelte.

»Nein.«

»Ich dachte, du hättest etwas gesagt.«

Aus Bens Augenwinkel liefen Tränen und kitzelten an den Schläfen. Wie sehr wünschte er, Paul läge hier neben ihm. Was war vormittags im Sanitärraum so schrecklich schief gelaufen? Paul wollte reden, Ben wollte Sex. Sie sehnten sich nacheinander und suchten die Nähe zueinander. Da sollte man doch annehmen, dass man sich einig werden könnte. Wieso hatte es dennoch so enden müssen? Und war das das Ende?

»Kai?«

»Hmmmmm?«

»Glaubst du, dass wir ihn finden?«

»Jochen?«

Wen sonst? Ben schwieg.

»Das kommt darauf an«, meinte Kai nach einer Weile.

»Worauf?«

»Das Mojo.«

»Das Was?«

»Die Kombination aus Technik, Intuition und intellektueller Wendigkeit ...«

»Du meinst ... Zufall?«, fragte Ben.

»Ich meine Glück ... ja ... etwas weiter gefasst, könnte man es Glück nennen.«

Ein Nachtvogel kreischte.

Irgendein kleines Tier raschelte in der Nähe.

»Könnten wir morgen ...«, begann Ben.

»Morgen fahren wir ...«, begann Kai.

»Sag du.«

»Du zuerst.«

»Ich weiß, ich hab dich zu dem hier überredet und so«, druckste Ben herum. »Aber ...«

»Du willst das abbrechen.«

»Wäre das schlimm?«

»Du vermisst deinen Polizisten, hm?«

Tränen kullerten über Bens Schläfe. Sein Hals war so zugeschwollen, dass er keine Antwort hervorbrachte.

»Was hast du angestellt?«, fragte Kai.

Angestellt? Um nachfragen zu können, hätte Ben Luft holen oder sich räuspern müssen. Beides hätte verraten, dass er schluchzte, also atmet er flach weiter und quälte sich damit, kein Geräusch von sich zu geben, obgleich ihm die Brust platzen wollte.

»Claudia hat erzählt, dass ...« Kai unterdrückte ein Prusten. »... sorry. Es ist nur ... mein Kopfkino ...«

Lautlos führte Ben eine Hand zum Mund um ein Schluchzen zu unterdrücken.

»... ich musst mir das bildlich vorstellen. Ein heulender Bulle.« Kais Stimme bebte. »Ich meine ... nichts gegen deinen ... ich meine, es ist *wunderbar,* wenn Polizisten sensibel ...«, Kai prustete los.

Ben stopfte die Faust in den Mund. Er bekam kaum mehr Luft. Sein stummes Heulen war wie ein stilles Husten, nur irgendwann würde er einatmen müssen, und so, wie sich der Bauch verkrampfte, wie die Verzweiflung überhandnahm, würde er es nicht leise tun können.

Kai klopfte gegen Bens Hüfte und kicherte. »Scheiße – ich bin froh, dass du auch lachst – mir rinnen schon die Tränen vom Zurückhalten.« Lauthals lachte er los.

Ben konnte sich nicht mehr halten. Er rollte sich von Kai weg, krümmte sich zusammen, und obwohl er sich bemühte, so leise wie möglich zu sein, schluchzte er laut auf und hämmerte mit den Fäusten gegen die Innenverkleidung des Autos.

Kai verstummte. »Ben?« Pause. »Du lachst doch, oder?« Ein Lichtkegel erhellte das Wageninnere und Kai rüttelte an Bens Schulter. »Du lachst doch, oder?«

Ben rollte sich noch kleiner zusammen, versteifte sich, wollte sich beruhigen, doch es gelang ihm nicht. Es fühlte sich an wie Verrat. *Alles* fühlte sich an wie Verrat. Die ganze Welt hatte Ben verraten und demütigte ihn ohne Ende.

»Was ist denn?«, fragte Kai etwas ratlos. »Ist es, weil ich über Paul gelacht habe? Ich wollte nicht ... Das war keine böse Absicht. Du kennst mich doch, ich bin manchmal ein Hornochse. Es ist nur ... ich habe ein Problem mit Bullen und ... irgendwie ... das Bild eines schluchzenden Polizisten in Uniform ...«, wieder begann Kai zu glucksen. »... sorry ...«

Ben fuhr herum. Das grelle Licht der Taschenlampe blendete ihn. Rüde stieß er sie zur Seite. »Er trägt aber keine Uniform und er ist kein Polizist mehr und selbst *wenn,* ist es nicht lustig, wenn einer heulen muss. Ich habe auch ein Problem mit Bullen, aber das macht mich nicht zu einem herzlosen Stück Scheiße! Ich hab's so satt, dass ihr euch dauernd über andere lustig machen müsst! Jochen ist wenigstens ehrlich und macht keinen Hehl daraus, dass er es amüsant findet, wie jemand zerbricht, er kann nicht fühlen, was er anderen antut, ihr schon. Ihr heuchelt euch selbst was vor, wenn ihr glaubt, ihr wärt besser als dieser Psycho! Ihr seid genauso schlimm – schlimmer! Ihr wisst, wie sich Verzweiflung anfühlt, und lacht trotzdem. Das ist widerwärtig. Ich heule! Schau! Hier ...« Ben riss Kais Hand mit der Taschenlampe herum und beleuchtete sein tränennasses Gesicht. »Amüsier dich! Los! Lach schon! Lach über meine Scheißtränen. Oder soll ich dafür eine

Uniform anziehen? Ist es dann lustiger? Ja?«

Wutschnaubend strampelte sich Ben aus dem Schlafsack und kletterte aus dem Wagen. Nach ein paar Schritten in die Dunkelheit kauerte er sich schluchzend auf den Boden. Was für ein Fehler, hier rausgefahren zu sein – um *was* zu tun? Jochen zu jagen? Als hätten ein hirnloser Automechaniker und ein Psychiatriepatient auch nur den Funken einer Chance, einen seit Tagen flüchtenden Polizisten zu finden. Es war ein erbärmliches Unterfangen. Es war total lächerlich.

Der Lichtkegel der Taschenlampe zitterte auf Ben zu.

»Ich bin kein Heuchler«, sagte Kai leise. »Wenn ich lachen muss, muss ich lachen. Ich tu nicht so, als wäre ich betroffen, wenn ich es nicht bin.«

»Geh weg!«, brüllte Ben.

»Du tust mir unrecht ... Ich weine auch manchmal ... wenn ... wenn ... Naja ... wenn sich beim Formel-Eins einer überschlägt ...«

»Verschwinde!«, schrie Ben. »Lass mich allein.«

»Das ist vielleicht nicht ganz vergleichbar und so ... aber ... was mir nicht eingeht ...«, begann Kai unbeeindruckt, hockte sich neben Ben und leuchtete ihm ins Gesicht. »Ich bin ja derzeit auch verliebt, wie du sicher weißt, aber ... also warum weint man da? Ist das so ein Schwulending? Weißt du, ich möchte eigentlich die ganze Zeit lachen und tanzen, jubeln und singen, ach, ich könnte geradezu platzen vor Glück. Deswegen verstehe ich nicht, warum ihr beide heult.«

Ben drehte den Kopf weg und Kai lenkte den Lichtkegel in den Wald.

»Ich meine ... ehrlich ... wenn ich euch beiden zuschaue, könnte ich glatt denken, Liebe wäre ein Todesurteil.«

»Das ist es auch«, fauchte Ben.

Kai prustete ungläubig. »Quatsch.«

»Jochen hat Ines umgebracht, weil ich damals verliebt war und er wollte Paul erschießen, weil ich in ihn verliebt bin. Liebe ist ein Todesurteil. Du hast es erfasst, Kai. Gratuliere.«

Kai schluckte schwer und glotzte betroffen auf die trockenen Äste zu seinen Füßen. »Ach so ... ach so ist das ...«

Minutenlang sagte keiner ein Wort.

»Ich wollte ihn nicht der Polizei übergeben«, gestand Ben schließlich leise. »Ich wollte ihn töten.«

Kai funkelte Ben überrascht an, schürzte die Lippen und dachte angestrengt nach. »Entschuldige, dass ich das jetzt so sage, du darfst mich auch gerne einen unsensiblen Hornochsen nennen, aber: Du hast wohl Blut geleckt, was?«

Ben glupschte Kai verblüfft an. Ein vor Fassungslosigkeit belustigter Laut hustete aus seiner Brust.

»Du lachst!«

»Nein.«

»Doch! Du lachst. Ich sehe es doch.«

»Nein ... das ist nicht komisch. Es ist blöd.«

»Du lachst. Du lahaaaachst.«

»Hör auf!« Ben gab Kai einen Stoß, sodass dieser zur Seite wegkullerte.

»Du lachst, du lachst, du lachst, du unsensibler Hornochse.«

Ben musste grinsen. »Selber Hornochse.«

Später, als sie wieder in ihren Schlafsäcken lagen und außer dem gelegentlichen Knacken der Äste oder dem Summen von Insekten nichts zu hören war, fragte Kai: »Hast du was gesagt?« Nach einer Minute: »Ich dachte, du hättest was gesagt.«

42 | Nicht anscheissen

Ben schreckte aus dem Schlaf. Für eine Sekunde war ihm, als wäre helllichter Tag, doch es war stockdunkel. Äste knackten. Etwas piepste leise. Dann sprach jemand. Schritte. Wie gelähmt lag Ben in seinem Schlafsack und wagte kaum zu atmen. Sein Herz raste. Schweiß klebte an seinem Körper. Die Heckscheibe blitzte kurz auf, dann war es wieder finster.

Vorsichtig richtete er sich auf und linste mit einem Auge über den unteren Rand des Fensters. Jemand stapfte da draußen in der Nacht herum und führte den Vollmond einer Taschenlampe vor seinen Stiefeln über den Waldboden. Ein kleines Rechteck leuchtete in Kopfhöhe auf.

Kai! Er telefonierte!

Rasch öffnete Ben den Reißverschluss seines Schlafsacks und rutschte zum Fußende.

»Ich will auch telefonieren«, brabbelte er, während er versuchte, die Heckklappe des Kombis zu öffnen. »Ich will mit Paul reden.« Endlich schwang die Tür hoch und Ben sprang aus dem Auto. Leicht benommen vom eben noch tiefen Schlaf stolperte er durch die Nacht auf Kai zu. »Lass mich auch …!«

Zeitgleich, als sich Kai umdrehte und Ben ins Gesicht leuchtete, rief er hinter ihm: »Ben?«

Verwirrt drehte sich Ben um. Der Lichtkegel hüpfte zum Wagen und zeigte Kai, der in Shirt, Unterhosen und Stiefel neben dem geöffneten Heck stand und versuchte, seine Taschenlampe einzuschalten. Erfolgreich.

Kai leuchtete zum Mann neben Ben und riss Augen und Mund auf. »Scheiße.« Ohne weiteres Wort drehte er sich um und rannte in den Wald davon.

Zwei Finger berührten Bens Schulter und als wäre er dadurch mit einem Bann belegt, konnte er sich nicht bewegen. Licht kletterte über seinen Körper rauf und runter.

»Einsfünfundsiebzig oder einachtundsiebzig, schmächtiger Körperbau, fünfzig, maximal fünfundfünfzig Kilo. Zwischen siebzehn und ...« Ben wurde geblendet. »... dreiundzwanzig. Glatze ... hässliche, relativ frische Narbe am Kinn ... Name?«

Ben starrte den Mann, von dem er in der Dunkelheit nur sehen konnte, dass er in ein Smartphone sprach und recht kräftig gebaut war, mit offenem Mund an.

»Name?«

»Ähm ... Benjamin Nie...« Ben unterbrach sich. Niemeier war aktuell kein Name, den er einem bewaffneten Kerl, der vermutlich auf der Jagd nach Jochen war, nennen wollte.

»Benjamini?« Der Mann leuchtete Ben wieder ins Gesicht. »Ist das italienisch?« Aus dem Telefon dröhnte eine blecherne Stimme. »Einen Augenblick.« Er nahm das Handy vom Ohr und hielt es vor Bens Gesicht. »Stillhalten.« Das Klicken einer virtuellen Kamera ertönte, dann tippte der Mann etwas ein und führte das Telefon wieder ans Ohr. »Müsste gleich da sein.« Zehn quälende Sekunden glotzte er Ben schweigend an, dann fragte er: »Niemeier? Bist du Benjamin Niemeier?«

Ergeben senkte Ben den Blick und nickte.

»Und der Idiot in Unterhosen, den wir jetzt suchen können, ist das Kai Ziegler?«

Ben fuhr überrascht hoch und nickte abermals. Erst jetzt erkannte er das Logo der Sicherheitsfirma von Pauls Ex-Kollegen auf der Jacke. Der zweite Pitbull stakste um den Wagen herum und leuchtete auf das

Funkgerät, das halb aufgestellte Zelt, den Stromgenerator und den Gaskocher.

»Ihr wisst aber schon, dass Müll abladen verboten ist?«

»Das ist kein Müll«, sagte Ben leise.

Der Mann lachte und langte in die Kiste mit dem Dosenbrot, holte eine Konserve heraus und las den kargen Aufdruck. Mit belustigter Irritation hob er sie hoch, um sie seinem Kollegen zu zeigen, dann wandte er sich an Ben.

»Habt ihr das gegessen?«

Ben nickte und der Kerl runzelte die Stirn.

»Seit wann seid ihr denn unterwegs?«

»Mittags. Ungefähr.«

Der Pitbull verkniff sich nur halbherzig ein Grinsen und wackelte mit der Dose Brot. »Das sind keine zwölf Stunden ... und ihr habt *das* gegessen? Warum?«

»Ähm.« Gute Frage.

Kopfschüttelnd legte der Sicherheitsmann die Dose zurück in die Kiste. »Ich seh mal nach dem ... Wahnsinnigen, bevor er sich den Zeh stößt oder sowas.« Damit lief er in die Richtung los, in die Kai vorhin geflüchtet war, und ließ Ben mit seinem Kollegen allein.

»Setz dich«, befahl der Kerl und nickte zur Kofferraumfläche des Kombis.

Wie mechanisch folgte Ben dem Befehl – dankbar, seine schlotternden Knie zu entlasten.

»Ist das *dein* Wagen, oder der von dem Idioten?«

»Der von dem Id... von Kai ... Herrn Ziegler«, antwortete Ben.

»Mhm«, brummte der Sicherheitsmann anerkennend, ging um das Auto herum und beleuchtete die Karosserie, dann piepste sein Handy. »Ja? Ja er ist es ... Moment ...«, mit ein paar energischen Schritten war er bei Ben und streckte ihm das Telefon hin. »Für dich.« Als der Pitbull Bens zitternde Finger sah, brummte er: »Brauchst dich nicht anscheißen, Kleiner, wir sind auf deiner Seite.«

»Ben?«, dröhnte eine männliche Stimme aus dem Smartphone.

»Ja?«

»Gott sei Dank!« Das Rumpeln der Erleichterung drang bis zu Ben durch, der noch rätselte, wer am anderen Ende der Verbindung war. »Alles in Ordnung? Geht's dir gut?«

»Äh ... ja? ... Ja.« Plötzlich entflammte eine tiefe Wärme in Bens Brust, sein Bauch kitzelte und das Herz begann höher zu schlagen. »Paul?«

»Na – das hat jetzt aber gedauert«, sagte Paul hörbar amüsiert. »Was macht ihr da mitten im Nirgendwo. Doch nicht ernsthaft campen?«

»Na ja ... äh ...« *Jochen finden und töten? Uns zum Idioten machen?* »Doch ... campen, ja.«

Pauls Seufzen pustete in den Hörer. »Das ist kein guter Zeitpunkt, Ben. Ich kann nachvollziehen, dass du Abstand brauchst, nach all dem ... aber ... ich weiß nicht, inwiefern du bescheid weißt ... Jochen ist auf der Flucht. Er könnte *überall* sein. Es ist einfach zu gefährlich, jetzt da draußen zu zelten.« Er machte eine Pause. »Verstehst du das?«

»Ja.«

»Gut. Ihr fahrt jetzt mit den Männern von der Sicherheitsfirma wieder heim, okay? Mir wäre lieb, wenn du vielleicht bei ihnen im Auto mitfährst, geht das? Ich traue Kai nicht so recht, ... er ist ein netter Kerl, aber ... wie soll ich sagen ... unbedarft.«

»Okay.«

»Danke ...« Pause. »Nette Frisur, übrigens ...«

Bens Ohren begannen zu glühen und er schaute sich um. »Woher weißt du ...«, dann erinnerte er sich an das Foto, dass der Sicherheitsmann von ihm gemacht hatte. »Gefällt es ... dir?«

Paul ließ sich mit der Antwort Zeit. »Ich mag dein Haar.«

Ein Stich fuhr durch Bens Brust. »Verstehe.«

»Nein ... nein, so hab ich das nicht gemeint ... ich ... wie soll ich sagen ... ich habe mich an deinen Look gewöhnt ... ich meine ... was ich sagen will ... es ist nicht so wichtig, wie du aussiehst ... oh, verdammt, ich bin schlecht in sowas ...«

Mit einem dumpfen Gefühl im Magen fuhr sich Ben über den Schädel.

»Ich bin verrückt nach dir ... mit oder ohne Haar ... das will ich dir sagen.«

Die Worte kitzelten in den Hoden und Ben war froh, dass der Pitbull damit beschäftigt war, die Armbrust zu bewundern. »Hast du mir *deswegen* heute den Arm verdreht?«, rutschte aus Ben heraus und er wünschte in derselben Sekunde, er hätte es nicht gesagt.

»Ähm ... das ...«

Am anderen Ende der Verbindung entstand eine Pause, in der sich Ben hundertmal verfluchte und dennoch kein Wort fand, seine Bemerkung zu relativieren oder zurückzunehmen.

»... war Scheiße.«

Ben versteifte sich. Was genau meinte Paul? Dass Ben ihn so bedrängt hatte? Dass er ihm jetzt einen Vorwurf machte?

»Das hätte nicht passieren dürfen«, sagte Paul leise. »Ich hab überreagiert ... es tut mir leid.«

»*Mir* tut es leid«, flüsterte Ben und drehte sich vom Sicherheitsmann weg. »Ich hätte dir zuhören müssen.

Du wolltest mir das mit dem Rucksack sagen, richtig? Und das mit der Hausdurchsuchung. Und dass nach Jochen gefahndet wird.«

»*Ich* hätte *dir* zuhören müssen«, widersprach Paul.

Ben zuckte verwirrt mit den Augenbrauen. »Aber ... ich hatte doch gar nichts zu sagen.«

»Das kann ich nicht behaupten«, flüsterte Paul so leise, dass Ben es gerade noch hören konnte. »Du hast gesagt ...«

»Ah, da kommen sie ja«, rief der Sicherheitsmann und legte die Armbrust zur Seite. Zwischen den Bäumen hindurch blitzten die Lichtkegel zweier Taschenlampen.

Ben kletterte tiefer in den Kombi, kauerte sich mit dem Rücken zum Heck zusammen und hielt sich ein Ohr zu, um Paul besser hören zu können. »Was hast du gesagt?«

»... Ich liebe dich.«

Eine Hitzewallung entflammte Ben.

»Du hast gesagt: *Ich liebe dich*«, wiederholte Paul.

Ein Eimer Eiswasser löschte die Glut. »Ach so.«

»Ben, ich ...«

»Raus da! Das ganze Zeug muss hier wieder rein! Dann geht's ab nach Hause!«, rief einer der Sicherheitsmänner in den Heckraum.

Das Telefon ans Ohr gepresst kletterte Ben aus dem Wagen und lief ums Auto herum. »Ich hab dich nicht verstanden.«

»Lass uns nachher reden«, schlug Paul vor. »Beeilt euch ... ich kann es kaum noch erwarten, dich ...«

»Wie lange telefonierst du noch?«, fragte einer der Pitbulls, der plötzlich neben Ben stand. »Ich müsste dann nämlich in der Zentrale bescheid geben ...«

»Gib ihn mir mal«, sagte Paul und schweren Herzens reichte Ben dem Sicherheitsmann das Telefon.

Während Paul sprach, nickte der Kerl und musterte Ben unschlüssig. »Ernsthaft?« Er runzelte die Stirn. »Das ist ... okay ... okay, mach ich ... ja, geht in Ordnung ... sag ich ihm ... bis nachher.« Ohne Ben das Telefon wieder zurückzureichen legte er auf, steckte es in die Brusttasche seines Hemdes und blickte Ben entschlossen an. »Nicht schrecken.« Im nächsten Moment machte er einen Schritt auf Ben zu und schlang die Arme um ihn. »Ich soll das machen«, erklärte der Mann verlegen, ohne Ben loszulassen. »Bis du aufhörst zu zittern.«

Ich zittere doch gar n... Doch. Ben zitterte – und nicht zu wenig. Woher hatte Paul das gewusst? Zaghaft versuchte sich Ben aus der Umarmung zu winden. »Danke ... aber ... mpf ... das ist nicht nötig.«

»Befehl ist Befehl«, murmelte der Kerl, dann ließ er Ben rasch los. »Okay ... sagen wir das reicht.« Er blickte zu seinem Kollegen und Kai, die dabei waren, den Kombi wieder vollzuräumen. »Das behalten wir vielleicht besser für uns.«

Ben nickte und der Mann seufzte erleichtert. »Gut, gut ... dann ... äh ... du sollst bei uns mitfahren, nicht bei diesem ... deinem ... was auch immer das für ein Kerl ist.«

43 | A ODER B

Ben knallte mit der Schläfe gegen die Fensterscheibe und schreckte aus dem Halbschlaf hoch. Der Wolkenteppich saugte das Violett des Morgens auf wie Tinte. Sie fuhren am Krankenhaus vorbei, über dem die Metalllibelle schwebte wie eingefroren, als könnte sie sich nicht entschließen, hier zu landen. Ben war sofort hellwach. Sein Herz begann wild zu klopfen. In wenigen Minuten würde er Paul sehen.

Statt auf die Abbiegespur Richtung Krankenhausparkplatz zu lenken, raste der Wagen der Sicherheitsfirma geradeaus weiter die Hauptstraße entlang. Alarmiert drehte sich Ben um und schaute dem Gebäude durch die Heckscheibe nach. Der Hubschrauber setzte auf dem Flachdach auf.

Ben löste den Gurt, rutschte aufgeregt zwischen die Vordersitze und warf einen Blick auf die fast leere Straße vor ihnen. »Wo fahren wir hin?«

Das trübe Licht des frühen Morgens und der verlassene Asphalt brauten sich zu dumpfer Einsamkeit zusammen. Tagsüber herrschte hier viel Verkehr und keine Nacht vermochte jene Leere zu wecken, die eine Dämmerung mit sich brachte. Wieso liebten so viele Menschen dieses Zwielicht? Für Ben war es stets die Ankündigung für etwas Bedrohliches. Das Morgengrauen brachte Jochen, das Abendrot besiegelte einen vergeudeten Tag.

»Schnall dich wieder an«, brummte der Beifahrerpitbull, schaute zu seinem Kollegen und nannte eine Adresse.

Ben hatte von ihr noch nie gehört, wusste noch nicht

einmal, in welchem Stadtteil sie lag. Gehorsam rutschte er wieder zurück in den Sitz und legte den Gurt an. Die aufkeimenden Fragen ertranken im dumpfen Sumpf aus Enttäuschung und Angst. Je länger der Wagen durch die menschenleere Stadt kurvte, umso verlorener ging er in dem Gefühl, dass etwas Apokalyptisches bevorstand.

Letzte Tage begannen früh.

Wo sich Jochen wohl gerade aufhielt? Würde er Ben auflauern? Für den Verrat wollte er ihn gewiss töten. Welcher Trieb tobte in Jochen stärker – der, seine Haut zu retten oder der, Rache zu üben? Wie weit würde er gehen, um seinen Willen durchzusetzen? Würde er die Sicherheitsmänner anheuern, um Ben einzufangen und zu ihm zurück zu bringen?

Bens Hals kratzte säuerlich, während er die kräftigen Nacken der Pitbulls betrachtete. Würden die sich kaufen lassen? Natürlich. Sie waren Angestellte einer privaten Sicherheitsfirma. Wer zahlte, bekam ihre Loyalität. Jochen verfügte über Geld, wahrscheinlich über mehr als Paul. Vielleicht hatte Jochen Paul sogar in seiner Gewalt. Vielleicht hatte das Gespräch vergangene Nacht mit vorgehaltener Waffe stattgefunden.

Ben kratzte sich über den Kopf, presste die Handballen gegen die Schläfen und kniff die Augen zu.

Hör auf! Hör auf! Hör auf!

Je mehr er sich gegen diese Schreckgespinste sträubte, umso klarer und deutlicher brauten sie sich zusammen. Der düstere Schatten eines feuchten Kellers umfing ihn, der moderige Geruch von Metall und Fleisch, schmatzende, winselnde Geräusche. Die Ellenbogen fest gepackt schleiften ihn die Sicherheitsmänner auf eine grauenvolle Szene zu. Jochen lauerte, stark wie ein Stier, breitbeinig, die Fäuste geballt. Zu seinen Füßen lag ein Bündel Mensch, zusammengekauert, halbtot geprügelt, blutüberströmt. Paul! Seine Nähte an Kopf und Schulter waren geplatzt, sein Atem ging rasselnd, an seinen Nasenlöchern blähten sich Blasen aus Rotz und Blut.

Jochen befeuchtete seine Finger und blätterte in einem Stapel Geldscheine, die er den Sicherheitsmännern überreichte. Als Ben versuchte, sich loszureißen, versetzte Jochen ihm einen Tritt gegen die Fußknöchel und riss ihm damit die Beine unter dem Körper weg. Mit Knien und Ellenbogen voraus stürzte Ben auf den kalten Beton. Um ihn zu fixieren, stieg ihm Jochen mit einem schweren Stiefel auf die Nieren und quetschte sie, während er mit den Sicherheitsmännern noch ein bisschen Psychopathensmalltalk betrieb.

Ben hob den Kopf und versuchte, Blickkontakt zu Paul herzustellen. Im blauviolett geschwollenen Gesicht konnte er kaum die Schlitze der Augen ausmachen. Träge wandte sich Paul ihm zu. Er zitterte und schnaufte unter der Anstrengung und den Schmerzen, die diese kleine Bewegung verursachte.

Die Schritte der Pitbulls verhallten. Das bleierne Gewicht verschwand von Bens Lenden, dafür wurde er von seinem eigenen T-Shirt gewürgt, als Jochen ihn hinten am Kragen packte und hochriss.

›Und jetzt zu dir, du dreckige, kleine Schwuchtel!‹

Kaum setzte Ben die Füße auf den Boden, schleifte Jochen ihn zu Paul, so schnell und brutal, dass Ben stolperte und sich selbst erneut strangulierte. Jochens Knie traf Ben empfindlich an der Hüfte und ließ ihn aufjaulen. Die Beine sackten ihm weg und er hing wieder am Shirt.

›Zu blöd zum Laufen!‹ Mit der flachen Hand scheuerte Jochen über Bens Hinterkopf. ›Steh auf! Los!‹

Mit zitternden Knien richtete sich Ben auf.

›Und jetzt Tritt zu!‹

Bens Herz blieb stehen. Entsetzt starrte er Jochen an und schüttelte den Kopf.

›Wenn du es nicht tust, mach ich es!‹ Jochen packte Ben am Hinterkopf und zwang ihn, zu Paul runterzublicken. ›Schau dir das Filet an. Was denkst du? Hält es besser einen Tritt von dir aus oder von mir?‹

Ben krallte sich flehend in Jochens Shirt. ›Lass ihn in Ruhe. Nimm mich statt ihm!‹

Jochen zischte bitter und schubste Ben von sich. ›Scheiße, wie jämmerlich.‹

Ohne Vorwarnung holte er aus, als wollte er einen Fußball über das Spielfeld schießen und versetzte Paul einen heftigen Tritt. Das dumpfe Geräusch des Aufpralls reflektierte von den Wänden des Kellerraums. Paul schrie kraftlos auf. Bens Schrei wurde von Jochens Hand erstickt, die ihn fest an der Kehle packte und ihm die Luft abschnürte.

›Du solltest wissen, dass die Märtyrermasche bei mir nicht zieht!‹, presste Jochen zwischen gefletschten Zähnen hervor. Speicheltröpfchen landeten auf Bens Gesicht. Plötzlich entfaltete sich ein Springmesser in Jochens Hand. ›Du verpasst ihm jetzt einen Tritt oder ich amputier ihm den Schwanz.‹

Ben heulte auf. Sein Körper wurde von heftigem Schüttelfrost gebeutelt. ›Nein!‹ Sein Kiefer klapperte und sein Körper fühlte sich an wie Schaumgummi. ›Nein!‹

Jochen ließ ihn los, stellte sich auf ein Stück Stoff von Pauls Hose, schob den Stiefel seines anderen Fußes zwischen Pauls Knie und faltete ihn auf, sodass Paul mit gespreizten Beinen auf den Rücken rollte. Die Faust um den Griff des Messers geballt, neigte sich Jochen über

Paul.

›Nein!‹ Ben versuchte, ihn am Shirt zurückzureißen, doch er konnte Jochen keinen Millimeter bewegen. Das Klimpern der Gürtelschnalle zerfetzte beinahe Bens Ohren. ›Ich mach's!‹, schrie Ben tränenüberströmt. ›Ich mach's!‹

›Na also! Geht doch!‹ Jochen richtete sich auf und tat einen Schritt zurück, um Ben Platz zu machen.

Weinend wie ein Kind schob sich Ben zu Paul, der resigniert zu ihm hochblickte. Pauls Atem ging flach und schnell und seine Kleidung hatte sich fast völlig mit Blut vollgesogen. ›Es tut mir leid‹, schluchzte Ben, ›es tut mir leid.‹ Er wandte den Blick ab und fixierte einen Punkt an der Decke des Kellerraumes. Wie automatisch hob sich ein Bein, holte schwach aus und traf den weichen Körper. Paul ächzte auf. Ben taumelte rückwärts. Erbrochenes sprudelte aus seinem Mund und verätzte ihm die Zunge. Er wagte nicht, Paul anzusehen.

Plötzlich traf ihn ein heftiger Schlag zwischen die Schulterblätter. Der Schock lähmte seine Lungen.

›Was war denn *das,* du Schwachkopf? Du sollst *ordentlich* zutreten!‹ Als Jochen das Rinnsal aus Kotze bemerkte, das über Bens Kinn und Hals lief und allmählich vom Shirt aufgesogen wurde, verzog er angewidert das Gesicht. ›Du bist ein ekelhaftes Stück Scheiße, weißt du das?‹

Jochen boxte ihm brutal in den Bauch und Ben plumpste zusammengekrümmt auf die Knie, woraufhin er wieder mit dem Kragen seines Shirts stranguliert wurde, da Jochen ihn sofort wieder hochzerrte. Wackelig fanden Bens Beine genug Kraft, um aufzustehen. Mit der Klinge des Messers zeigte Jochen auf Bens Hosenstall.

›Auspacken!‹

Ben glotzte Jochen wie paralysiert an.

›Brauchst du Motivationshilfe?‹, brüllte Jochen, und ehe Ben reagieren konnte, versetzte er Paul einen weiteren heftigen Tritt in die Hüfte. Paul bäumte sich hustend auf und rollte sich, die Beine zur Brust gezogen, zur Seite.

Ben würgte einen weiteren Schwall hoch. Hastig, mit zitternden Fingern, öffnete er die Knöpfe seiner Jeans und holte seinen Schwanz raus. Vor Tränen konnte er nun gar nichts mehr erkennen und immer wieder zuckte er in der Annahme, gleich würde ihn oder Paul ein Hieb treffen.

›Piss ihn an!‹

Ben erstarrte.

›Na los, Würmchen‹, Jochen grinste, ›das wär doch nicht das erste Mal.‹

Ben schüttelte den Kopf und machte einen Schritt zurück.

›Na gut, wie du willst, deine Entscheidung.‹ Jochen bückte sich, packte Paul am Fuß und riss brutal daran, um ihn wieder auf den Rücken zu drehen. Paul schrie auf, krampfte die Bauchmuskeln zusammen und warf den Kopf in den Nacken.

›Nein!‹, jaulte Ben.

Mit hochgezogenen Augenbrauen blickte Jochen ihn an. ›Na was denn nun?‹ Spöttisch wandte er sich an Paul. ›Dein Lover ist ein bisschen entscheidungsschwach. Vielleicht magst du für ihn die Wahl treffen. A: Ich schneide dir den Schwanz ab und mache daraus ein kleines Souvenir. Oder B: Ben verpasst dir eine warme Dusche? A oder B? A oder B?‹

›Hör auf!‹, schrie Ben und grapschte vergeblich nach seinen Jeans, die die Beine runterrutschten.

Jochen lachte, packte Paul grob am Kinn und verdrehte ihm den Kopf, sodass er zu Ben sehen musste. ›Sieh dir das bloß an! Auf diesen hilflosen kleinen Wurm fährst du ab?‹

Paul suchte Bens Blick und nickte ihm zu.

Jochen ruckte erstaunt zurück. ›Was war denn *das!*‹ Grob lenkte er Pauls Kopf wieder zu sich herum. ›Hast du ihm zugenickt? Hast du dieser Scheißkröte *zugenickt?*‹ Paul blinzelte. ›War das ein Ja?‹ Paul blinzelte abermals. Jochen holte aus und versetzte ihm eine schallende Ohrfeige.

Ben zuckte zusammen, Paul schnaubte.

›Du hast der Scheißkröte nicht zuzunicken, wenn ich mit dir rede!‹ Jochen donnerte Pauls Hinterkopf mehrmals heftig gegen den Boden. ›Ich habe dich außerdem etwas gefragt, verdammt noch einmal! A oder B. A oder B.‹

Plötzlich begann Pauls Körper furchtbar zu beben, er krampfte ein paar Sekunden, dann rutschte die Kraft aus ihm heraus und er blieb reglos liegen.

›Paul!‹ Ben plumpste auf die Knie und kroch auf allen Vieren zu ihm hin.

›Das gibt's doch nicht!‹, stieß Jochen ungehalten hervor und richtete sich auf, ›kannst du dich keine zwei Minuten zusammenreißen?‹ Er trat testweise gegen Pauls Knie. Der Körper wackelte lasch, aber sonst folgte keine Reaktion. ›Na toll!‹, fuhr Jochen Ben an und zeigte mit dem Messer auf Paul. ›War das nötig? War das *unbedingt* nötig? Hättest du ihn nicht einfach anpissen können, wie ich gesagt habe?‹ Frustriert trat er noch einmal zu, wandte sich ab und machte ein paar ratlose Schritte durch den Raum. ›Scheiße verdammt!‹

›Paul‹, schluchzte Ben und strich ihm durch die Locken. ›Es tut mir leid. Es tut mir so leid.‹ Er beugte sich über ihn und küsste ihn sanft auf die Stirn.

Plötzlich fuhr Jochen herum, marschierte entschlossen auf Ben zu und packte ihn fest an der Schulter. »Oh Mann, der hat uns alles angepisst!«

»Wer?«, nuschelte Ben, während sich der dunkle Keller um ihn herum auflöste. Grelles Licht blendete ihn. Er fand sich auf dem weichen Rücksitz eines Autos wieder. Einer der Pitbulls beäugte ihn durch die offene Tür und nahm die Hand von Bens Schulter. »Feuchter Traum, was?« Er nickte leicht verärgert in Bens Schritt, richtete sich auf und drehte sich zu seinem Kollegen herum. »Wie es aussieht, dürfen wir die Schicht mit Autoputzen beenden.«

»Scherz, oder?« Der andere Sicherheitsmann reckte den Kopf herein, warf einen kurzen Blick auf Bens Schritt, hielt sich die Hand vor Mund und Nase und wankte vom Auto zurück. »Scheiße, verdammt.«

Betroffen schaute Ben an sich runter und sah, was er bereits am schweren Stoff seiner Jeans spürte. Klatschnass. Nicht nur die Hose, sondern auch der Autositz. Scham brannte in seinen Knochen, ließ seine Ohren und Wangen fast verglühen. Panisch blickte er hoch und realisierte, dass sie in einer modernen Wohnsiedlung hielten. Ein halbes Dutzend achtstöckiger Bauten glotzte auf ihn herunter. Es war helllichter Tag. Durch eine dichte Wolkendecke warf sich weißes Licht schattenlos bis in jede Ecke.

»Steig aus!«, befahl ein Sicherheitsmann.

Mit Gummiknie wand sich Ben zögernd aus dem Wagen. Sein Körper fühlte sich an, als hätte er eine Woche lang mit Grippe im Bett gelegen. Bloß hier zu stehen ließ vor Anstrengung seine Muskeln beben. Die Blicke der Pitbulls glitten missmutig an ihm hoch und runter, hielten sich nicht nur an seinen nassen Jeans fest, sondern auch an seiner Brust. Erst jetzt bemerkte Ben, dass sein

Gesicht verklebt war. Rasch wischte er sich das Erbrochene von Mund und Kinn und besah sich seinen vollgesogenen Pulli. Konnte sich nicht endlich die Erde auftun und ihn verschlingen?

»'tschuldigung«, nuschelte Ben, dann griff eine Erinnerung an den Traum nach ihm, sein Mund füllte sich mit säuerlichem Geschmack, sein Magen ballte sich zusammen und er krümmte sich, um den beiden Männern vor die Füße zu kotzen.

»Bitteeee«, stöhnte einer der beiden angeekelt und marschierte ein paar Schritte davon.

Der andere hingegen legte Ben beruhigend eine Hand auf die Schulter. »Von dem Dosenbrot würde mir ehrlich gesagt auch schlecht werden.« Ungefragt reichte er Ben ein Papiertaschentuch und nickte zur nassen Hose. »Wir hätten durchaus angehalten. Warum hast du nichts gesagt, Mensch? Wir beißen doch nicht.«

Als wäre das ein konstruktiver Vorschlag, nickte Ben, wischte sich über den Mund und versuchte, mit dem Taschentuch seinen Pulli zu säubern. Ihm zitterten noch immer die Knie.

Der andere Sicherheitsmann drehte sich ein paar Meter entfernt ratlos im Kreis.

»Er ist empfindlich«, erklärte der Pitbull neben Ben. »Wenn seine Kleine Bäuerchen macht, muss er sich jedes Mal übergeben.«

Wieder packte Ben eine Traumsequenz. Er taumelte und hielt sich rasch an der Autotür fest. Sein Magen krampfte, er krümmte sich und würgte, aber es kam nichts mehr hoch.

Vier Meter von ihm entfernt dagegen entließ der empfindliche Pitbull einen ganzen Schwall in den Grünstreifen neben dem Fahrradständer.

»Oh Mann«, stöhnte der Kollege neben Ben und

schüttelte genervt den Kopf. Aus seiner Brusttasche trällerte eine Melodie. Rasch zog er sein Smartphone heraus, schaute aufs Display und murmelte: »Ah, eh!« Mit einer halben Umdrehung wandte er sich von Ben ab und nahm das Gespräch an. »Wir stehen schon unten, es wird aber noch ein bisschen dauern, bis wir hochkommen können, fürchte ich ... naja ...« Er drehte sich kurz um, musterte Ben knapp aber intensiv, machte ein paar Schritte von ihm weg und wandte ihm wieder den Rücken zu. »Es geht mich ja nichts an, aber meiner Ansicht nach, ist der voll drauf ... weil einiges dafür spricht ... sich im Schlaf anpissen und ankotzen zum Beispiel. Dann besteht er nur aus Haut und Knochen. Er ist bleich wie eine verdammte Kalkwand, hat tiefe Augenringe und ich kenn nur *eine* Personengruppe, die bei diesen Temperaturen einen langärmeligen Pullover trägt. Ich wette, seine Arme sind perforiert wie ein Sie... Schon gut, schon gut ... Ich hab nur ... alles klar, ich ... nein, ich ...« Der Pitbull wurde lauter und hob beschwichtigend die Hand. »Tut. Mir. Leid. ... Ich wollte nicht ...« Er nickte und nuschelte kleinlaut weiter. »Wir kommen gleich hoch ... ja ... ja ...« Mit einem genervten Seufzen beendete er das Gespräch und schob das Telefon in die Brusttasche zurück.

Kopfschüttelnd stapfte er auf Ben zu und warf ihm einen düsteren Blick zu. »Dein ...«, er suchte nach dem passenden Wort, dann schien er sich die Sache mit der Bemerkung anders zu überlegen, winkte ab und wandte sich an seinen Kollegen. »Geht's wieder?«

Der andere Pitbull nickte, blass im Gesicht, und wankte herbei.

»Darf ich etwas Persönliches anmerken?«, fragte der Sicherheitsmann, der eben telefoniert hatte, nun doch noch Ben und fuhr ohne eine Antwort abzuwarten fort.

»Der Kerl da oben ...«, er zeigte undeutlich mit dem Finger zum Wohnhaus. »... gibt ein Vermögen dafür aus, dass wir dich heil hierher bringen und er kann ein echt ätzendes Arschloch sein, wenn er den Verdacht hat, dass dich jemand auch nur schief anschauen könnte. Für den Aufzug ...«, er deutete auf Bens versaute Kleidung. »... wird er uns wahrscheinlich gleich den Arsch aufreißen.« Beschwichtigend hob er die Hände. »Das ist okay. Aber – wahrscheinlich kommt bei dir gar nicht an, was ich sagen will ... Ich sag's trotzdem: Bau. Keinen. Scheiß. Der Kerl da oben bietet dir eine echte Chance. Ich geb dir einen Tipp: komm von dem Zeug runter, bleib weg von der Straße. Du bist jung, du hast das ganze Leben noch vor dir – aber nicht, wenn du denkst, du kannst alle und vor allem dich selbst verarschen ...«

»Was ist denn los?«, fragte der andere Pitbull.

Ben schwirrte der Kopf. Verwirrt glotzte er den Sicherheitsmann an, der seinem Kollegen antwortete, ohne Ben aus den Augen zu lassen. »Ich halte dem kleinen Junkie hier eine Standpauke.«

»Junkie?«

»Als ich noch bei der Polizei war«, fuhr er Ben gegenüber fort, »verging kein Monat, ohne jemanden wie dich noch mit der Nadel im Arm aus der Gosse zu ziehen. Und es gab immer den einen Kollegen, dem der Helferkomplex über den Kopf gewachsen ist. Ich glaub, dass der Kerl da oben schwer okay ist, zumindest hält mein Chef große Stücke auf ihn, und deswegen wiederhole ich es noch einmal: Bau. Keinen. Scheiß.«

Eingeschüchtert glupschte Ben den Pitbull an. Panik kribbelte über seinen Hinterkopf. Seine Kehle war wie zugeschnürt.

»Er ist doch kein Junkie«, sagte der andere Sicherheitsmann und wandte sich an Ben. »Du bist doch der

… wie sagt man bei euch … Freund? … Liebhaber?«

Ben konnte sich nicht bewegen.

»Das eine schließt das andere nicht aus«, meinte der Kollege.

»Ich glaube, du setzt dich gerade ziemlich in die Nessel, mein Lieber.«

»Ich tu uns allen nur einen Gefallen!« Der Pitbull durchbohrte Ben mit scharfem Blick. »Nicht wahr?«

Ben schaute hilfesuchend zum anderen Sicherheitsmann.

»Ich glaube, du kannst dir schon mal Wundcreme für deinen Arsch kaufen. Wenn er nämlich herausfindet, dass du gerade seinen Freund blöd angemacht hast, dann huh …«, der Pitbull fuchtelte mit den Fingern herum, als hätte er sich verbrannt.

44 | NORDAMERIKA

Wie ein Häftling, der von zwei Wachen zu seiner Zelle begleitet wurde, stand Ben im Lift und starrte – von der Standpauke zu seinem angeblichen Junkiedasein noch völlig paralysiert – auf die Digitalanzeige über der Tür. Geschmeidig glitt der Fahrstuhl Stockwerk um Stockwerk höher. Auch wenn noch keiner direkt gesagt hatte, dass Paul da oben auf Ben wartete, kitzelte die Vorfreude in seinem Bauch –
– und wurde gedämpft, als er sich in einem der glatten Beschläge spiegelte.

Der Anblick seines kahlen Schädels war noch ungewohnt und die leichte Wölbung der Metallleiste ließ Ben noch dünner erscheinen. Hinzu kam, dass er fürchterlich stank. Die nasse Hose zerrte an seinen Beinen und auf seinem Pulli klebte ein bröseliger Fleck in der Form von Nordamerika. Er sah aus wie ein geistesgestörter heroinabhängiger Skinhead, der aus der Psychiatrie ausgebrochen war, um seine ganze Familie abzuschlachten. Nun – er war ein Irrer, der aus einer psychiatrischen Ambulanz getürmt war, um – seinen Bruder zu töten.

So sollte er Paul gegenübertreten? Jenem Mann, der sich für ihn eine Kugel eingefangen hatte, der eine Menge Geld ausgab, ihn in Sicherheit zu wissen und der für ihn sogar ins Gefängnis gegangen wäre? Auch wenn Ben kein Junkie war, so hatte der Sicherheitsmann doch mit einem Recht: Ben war nicht gut genug für Paul. Er schadete ihm und Paul war der Helferkomplex tatsächlich bereits über den Kopf gewachsen – zumindest wenn man eine Beinahe-Lungenperforation als Eskalation dahingehend bezeichnen wollte.

Der Lift näherte sich dem letzten Stockwerk. Bens Herz hämmerte und vor Scham und Nervosität zitterten seinen Knie. Mit einem sanften Ruck blieb die Kabine stehen.

»Vielleicht, äh ...«, der Sicherheitsmann, der ihn für einen Junkie hielt, legte Ben eine Hand auf die Schulter, als wollte er ihn zurückhalten. »... bleibt unsere kleine Unterredung unter uns. Wir wollen ihn doch nicht unnötig beunruhigen, oder?«

Sein Kollege grinste gehässig. »Hat da jemand Schiss?«

Die Schiebetüren öffneten sich und gaben den Blick auf einen hellen, freundlichen Flur frei, der in seiner behaglichen Geschlossenheit mehr an den Vorraum einer modernen Arztpraxis erinnerte, als an ein simples Treppenhaus.

Ein Mann trat aus einer der Wohnungen und ließ Ben die Sicherheitsmänner, seinen heruntergekommenen Aufzug und den Rest der Welt vergessen.

Barfuß, in grauem T-Shirt und grauer Jogginghose, wirkte Paul kleiner und schmaler als in Uniform. Sein rechter Arm steckte über der Kleidung in einer dunkelblauen Fixierung und seine dunklen Locken waren der Schere zum Opfer gefallen – vermutlich, um das Haar auf gleiche Länge mit der Stelle um die Narbe zu bringen. Ohne Kopfverband wurde der fingerlange, rote Wulst über dem rechten Ohr deutlich sichtbar. Zusammen mit der Blässe und den tiefen Augenringen wirkte Paul schmerzhaft verletzlich. Kaum zu glauben, dass er den Bio-Kampfeinheiten neben Ben einen solchen Respekt einflößte.

Paul schien von Bens Aufzug mindestens genauso verstört. Den ersten Schritt aufeinander zu bremsten sie verunsichert ab, als wären sie nicht sicher, den Richtigen vor sich zu haben, doch dann ...

... durchdrang Ben ein solch vollkommenes Gefühl von Vertrautheit, dass ihm das Herz platzen wollte. Auch in Pauls Gesicht ging die Sonne auf. Wortlos eilten sie aufeinander zu, trafen sich auf halber Strecke und fielen sich in die Arme. Erst als Ben die Nase an Pauls Hals gedrückt den wunderbar frischen Duft einsog, wurde ihm bewusst, was er Paul mit sich selbst zumutete. Schweren Herzens wand er sich aus der Umarmung – oder versuchte es zumindest, denn Paul drückte ihn sofort fester an sich.

»Bleib«, flüsterte er und biss zärtlich in Bens Hals.

Von der Bitte und der sinnlichen Geste betört, vergaß Ben alle Vorbehalte bezüglich seiner versifften Erscheinung und klammerte sich an Paul. Der fixierte Arm drückte schmerzhaft gegen die Rippen. Paul streichelte über Bens Nacken und betastete den ungewohnt geschorenen Schädel. Das fühlte sich wunderbar an. Ben stöhnte leise, presste die Lippen gegen Pauls Schulter und schloss die Augen, um diese Berührung intensiver zu genießen.

Erst das verlegene Räuspern der Sicherheitsmänner holte Ben wieder in die Welt zurück.

Paul löste die Umarmung, streichelte über Bens Wange und lächelte ihn seltsam verzweifelt an. »Geh schon mal rein, ich regle das hier noch ...« Er kippte vor, um nach Bens Lippen zu schnappen, doch aus Scham wegen seines vermutlich ekeligen Geschmacks, wich Ben zurück. Verwundert und ein bisschen enttäuscht kräuselte Paul die Augenbrauen.

Rasch drängte sich Ben an ihm vorbei in die Wohnung. Das Herz schlug ihm bis zum Hals und der Bauch schmerzte vor Aufregung. Überrascht ließ Ben den Blick durch das enorm aufgeräumte, edle Wohnzimmer mit modernen schwarzen und weißen Möbeln gleiten. Ein farbenfroher Mensch schien Paul wirklich nicht zu sein – aber Geschmack hatte er, und einen fast schauderhaften Sinn für Ordnung.

Vom Hausflur her drangen gedämpft die Stimmen von Paul und den Sicherheitsmännern. Links neben dem teuer aussehenden Wandverbau schlüpfte Ben durch den türbreiten Durchgang in die Küche – mittelgraue und weiße Flächen, teures Material, sehr schick, aber auch hier: abgesehen von wenigen bunten Utensilien, war es hier geradezu spartanisch farblos.

Ben eilte zum Spülbecken, betätigte den formschönen Wasserhahn, spülte sich den Mund aus und wusch sich das Gesicht. Vergeblich versuchte er, den Pullover um Nordamerika zu bereinigen, dann zog er ihn kurzerhand aus. Zumindest die Kotze musste er Paul nicht zumuten, doch von den schwer an den Beinen klebenden Jeans stieg der Uringestank hoch. Dass er sich vor Paul ein weiteres Mal auf diese Art bloßstellte, war Ben so peinlich, dass er sich am liebsten irgendwo verkriechen wollte.

Die Wohnungstür fiel ins Schloss und wenige Augenblicke später erschien Paul in der Küche. Während sein Blick zärtlich über Bens Körper kletterte, zuckten seine Lippen, als wollte er etwas sagen, dann stürmte er wortlos auf ihn zu und zog ihn in eine innige Umarmung. Als müsste er sich seiner Anwesenheit vergewissern, grapschte er verzweifelt über Bens Rücken. Sein Atem ging unregelmäßig, gepresst, stockte gelegentlich, wurde schwer. Schließlich krallte er die Finger in Bens Shirt, verspannte sich und hielt die Luft an. Etwas Nasses kitzelte Bens Hals. Paul holte geräuschvoll Luft, klammerte sich wie ein Ertrinkender an Ben und bebte am ganzen Leib.

Weinte er etwa?

Ben wurde heiß. Ein Bild aus seinem Albtraum schoss ihm durch den Kopf. Er schlang die Arme fester um Paul, presste die Lippen auf seinen Hals und schmiegte die Wange an den glattrasierten Kiefer. *Alles ist gut.* Die Intensität dieses warmen, bebenden Körpers, Pauls Gefühlsausbruch und eine tiefe Erleichterung trieben auch Ben die Tränen in die Augen. Im Gegensatz zu Paul, dessen Weinen mehr einem lautlosen Krampf glich, ließ Ben seinen Gefühlen freien Lauf. Anders konnte er ohnehin nicht. Schluchzend streichelte er über Pauls Rücken hoch, umfasste sein Gesicht und schnappte nach seinen weichen Lippen.

Zitternd, mit einem leisen Stöhnen, erwiderte Paul den Kuss, erst zurückhaltend, dann dankbar und schließlich wild und innig. Minutenlang ergaben sie sich dem Tanz ihrer Zungen, dem Spiel ihrer Lippen, lösten sich ganz in den sinnlichen Berührungen ihrer Münder auf und fanden darin Trost. Bald verebbten die Tränen, nur gelegentlich wallte noch Traurigkeit auf, brannte in Nase und Augen.

Der nicht zu verdrängende Gestank von Urin verleidete Ben den Genuss und so löste er sich aus der Umarmung.

Mit vom Kuss strahlenden Augen lächelte Paul ihn an und strich ihm liebevoll über den geschorenen Kopf. »Fühlt sich gut an.« Sanft streichelte er über Bens Wange und fuhr mit dem Daumen die Kontur der Lippen nach. »Und gefällt mir.« Ben schloss die Augen, schmiegte sein Gesicht in Pauls Handfläche und fing mit den Lippen seine Finger.

Als er unter den Wimpern hervorblinzelte, sah er, dass über Pauls Wangen Tränen kullerten. Trotzdem rang sich Paul ein Lächeln ab. Seine Mundwinkel bebten. »Es ist nur ...«, Paul schüttelte den Kopf und senkte den Blick. »Ich habe befürchtet, dass ich dich nie wiedersehen werde ...«

Ben fühlte sich fallen. Bis jetzt hatte er Pauls Zuversicht für unerschütterlich gehalten.

»Als du gestern gesagt hast, dass du der Welt nichts mehr mitzuteilen hast ...«, Pauls Kinn bebte, »Ich habe eine ganze Weile geglaubt, du willst dir etwas antun ...«

»Nein«, flüsterte Ben betroffen. »Nein, nein, nein ...«, er legte die Hände an Pauls Wangen und drückte seine Stirn an Pauls Stirn. »Ich wollte mich nicht ... umbringen ... nicht *mich* jedenfalls ...«

Paul nickte. »Ja ... dachte ich mir dann auch.« Einen Gedanken später stupste er Ben mit der Nasenspitze und blickte ihm ungläubig in die Augen. »Campen?«

»Was hätte ich denn sagen sollen? *Ich fahre Jochen töten, mach dir keine Sorgen?*«

Über Pauls Gesicht fuhr ein bitterer Schatten.

»Ich war so wütend ...«, begann Ben. »Ich bin es noch immer ...«

»Ist schon gut. Du musst dich nicht rechtfertigen. Nicht vor mir.« Pauls Lippen umspielte ein kleines Lächeln. »Du bist hier ... es geht dir gut ... Das ist alles, was zählt.«

»Ich stinke.«

»Ich hab ein Bad.«

45 | BANALITÄTEN

Träge stützte sich Ben mit den Ellenbogen gegen die Fliesen und ließ das warme Wasser auf seine Schultern prasseln. Die Erschöpfung der letzten vierundzwanzig Stunden zerrte an seinem Körper. Wie paralysiert beobachtete er den Wasserstrudel, der den Schaum in den Abfluss zog. Wäre es nicht schön, wenn er all die beschissenen Gefühle und Erlebnisse einfach abwaschen und in die Kläranlagen spülen könnte? Und wenn er dafür mit den wundervollen Momenten eine Wanne füllen könnte, um darin zu baden und sich von Glück und Geborgenheit umschmeicheln zu lassen? Und von Liebe? Eine duftende Wanne voll warmem Paulgefühl, das wäre es jetzt. Sich nackt hineinsinken lassen und in der Lust schwelgen, dem Kribbeln, der Nähe. Paul in jeder Pore des Körpers.

Die Fantasien zupften an Bens Schwanz, doch er ignorierte ihn. In Pauls Nähe die Lust an seine Hand verschwenden?

Dampfschwaden waberten durch den Raum, als Ben die Dusche verließ. Während er sich das weiche Handtuch schnappte und sich abtrocknete, fiel sein Blick auf den Zahnputzbecher. Vor Glück musste er tief seufzen. Wie bescheuert war es, wegen etwas so Banalem wie einer Zahnbürste gerührt zu sein?

Als wäre es das Normalste auf der Welt, hatte ihm Paul vorhin eine noch verpackte Zahnbürste unter die Nase gehalten, »ist jetzt deine« gesagt und sie zu seiner in den Becher gesteckt. Und da stand es nun, das Symbol für eine mögliche Zukunft, der Beweis dafür, dass sie jetzt zusammen waren.

Waren sie das?

Ben griff nach dem Stapel Kleidung, den ihm Paul von sich bereitgelegt hatte. T-Shirt, Pants und Jogginghose. Allesamt grau – und etwas zu groß. Da ihm heiß war, ließ Ben die Jogginghose weg und verließ nur in Pants und Shirt das Bad.

Mit einer Packung Milch in der Hand kam Paul aus der Küche und stellte sie zu einer Menge anderer Nahrungsmittel und Geschirr auf den Tisch. Er wirkte überrascht, als er Ben sah. »Du warst schnell.«

Ben grinste verlegen und tappte zum reich gedeckten Tisch. Wer sollte das alles essen?

»Greif zu«, trällerte Paul und eilte wieder Richtung Küche.

»Ich hab keinen Hunger«, murmelte Ben, ließ sich aber dennoch auf einen Stuhl nieder. Er hatte gehofft, sie würden gleich nach seiner Dusche da weitermachen, wo sie aufgehört hatten. Küssen, umarmen, liebkosen ...

»Alles in Ordnung?«, fragte Paul, der mit einer Packung Orangensaft wiederkam. Hatte er all das hier einzeln hereingetragen? Nun, er hatte ja nur eine Hand frei.

Ben sprang hoch. »Kann ich dir helfen?«

»Bleib sitzen ... das war das letzte.« Paul schwenkte die Packung, stellte sie zu den anderen Sachen und setzte sich. Dann ließ er den Blick über den Tisch gleiten, als hätte ihn jemand anderes als er selbst gedeckt. Er wirkte so fröhlich, nur die Augenschatten und die blasse Haut verrieten, dass er eigentlich ziemlich fertig war. Vermutlich hatte er, wie Ben, in der vergangenen Nacht kaum geschlafen.

Um Pauls Mühe zu würdigen, griff Ben nach einem Fruchtjoghurt, zog den Aludeckel ab und versenkte einen Löffel im Becher. Der Magen verriegelte alle Schleusen bis rauf zum Hals. Vielleicht konnte Ben essen simulieren, indem er nur ein bisschen in dem Joghurt herumrührte. Als er aufblickte, bemerkte er, dass Paul ihn aufmerksam musterte.

»Heidelbeerjoghurt also.«

Ben zuckte mit den Schultern und nickte. Er hätte natürlich auch ein Stück Brot nehmen und darin herumpulen können.

Lächelnd griff Paul nach der Packung Orangensaft und klemmte sie zwischen seine Schenkel, um sie einhändig zu öffnen. Während er das Glas befüllte, betrachtete Ben das Spiel der Sehnen an seinem Arm, den Stoff des Shirts, das geschmeidig über seinen Körper glitt.

»Ben?« Pauls Stimme riss ihn aus seinen sinnlichen Betrachtungen. Die Packung über einem leeren Glas schwenkend, fragte Paul offenbar nicht zum ersten Mal: »Willst du auch Orangensaft?«

Vergeblich suchte Ben in dem reichhaltigen Angebot nach einer Flasche Cola. Weil er sich unter Druck fühlte, eine rasche Entscheidung treffen zu müssen, nickte er. Während Paul einschenkte, musterte er aus dem Augenwinkel sein schönes Gesicht, das trotz seiner guten Laune etwas Trauriges ausstrahlte. Das kam nicht nur von der Müdigkeit, der Verwundung oder dem Stress der letzten Tage – diesen stillen Schmerz im Blick hatte Paul schon auf der Brücke gehabt. Allerdings hatte er sich da auch das Leben nehmen wollen ...

Die Vorstellung, dass dieser Mann nicht hiersitzen würde, wenn sie nicht dieselbe tragische Idee gehabt hätten, machte Ben ganz betroffen. Nie hätte er sich träumen lassen, dass sie ein halbes Jahr später zusammen an einem Frühstückstisch sitzen würden.

Als Paul die Packung wieder zwischen seinen Schenkeln fixierte, um sie zu verschließen, wagte Ben einen schamlosen Blick in seinen Schritt. Trug Paul nichts unter der Jogginghose? Bens Schenkel zuckten unwillkürlich.

Paul pflückte ein Brötchen aus dem Körbchen und drapierte mit geduldiger Präzision Wurst und Käse darauf, als erschaffe er ein kleines Kunstwerk.

War das der erste gemeinsame Morgen von vielen?

Jochen war noch da draußen. Der Gedanke war wie ein Hieb in Bens Magen. Seit dem Betreten der Wohnung hatte er es geschafft, den düsteren Schatten von sich zu schieben, der hinter dem Frieden lauerte. Wie viel Zeit blieb ihnen noch? Eine Stunde? Ein Tag? Ein Zahnputzbecher oder Orangensaft würde sie nicht vor Jochens Rache schützen. Es war naiv, zu glauben, dass das hier mehr war, als ein Geschenk mit Ablaufdatum, ein paar Augenblicke Himmel, damit die Hölle hinterher umso heißer loderte.

»Er kann dir – uns – nichts mehr anhaben«, sagte Paul, als hätte er Bens Gedanken erraten.

Von wegen, dachte Ben, *er lauert bloß auf den richtigen Moment.*

»In ganz Europa läuft eine Fahndung nach ihm. Er weiß, wie die Jagd nach einem Verbrecher läuft und dass der letzte Ort, an dem er sich blicken lassen sollte, hier ist. Wenn er klug ist, ist er bereits über alle Berge und bleibt dort auch.«

»Und wenn ihm Rudi und die anderen helfen? Er hat mächtige Freunde, das hast du selbst gesagt.«

Paul schüttelte den Kopf. »Nicht mehr. Die Loyalität seiner Leute hat er verspielt.«

Ungläubig runzelte Ben die Stirn.

»Weißt du noch, wie Rudi ausgetickt ist, als er realisiert hat, dass wir uns lieben?« Paul biss in sein Brötchen.

Lieben? Bens Herz machte einen Satz.

»Er hat eine kleine Tochter«, nuschelte Paul mit vollem Mund. »Sie alle haben Kinder, oder kleine Geschwister, Nichten, Neffen, Enkel ... Wenn sie *mir* eine Kugel reinjagen wollen, weil ich *dich* liebe, kannst du dir dann vorstellen, was sie mit jemandem machen möchten, der seine sechsjährige Schwester tötet?« Er schluckte runter. »Mit der Aktion findet er nicht einmal im Knast Anhänger.« Ungerührt machte Paul einen weiteren Bissen und konzentrierte sich aufs Kauen.

Ben wagte kaum zu atmen. Er hat es gesagt. So beiläufig, als wäre es die normalste Sache der Welt. Als wäre es für ihn selbstverständlich.

Ist es das?

Scheu betrachtete Ben die Sehnen an Pauls Kiefer, die durchs Kauen hervortraten, den Adamsapfel, der über den Hals rutschte, als er schluckte, den geschmeidigen Schwung des Nackens, das sanfte Wogen der Brust beim Atmen und wie sich der Stoff des T-Shirts um Schultern und Arme spannte. Wie schön Paul war, wie männlich.

Dieser Mann heult meinetwegen?

Ben rutschte nervös hin und her. »Stimmt es, dass du wegen mir die Polizei verlassen willst?«

Verdutzt glupschte Paul ihn an. »Wie kommst du denn *darauf*?«

»Kai hat gesagt ...«

»Unsinn«, Paul legte das Brötchen auf den Teller und trank einen Schluck Orangensaft.

»Also bleibst du Polizist?«

Paul schüttelte den Kopf. »Nein. Aber das hat nichts mit dir zu tun.« Als wäre ihm plötzlich der Appetit vergangen, schob er den Teller mit dem angebissenen Brötchen zur Seite. »Zumindest nicht ... so.« Er drehte sich zu Ben herum, ließ den Blick über sein Gesicht wandern und streichelte zärtlich seinen Arm. »Ohne dich hätte ich den Dienst auf dem Revier nicht angetreten.« Ein gequältes Lächeln umspielte seine Lippen. »Wie du weißt.«

Die Brücke. Ben schluckte.

»Ich habe schon lange ans Aufhören gedacht ... zwei, drei Jahre bestimmt.«

Betroffen glupschte Ben ihn an. »Mit dem Leben aufhören?«

»Was?« Irritiert runzelte Paul die Stirn, dann begriff er. »Ach so! Nein ... ja ... auch ... Was ich ... was ich eigentlich sagen will ... das ist keine Kurzschlussreaktion – und es ist nicht deine Schuld. Den Blödsinn hat Kai wahrscheinlich von Claudia. Als du ... In den vergangenen Tagen war ich nicht besonders ... gesprächig, um es höflich zu formulieren.« Über seine Miene schob sich ein Schatten. »Sie hat sich das wohl zusammengereimt.« Eine noch düsterere Wolke umhüllte ihn. »Es war nicht leicht, dich so zu sehen ... und nicht zu wissen, wie lange ... und ob du überhaupt wieder ... Sie hat einiges einstecken müssen.«

Sie senkten beide beschämt den Blick.

Gemeinsam und doch jeder für sich, trieben ihre Gedanken durch den Wahnsinn der vergangenen Tage. Ihre Finger spielten miteinander, streichelten die Handfläche des anderen, verschränkten sich.

»Du hast etwas gesagt«, brach Ben schließlich die Stille. »Als ich so zugedröhnt war. Du hast mich umarmt und mir etwas ins Ohr geflüstert ...«

Paul begann zu strahlen. »Du hast es also doch mitgekriegt? Ich war mir nicht sicher, du warst so ...«

»Nein ...«, gestand Ben. »Ich weiß fast nichts von der Zeit in der Klinik. Nur dass du da warst, und Claudia.

Einmal haben wir zusammen im Flur gesessen ...« Ben kramte verbissen in seinen Erinnerungen. »Was du gesagt hast, hat sich schön angefühlt ... Aber ich kann mich nicht an die Worte erinnern. Die meiste Zeit war ich gefühlsmäßig tot, nur ...«

»Steh auf«, forderte Paul plötzlich, erhob sich selbst und zog an Bens Hand.

Verwundert über diese unerwartete Forderung stand Ben auf, wobei seine Kniekehlen den Stuhl zurückschoben. Paul zog ihn an sich heran, schlang den Arm um ihn und gab ihm einen Kuss auf den Mund. Stück um Stück setzte er weitere Küsse in einer Spur bis zum Ohr und schmiegte sein Gesicht an Bens Wange. Er streichelte den Rücken hoch und legte zärtlich die Hand in Bens Nacken. »Ich brauche dich«, wisperte er. Seine Lippen streiften Bens Ohr. »Ich vermisse dich.« Der warme Atem ließ Ben schaudern. »Ich will dich.« Pauls Hand wanderte abwärts und kniff Bens Po. Ein tiefer Seufzer dehnte Pauls Brustkorb und noch leiser, noch dichter an Bens Ohr, flüsterte er: »Ich liebe dich.«

Augenblicklich stürzten Tränen über Bens Wimpern. Er krallte die Fäuste über dem Rücken in Pauls Shirt und klammerte sich an ihn. Ein befreites Schluchzen stieß aus seiner Kehle und seine Knie bebten. *Das* hatte Paul im Krankenhaus zu ihm gesagt?

»Nicht weinen«, flüsterte Paul sanft und küsste seinen Hals. Der fixierte Arm drängte sich störend wie ein Balken zwischen sie und drückte schmerzhaft gegen Bens Rippen.

Behutsam löste Paul die Umarmung und begann an der Bandage herumzupfriemeln. »Hilf mir, das abzumachen.«

Ben schob Pauls Hand zur Seite und versuchte herauszufinden, wie dieses Teil befestigt war. Seine Finger streiften die harten Brust- und Bauchmuskeln, die wie ein sinnliches Versprechen unter dem Shirt lauerten. Der Duft von Frische und Erregung raubte Ben fast den Verstand.

Endlich löste sich die Fixierung und Ben streifte sie vorsichtig ab. Als hätte Paul in einem Panzer gesteckt, atmete er befreit durch, richtete sich auf und ruderte erleichtert mit dem Arm. Ein spontaner Schmerz zuckte durch seine Miene und er griff sich ächzend an die verwundete Schulter. Trotzdem hielt er den Arm nicht still, streckte und beugte ihn und sah sich dabei zu, wie er abwechselnd eine Faust ballte und die Finger streckte.

»Ich dich auch«, platzte Ben hervor. Sein Bauch kitzelte und sein Herz raste. »Das alles …«

Paul begann zu lächeln, trat näher und umfasste behutsam sein Gesicht – die Finger im Nacken, die Daumen an den Wangen. Er funkelte ihn an, schloss genussvoll die Augen und schnappte nach seinen Lippen. Ihre Zungen vereinten sich zu einem leidenschaftlichen Tanz und der so warme, vertraute Geschmack von Pauls Mund, machte Bens Knie weich.

Langsam streichelte Paul abwärts und schob die Hände unter Bens Shirt. Die direkte Berührung auf der Haut ließ Ben schaudern. Als er die Wölbung in Pauls Schritt an seinen Leisten registrierte, rieb er sich ein wenig daran, um sie intensiver wahrzunehmen. Eine Erektion hatte Paul nicht, aber es war dennoch erregend und schön, ihn zu fühlen.

»Es war ein harter Tag und eine harte Nacht – ich habe kaum geschlafen«, nuschelte Paul entschuldigend in den Kuss. »Außerdem die Schmerzmittel …«

»Okay«, sagte Ben, da er nicht wusste, was er sonst sagen sollte und nahm etwas Abstand. Keinesfalls wollte er eine Wiederholung des Vorfalls vom Vortag im Sanitärraum.

»Aber ich möchte dich ... halten ... spüren.« Paul löste die Umarmung und lächelte Ben unsicher an. »Haut an Haut.«

Er wirkte plötzlich gar nicht mehr wie der Mann, der sich mit Psychopathen prügelte und den Biokampfeinheiten der Sicherheitsfirma Angst einjagen konnte. Vielmehr erinnerte er Ben jetzt an ihr erstes Treffen in Claudias Praxis. Zwar war Ben so sehr mit seiner eigenen Angst beschäftigt gewesen, dass er kaum geradeaus hatte schauen können, aber Pauls Unsicherheit war ihm aufgefallen, weil sie so gar nicht zu der Erscheinung des taffen Polizisten gepasst hatte.

Wieder musste er an Claudias Worte denken, dass Paul vor ihm Angst hätte. Wie absurd. Paul hatte doch bewiesen, dass er Ben mit einem Arm und trotz Schuss- und Kopfwunde mühelos schachmatt setzen konnte. Dennoch entstand in Ben jetzt der Eindruck, er wäre stärker als Paul. Aber wieso? Nur weil Paul gerade nicht *konnte?*

Etwas überfordert nickte Ben. »Ja ... okay ...«

Paul wirkte erleichtert und nahm ihn an der Hand. »Komm.« Wortlos zog er ihn hinter sich her durch den Flur und öffnete die Tür zum hintersten Raum.

Erstaunt hielt Ben inne.

Im Gegensatz zum Rest der Wohnung, herrschte hier das blühende Chaos. Nicht nur, dass der Boden von Büchern und Kleidungsstücken übersät war, unter denen Ben sogar Polizeiuniformen erkennen konnte, hingen an den Wänden Poster, und zwar schief und wellig, als hätte sie ein Zehnjähriger angebracht. Die Motive reichten vom obligatorischen Hanfblatt über Formel-Eins-Szenen, bis hin zu Poster von gut definierten Männerkörpern, Vögel und diversen Metal-Bands mit furchterregenden Dauerwellen, peinlicher Kleidung und naivbösen Blicken.

Wie, um sich zu vergewissern, dass er noch in Pauls Wohnung war, schaute Ben wieder zurück in den ordentlichen, modern eingerichteten Flur, dann wieder ins Zimmer. Schlachtfeld. Möbelkatalog. Schlachtfeld. Das hier glich dem Klischee einer rebellischen Besetzung durch einen Teenager.

Ein alarmierender Gedanke hockte sich siedend heiß in Bens Kopf. Nicht im Traum hätte er bisher an *so etwas* gedacht, zumal doch Paul oder Claudia gewiss irgendetwas erwähnt hätten – andererseits erklärte es womöglich Pauls verstörende Befangenheit.

»Du hast ein Kind?«, krächzte Ben, darum bemüht, nicht allzu geschockt zu klingen.

»Was?« Paul glupschte ihn irritiert an.

Erklärend deutete Ben zu den Postern und dem Chaos auf dem Fußboden.

»Ach so«, Paul grinste verlegen. »Nein ... nein, ich ... das ist ...«, er wischte über seine Hose und besah sich das Chaos, als hätte er es eben erst selbst entdeckt. »Mein ... meins. Das ist meins.« Er musterte Ben aus dem Augenwinkel und zuckte ergeben mit den Schultern. »Claudia könnte dir das sicher erklären – wenn sie es wüsste.«

»*Was* wüsste?«

»Die Sache mit der Brücke.«

Die Brücke. Schon wieder. Sie schien ein Dreh- und Angelpunkt in Pauls Leben; – und auch in Bens, immerhin stand er in Pauls Schlafzimmer und das Vorhaben, sich mit ihm nackt ins Bett zu kuscheln, kribbelte in seinem Unterleib, während da draußen die Jagd auf Jochen eröffnet worden war. Was aber hatte die Nacht auf der Brücke mit dem Chaos in diesem Zimmer zu tun?

Fragend blickte Ben Paul an.

»Mein Vater ...«, begann Paul. »Jeden Abend inspizierte er unsere Zimmer. Eine nicht sauber geschlossene Schranktür, der Vorhang leicht verschoben, ein Krümel unter dem Bett ...« Paul blickte Ben traurig an. »Ich schätze, du kannst dir das weitere denken.«

Ben nickte. Sein Magen zog sich zusammen. Vor seinen Augen erschien das Bild von Paul als Junge, der vor Angst schweißgebadet zuschaute, wie sein Vater das Zimmer nach einem Grund durchsuchte, ihn bestrafen zu können.

»Bis vor Kurzem habe ich so gelebt, als könnte er jeden Moment in meine Wohnung platzen«, erklärte Paul. »Aber seit ich mich wieder fühle ...«

»Also ist das hier ein Abbild deines Herzens«, murmelte Ben.

Paul klappte den Mund auf und zu. »Ahm ...«, nachdenklich ließ er den Blick durch den Raum schweifen. »Ja ... ja, das könnte man so sagen ... Wobei ich es *Rebellion* nennen würde.« Er grinste und zwinkerte Ben zu. »Klingt männlicher.«

Bens Bauch kitzelte.

»Ich bin dabei, mich zu finden«, sagte Paul, während er das Chaos betrachtete, und seufzte. »In jeder Hinsicht.« Wie beiläufig ließ er die Hand los, legte sie auf Bens unteren Rücken und wiederholte gedankenverloren: »In jeder Hinsicht.«

Plötzlich gab er sich einen Ruck, schob sein Shirt hoch und gewährte Ben den Anblick seines definierten Bauchs, des Nabels, des schmalen Streifens dunkler Härchen. Durch die Verletzung etwas umständlich wand sich Paul aus dem Shirt und gab den Blick auf den Verband an der Schulter frei. Er war deutlich kleiner als im Krankenhaus.

Ben schluckte. Pauls athletischer Körper war ein perfekt gemeißeltes Kunstwerk maskuliner Schönheit. Ben hatte ihn zwar schon im Krankenhaus halbnackt gesehen, doch da hatte Paul geschwächt im Bett gelegen. Nun aber stand er unter Spannung und unter der glatten Haut strafften sich Muskeln und Sehnen. Die empfindlichen Knötchen der Nippel ließen Bens Lippen prickeln und die Idee, mit der Zunge die Täler dieser betörenden Hügellandschaft nachzuzeichnen, ließ ihm das Wasser im Mund zusammenlaufen.

Von den Hüftknochen weg bahnten die Furchen der Leisten einen betörend sinnlichen Weg unter die sehr tief sitzende Jogginghose. Offensichtlich trug er nichts darunter.

Paul nahm Bens Hände, legte sie seitlich an seinen Hosenbund und lächelte herausfordernd. »Mach *du*.«

Erregt schnappte Ben nach Luft, blickte abwärts und schob die Jogginghose langsam runter. Pauls Halbsteifer sprang über den Bund, dann rutschte die Hose von selbst über die Beine abwärts und landete auf den Füßen.

Erstmals erhaschte Ben einen Blick auf Pauls Schwanz. Er war wunderschön. Ben rang mit der Versuchung, ihn anzufassen, da zupfte Paul am Saum seines Shirts und hob es an. Flink schlüpfte Ben heraus, und noch während das Shirt zu Boden sank, fuhr er mit den Daumen unter den Bund der Pants, schob sie rasch runter und schüttelte sie Sekunden später von den Füßen.

Paul schmunzelte, machte einen Schritt auf Ben zu und schnappte nach seinen Lippen. Mit einem sanften Ruck zog er Ben an den Hüften zu sich und ließ ihn mit leicht kreisenden Bewegungen seine anschwellende Härte spüren.

Ben tastete das steinharte Band der Muskeln entlang

der Wirbelsäule hoch und wieder runter, zögerte kurz und packte dann Pauls festen Hintern.

Allmählich fügten sie sich in eine immer innigere Umarmung. Haut an Haut wiegten sich hin und her, streichelten einander und drückten kleine Küsse von den Schultern bis unter die Ohren.

Schließlich löste sich Paul aus der Umarmung, hob ein Knie aufs Bett und funkelte Ben vielversprechend an. Er schob sich rückwärts die Matratze hoch, und als er sich dafür mit den Händen abstützte, ging ein Zucken durch seinen Körper. Mit einem heiseren Schrei warf er sich auf den Rücken und hielt sich die Schulter. »Verdammt!«

Ben, der bereits halb auf dem Bett kniete, hielt wie vom Donner gerührt inne. »Nein!« Rasch krabbelte er auf Paul zu, der vor Schmerz das Kinn in die Luft reckte und die Zähne fletschte. »Nein, nein, nein!« Ben beugte sich über ihn und hatte plötzlich das Bild vor Augen, wie Paul nach dem Kampf mit Jochen blutüberströmt in seinem Schoß gelegen und das Bewusstsein verloren hatte.

»Argh!«, stöhnte Paul, hob den Kopf, ließ ihn wieder ins Kissen fallen und schnaufte. »Scheiße!« An Stirn, Schläfen und Hals traten Adern und Sehnen hervor.

Panisch ließ Ben die Hände wenige Zentimeter über Pauls Brust kreisen, wusste nicht, wie er ihn anfassen sollte. »Paul ...!« Er befand sich wieder in jener Nacht, in der Paul angeschossen worden war und leblos im hohen Gras lag. Bens Herz hämmerte, seine Augen füllten sich mit Tränen, er zitterte am ganzen Körper.

»Wie konnte ich nur vergessen, dass ich ein Scheißkrüppel bin«, fluchte Paul und ballte die Fäuste. Schweiß quoll aus seinen Poren, sein Gesicht wurde noch blasser, seine Augenringe noch tiefer.

»Ich ruf einen Krankenwagen«, wisperte Ben durch die Nebel seiner Flashbacks, die ihn zwischen Fabrikgelände, Krankenhauspark und Pauls Bett hin und her rissen.

»Nein!«, zischte Paul und packte ihn rasch am Handgelenk. »Es geht gleich wieder!«

Ben blinzelte den Schleier aus Tränen weg und die salzigen Tropfen klatschten auf Pauls Brust.

»Nicht weinen«, ächzte Paul, blickte zur Decke und atmete konzentriert. »Nicht weinen …«

Ben schniefte. Obgleich helllichter Tag, war für ihn tiefste Nacht. Obgleich Sommer, fröstelte ihn. Pauls Griff war energisch und hielt ihn im Hier und Jetzt.

»Mach dir keine Sorgen«, bat Paul und verzog das Gesicht. »Ich bin selbst schuld, wenn ich die Fixierung abnehme.« Er schnaubte und blinzelte Ben an. »Kein Wort zu Claudia!«

»Okay«, flüsterte Ben, doch die Sorge nagte an seinem Gewissen. »Sollte ich nicht doch einen Krankenwagen … was ist, wenn da etwas gerissen oder geplatzt …«

»Nein«, fauchte Paul, bemerkte seinen rüden Tonfall und fügte sanfter hinzu: »Da ist nichts gerissen oder geplatzt.«

»Aber …«

Beruhigend streichelte Paul über Bens Knie. »Glaub mir, ich merk schon, wenn da was nicht stimmt. Es ist ja nicht das erste Mal, dass ich verletzt bin.«

Betroffen ließ Ben den Blick über Pauls Körper gleiten. Natürlich – die Narben. Nicht nur im Gesicht. Kleinere und größere Narben zierten seinen ganzen Körper. Ob sie von Polizeieinsätzen stammten? Hatte sein Vater nicht darauf geachtet, sichtbare Beweise zu vermeiden? Waren es Andenken an die *kranken Wichser,* wie Paul seine Ex-Partner nannte?

»Hey«, Paul strich ihm zärtlich über die Wange. »Schau nicht so bedrückt. Es ist nichts passiert.« Einladend breitete er den Arm aus. »Leg dich zu mir.«

Zaghaft schmiegte sich Ben an ihn und drückte das Gesicht an seinen Hals. Der Schock klebte noch in seinen Knochen, und obwohl er nicht heulen wollte, liefen ihm die Tränen. Verzweifelt schlang er ein Bein um Pauls Hüften, legte ihm eine Hand auf die Brust und schob sie hoch bis in seinen Nacken. Als fürchte er, Paul zu verlieren, als wollte ihn jemand von ihm wegzerren, klammerte er sich an ihn.

»Es ist alles gut«, flüsterte Paul, schlang die Arme um ihn und streichelte seinen Rücken. Sein Kinn rieb über Bens Schläfe und sein gleichmäßiger Atem wiegte ihn in eine warme Geborgenheit.

Eine behagliche Trägheit überkam Ben und er sank immer schwerer auf Pauls Körper. Dem Schock folgte die Erschöpfung. Die vorhin entflammte Lust war bloß noch ein sinnliches Echo in der Ferne.

Müde hob Ben den Kopf und blinzelte Paul an. Auch wenn nichts weiter passiert war, als dass sich Paul etwas übernommen hatte, war Ben, als hätten sie einen weiteren Angriff überlebt.

»Ich liebe dich«, flüsterte er.

»Ich dich auch«, erwiderte Paul mit einem erschöpften Lächeln und schnappte nach seinen Lippen. Mehr spielerisch als leidenschaftlich erkundeten sie mit der Zunge den Mund des anderen und stupsten die Nasen aneinander. An seinem Schenkel spürte Ben Pauls Schwanz zucken und trotz bleierner Müdigkeit drückte sich seine eigene allmählich anschwellende Härte gegen Pauls Hüften.

»Löffelchen«, nuschelte Paul in den Nebel ihrer sinnlichen Vertrautheit.

Ben brauchte ein paar Sekunden, ehe er begriff, dann drehte er sich herum und ließ sich von Paul umschlingen. Warmer Atem kroch in seinen Nacken, Pauls heißer Bauch schmiegte sich im ruhigen Rhythmus an seinen Rücken, ihre Schenkel glitten aneinander, und Pauls Knie fügten sich perfekt in Bens Kniekehlen.

»So ist es gut«, flüsterte Paul schläfrig, schnupperte an Bens Hinterkopf und küsste seinen Nacken. Sein Schwanz zuckte gegen Bens Hintern und um ihn intensiver zu spüren, kuschelte sich Ben fester an ihn. Träge schob Paul seine Hand abwärts und legte sie schwer auf Bens Schwanz.

Ben keuchte erregt auf und wurde hart.

»Mmmh!«, brummte Paul dösig, streichelte ein paar Mal kraftlos über den Schaft, dann drang sein leises Schnarchen an Bens Ohr.

Mist.

In der Absicht, sich selbst zu erlösen, schob Ben die Finger über Pauls Hand. Erste Traumfetzen waberten in sein Bewusstsein, und noch ehe er sich entschieden hatte, ob er Pauls Hand nutzen oder wegschieben sollte, sank er selbst in einen tiefen Schlaf.

46 | GÖTTERDÄMMERUNG

Als Ben erwachte, glaubte er für einige Sekunden, er wäre daheim in seinem Zimmer und Jochen nebenan. Es war stockdunkel, vermutlich mitten in der Nacht. Andere Geräusche. Andere Gerüche. Der nächste Gedanke war, dass er vermutlich im Krankenhaus lag und an einer Infusion hing. Schlaftrunken grapschte er auf der Suche nach dem Triangelgriff ins Leere.

Dann bemerkte er, dass er splitternackt war.

Paul!

Er lag in Pauls Bett!

Ruckartig fuhr er hoch und horchte. Es war mucksmäuschenstill. Kein Atmen. Sicherheitshalber tastete Ben trotzdem über die Landschaft aus Decken und Kissen. Kein Paul. Die Matratze war kühl. Er musste also schon länger weg sein.

Ein mulmiges Gefühl kramte in Bens Magen.

Jochen!

Was, wenn er hier aufgetaucht war! Was, wenn er Paul aus dem Bett gezerrt und ihm etwas angetan hatte?

Hektisch tastete Ben auf der Suche nach einem Lichtschalter über den Nachtkasten. Vergeblich.

Hätte er nicht aufwachen müssen, wenn Jochen Paul gewaltsam …? Vielleicht hatte er ihn erpresst. Wie einst Ines.

Mit wild klopfendem Herzen rutschte Ben aus dem Bett und stolperte in der Dunkelheit über ein paar Bücher und Kleidungsstücke. Die Hände ausgestreckt tastete er sich die Wand entlang bis zur Tür und öffnete sie vorsichtig.

Im Wohnzimmer flackerte bläuliches Licht. Auf leisen Sohlen tappte Ben durch den Flur, alle Sinne geschärft. So sehr es ihn vorwärtsdrängte, so groß war die Angst vor dem, was er gleich entdecken könnte. Sein Herz rumpelte so laut, dass er fürchtete, es würde ihn verraten. Er sammelte allen Mut, hielt den Atem an und – betrat das Wohnzimmer.

Das Erste, was er sah, war Jochen, der todernst in den Raum blickte. Dann entdeckte er im blau flackernden Licht des Fernsehers Paul. Nackt und leblos lag er auf dem Sofa – ein Arm hing bis zum Boden, sein Kopf war zur Seite gedreht und die Augen geschlossen.

Jochens brutaler Blick zog wieder Bens Aufmerksamkeit auf sich. Der Fernseher lieferte geräuschlos Bilder seiner grausamen Visage, dann flackerte ein Foto von Ines über den Bildschirm. Es wurde abgelöst vom Gesicht eines betroffenen Nachrichtensprechers, der beim Reden den Kopf leicht zur Seite neigte. Die nächste Einblendung zeigte eine Unfallstelle mit ein paar schwer bewaffneten Polizisten. Ein Außendienstreporter mit ernster Miene klammerte sich an ein Mikrophon. Rechts oben wurde etwas kleiner wieder Jochens Passfoto eingeblendet, dann, auf der linken Seite, Ines. In der Mitte liefen die nichtssagenden Aufnahmen eines Polizeieinsatzes. Ein Metallsarg wurde aus dem Bild getragen.

Wie paralysiert starrte Ben in den Fernseher und versuchte zu begreifen, was er da sah. Warum wurden die Fotos von Jochen und Ines zu Aufnahmen von einem Verkehrsunfall eingeblendet? Warum tummelten sich schwer bewaffnete Polizisten mit grimmigem Blick zwischen Absperrungen herum? Hatte Jochen etwa *noch* jemanden umgebracht? Wackelige Aufnahmen zeigten einen leblosen Körper zwischen schweren Stiefeln, der mit einer Plane bedeckt war, dann wurde wieder der saubere Metallsarg eingeblendet – dieselbe Sequenz wie vorhin.

Bens Knie wurden weich.

Irgendetwas war passiert.

Ratlos blickte er wieder zu Paul und entdeckte erst jetzt, dass dieser in einer Hand die Fernbedienung und in der anderen sein Telefon hielt. Leise schnarchte er vor sich hin und seine Brust wölbte sich im gleichmäßigen Rhythmus seines Atmens.

Der Anblick verursachte ein warmes Kribbeln. Als Ben wieder zum Fernseher blickte, wankte eine Frau im Hosenanzug auf und ab und zeigte auf Wolken und Sonnen, die überall auf einer Landkarte verstreut waren.

Plötzlich wurde der Bildschirm schwarz und ein Ächzen weckte Bens Aufmerksamkeit. Von der Küche her drang ein wenig Licht – genug, um zu erkennen, dass sich Paul aufsetzte. »Ich wollte dich nicht wecken«, flüsterte er und rieb sich die Schulter. »Du hast so friedlich geschlafen.« Das Display des Telefons leuchtete auf und flirrte durch die Luft. »Halb eins.«

»Oh ...« Ben blickte durch das Fenster hinaus in die nächtliche Stadtlandschaft. Da war er endlich bei Paul zu Hause und verschlief den ganzen Tag.

»Komm her ... setz dich«, einladend klopfte Paul auf den Platz neben sich. »Ich muss dir etwas sagen.«

»Hat es mit Jochen zu tun?« Ben ließ sich ins Sofa sinken und versuchte in dem matten Schein des Küchenlichts Pauls Gesichtsausdruck zu erkennen.

Paul nickte, wandte sich ihm zu und griff nach seiner Hand. Sein Blick war beunruhigend ernst.

»Hat er *noch* jemanden umgebracht?«

»Er ist tot«, sagte Paul geradeheraus.

Ben prustete ungläubig. »Wer?«

»Jochen. Der Vollidiot hat auf bewaffnete Kollegen

geschossen. Elf Kugeln haben sie gebraucht um ihn ... er hat bis zuletzt wie ein Irrer herumgeballert.«

»Jochen ist *tot?*« Die Information war so absurd, dass Ben sie gar nicht richtig fassen konnte. Ebenso gut hätte ihm Paul erklären können, dass ein gewisser Mr. Wong, zweiundvierzig, Bauer in einer südchinesischen Provinz, seine Vorliebe für Milchprodukte entdeckt hatte.

»Wahrscheinlich war er bis obenhin vollgepumpt mit Schmerzmittel«, erklärte Paul. »Sie haben ihn auf die Gerichtsmedizin gebracht. Genaueres werden wir erst nach der Obduktion erfahren.«

»Jochen ist tot?«, wiederholt Ben ungläubig. »Er ist ... nicht mehr am Leben? *Mein* Jochen?«

Paul knetete Bens Hand und blickte ihn besorgt an. »Seit ungefähr zwölf Stunden.«

»Zwölf ...«

»Mittags ... gegen eins ...«

Planlos ließ sich Ben gegen die Lehne des Sofas sinken. Der Metallsarg. Die Leiche auf dem Asphalt, die die wackelige Aufnahme gezeigt hatte – das war Jochen gewesen?

Ben fühlte nichts – als wäre er nicht betroffen, als wäre es nicht sein Bruder, dessen Tod die Medien zelebrierten. Keine Genugtuung, keine Trauer. Mr. Wong und seine neue Leidenschaft für Frischkäse.

»Hat er jemanden ... Ich meine ... wenn er um sich geschossen ... hat er wen erwischt?«

»Ein Kollege wurde in den Oberarm getroffen, zwei weitere erlitten Streifschüsse ... nichts Ernstes.«

Ben nickte. Die Information war genauso ungreifbar wie die über Jochens Tod.

Gottseidank war es dunkel, denn Ben hatte das Gefühl, den falschen Gesichtsausdruck zu haben. Was war der richtige Blick, die richtige Reaktion auf so eine Nachricht? Freude? Trauer? Betroffenheit? Erleichterung?

Als seine Eltern oder Ines gestorben waren, war Ben im ersten Moment auch wie betäubt gewesen und konnte es gar nicht richtig begreifen. Erst als er den Wunsch verspürt hatte, sich jemandem anzuvertrauen, sich mit seinen verstörenden Gefühlen und Gedanken an genau die Person zu wenden, die er eben verloren hatte und begriff, dass er sie nie wieder sehen würde, hatte ihn der Schmerz gepackt. Er würde nie wieder ihr Lachen, ihre Stimme, ihren Blick erleben. Er war allein. Verloren. Von der Welt vergessen. Dem Tier ausgeliefert.

Todesnachrichten kamen stets unerwartet und an jenen seltenen Tagen, an denen irgendwie alles im Lot war und sich die Welt von ihrer gnädigen Seite zeigte. Nie hatte es im Vorfeld einen Hinweis auf eine anstehende Schreckensbotschaft gegeben, nie war es abzusehen gewesen.

Getötet. Sie waren alle getötet worden. Aus dem Leben – aus Bens Leben gerissen.

Wie Jochen. Das letzte Mitglied seiner Familie. Nun war Ben allein. Er hatte überlebt. Er hatte Jochen überlebt. Als Einziger.

Ein leises Flackern kitzelte sein Herz.

Nie wieder. Nie wieder diese verlogene Fratze. Nie wieder mit einem Faustschlag aus dem Schlaf gerissen werden. Nie wieder der säuerliche Gestank seiner haarigen Achsel. Nie wieder verdrehte Ohren, ausgerissene Haare, unerwartete Tritte und Schläge. Kein Spiel mehr. Keine geilen Blicke auf seine Tränen, keine demoralisierenden Monologe, keine Vorwürfe wegen Ines ...

Eine Ahnung von Freiheit öffnete die Türen. Beängstigende Weite erdrückte ihn.

Er würde aufrecht gehen können – und wohin er wollte. Die ganze Welt breitete sich vor ihm aus, tausend Möglichkeiten. Und doch – wie ein Tier, das sein Leben lang in Gefangenschaft gehalten worden war – scheute er diese Macht, diese Chance, diese Grenzenlosigkeit.

Er schluckte das aufkeimende Gefühl von Erleichterung runter. Wenn nicht Jochen es war, den er fürchten musste, wen oder was dann? In seiner bisherigen Lebenslandkarte gab nur einen einzigen Weg: geduckt an Jochen vorbei; und nur einen Erfolg: ihm zu entwischen; jetzt gab es nichts mehr, an dem er sich entlanghangeln konnte.

Vermisste er Jochen?

»Wie geht es dir?«, fragte Paul leise und drückte seine Hand.

»Ich weiß nicht.«

»Komm her.« Paul legte ihm eine Hand in den Nacken und zog ihn zu sich. Dankbar schlang Ben die Arme um ihn und hielt sich an ihm fest.

Paul streichelte ihm über den Rücken, küsste seinen Hals und flüsterte ihm ins Ohr. »Alles wird gut.«

47 | Vertrauen

»Setzt dich schon mal – ich hol noch schnell ein paar Unterlagen«, trällerte die Therapeutin, zeigte einladend zum Sofa und trippelte davon.

Seit einigen Monaten kam Ben nun schon einmal die Woche hierher. Die Räumlichkeiten waren ihm vertraut, sich jedoch allein darin aufzuhalten verunsicherte ihn. Warum brachte ihm seine Therapeutin so viel Vertrauen entgegen, ließ ihn mit all ihren wissenschaftlichen Büchern, Gummibäumen und afrikanischen Masken wie selbstverständlich allein?

Vielleicht hatte sie irgendwo eine Kamera versteckt und verfolgte jetzt von ihrem Büro aus, wie er sich verhielt, wenn er unbeaufsichtigt war. Vielleicht war es ein Test. Ben schaute sich wie beiläufig um und tappte zum Sofa, auf dem er schon Stunden verbracht hatte, um von seiner Kindheit, seiner Zeit mit Jochen und den Problemen mit Paul zu erzählen.

Probleme mit Paul.

Eigentlich war nicht Paul das Problem, sondern die Vergangenheit. Seine. Bens. Sie schlug unerwartet und heftig zu, und dann ...

48 | HÖLLE

Im nüchternen Tonfall und mit einer Menge lateinischer Begriffe, die er auf Pauls Nachfrage hin übersetzte, erklärte der Gerichtsmediziner, was die Obduktion ergeben hatte und was Ben gleich erwarten würde.

Jochen hatte zwei gebrochene Rippen (Claudias Erbe.) Die Bisswunde an seinem Hals hatte sich grässlich entzündet und zu einer Blutvergiftung geführt. Eine höchst schmerzhafte Angelegenheit, betonte der Mediziner, was wohl auch der Grund für die hohe Dosis Schmerzmittel gewesen sein dürfte, die man in seinem Blut gefunden hatte. Unter anderem war sie wohl auch dafür verantwortlich, dass Jochen auf die Schüsse der Kollegen nicht reagiert hatte. Ehe der tödliche Schuss fiel, hatte man versucht, ihn mit Treffern in die Extremitäten außer Gefecht zu setzen. Offensichtlich hatte Jochen seit Tagen nichts zu sich genommen. Verletzungen an Zahnfleisch und Lippen sowie zwei abgebrochene Zähne ließen darauf schließen, dass er mit einem Messer gewaltsam versucht hatte, die Kieferschiene selbst zu entfernen. Wahrscheinlich eine Panikreaktion, man fand Reste von Erbrochenem ...

»Ich glaub, es reicht«, unterbrach Paul die Ausführungen, als er bemerkte, wie blass Ben geworden war.

Dann kam der große Moment. Ben krallte die Finger um Pauls Hand und starrte auf die Tür mit dem Metallbeschlag auf Hüfthöhe. Vor sieben Jahren hatte er schon einmal hier gestanden.

Ben war kotzübel, seine Knie zitterten, sein Herz raste, seine Ohren rauschten und ihm wurde schummrig. Alles in ihm sträubte sich dagegen, diesen Raum zu betreten. So felsenfest er vor der Fahrt hierher noch überzeugt gewesen war, die Besichtigung zu packen – jetzt wollte er einfach nur weglaufen, sich verkriechen und nie wieder etwas von diesem Wahnsinn hören oder sehen.

Aber *seinetwegen* waren sie hier. *Er* hatte darauf bestanden, Jochen zu sehen, jetzt konnte er doch nicht kneifen.

Feigling. Memme. Jammerlappen.

Der Mediziner schlurfte voraus und öffnete die Tür. Das kalte Licht der Neonröhren reflektierte von den weißen Fliesen und den gebürsteten Metallfronten der Kühlkammern. Mit routiniertem Griff zog der Mediziner eine Bahre aus einem der quadratischen Fächer.

Ines.

Im nächsten Moment fand sich Ben auf den Fliesen kniend wieder, fremde Arme unter den Achseln, ein warmer Körper im Rücken. Er befand sich noch im Fall. Ein schmerzerfülltes Ächzen pustete direkt in sein Ohr, dann dumpfes Nichts, Stimmen von weit her. Als er wieder zu sich kam, umfing ihn gelbliches Licht. Seine Füße schleiften über den Boden und die Schultern schmerzten vom eigenen Gewicht. Er hing zwischen Paul und dem Mediziner, die auf ein paar Sitzplätze an der Wand zusteuerten. Mühsam trat Ben mit den Sohlen auf, um selbst zu gehen, doch seine Knie wollten ihn nicht tragen.

Kaum saß er auf einem der Stühle, mutierte Ben zu einem kleinen Kind. Als wäre der Erwachsene weggebrochen, hätte sich einfach abgewandt und ihn sich selbst überlassen in einer viel zu großen Welt, begann Ben laut zu heulen. Von ganz weit weg, als wäre er ein Unbeteiligter, der am anderen Ende des Flurs stand, beobachtete er seinen peinlichen Zusammenbruch und wollte nichts mit diesem jämmerlichen Menschen zu tun haben. Hätte er gekonnt, wäre er in die andere Richtung davonmarschiert.

Irgendwann beruhigte er sich und Paul fuhr mit ihm nach Hause, wo Claudia bereits auf sie wartete. Vermutlich hatte Paul sie angerufen. Wie liebende Eltern ein krankes Kind umsorgten sie ihn, sprachen mit sanfter Stimme tröstende Worte, brachten ihn zu Bett, stellten ihm Tee und Kekse hin. Claudia gab Ben Beruhigungsmittel, die er ohne Widerspruch schluckte und nachdem sie sich verabschiedet hatte, legte sich Paul zu ihm, drückte ihn behutsam an sich und schlang Arme und Beine um ihn. Während Ben stumme Tränen aus den Augenwinkeln liefen, schlief er ein.

Ben schreckte aus dem Schlaf. Jochen. Er war hier in der Wohnung. Behutsam wand sich Ben aus Pauls Armen und schlich durch den Flur. Noch ehe er das Wohnzimmer erreicht hatte, wusste er, dass der Arsch Claudia erwischt hatte. Als er das Wohnzimmer betrat, sah er Jochen, der sich wie ein Tier durch den Raum bewegte, schnaufend, zischend, die Polizeiuniform voller Blut. Die Finger in Claudias Haar gekrallt hielt er ihren Kopf wie eine Bowlingkugel und schleifte ihren leblosen Körper mit sich. Er hob das Kinn, schnupperte als wittere er ein neues Opfer und drehte sich langsam zu Ben herum. Mit einem rabiaten Schnauben ließ er Claudias Kopf los, der dumpf auf das Parkett prallte. Das schreckliche Geräusch ... Ben schrie auf, doch die Welt verschluckte seine Stimme. Wie verrückt sprintete er zurück ins Schlafzimmer, sprang ins Bett, rüttelte Paul an der Schulter und tappte in die warme Nässe dunkelroten Blutes, mit dem die Matratze, die Bettdecke und Pauls Kleidung vollgesogen war.

›Paul!‹, schrie Ben ...

... und lag plötzlich in seinen Armen.

»Schschsch, alles ist gut.« Paul drückte ihn an sich und streichelte ihm über den Kopf. »Das war nur ein Traum.«

»Aber das viele ... Claudia ...«, brabbelte Ben panisch, dann begriff er, dass er sich wieder in der Welt ohne Jochen befand. Erleichtert klammerte er sich an Paul und erstarrte. Scham prasselte wie eiskalter Regen in seinen Körper. Warm und nass klebten Hose und Shirt an seinem Bauch. Entsetzt wand sich Ben aus Pauls Armen und krabbelte rückwärts, bis er aus dem Bett fiel.

»Kein Drama«, murmelte Paul beruhigend und blickte an sich runter. Ben hatte ihn voll erwischt. Shirt, Pants, Beine, Matratze, Bettdecke, alles nass.

Du hast Paul angepinkelt. In seinem eigenen Bett. Während er dich gehalten hat!

Ben geriet in Panik, sprang hoch und rannte planlos ins Wohnzimmer. Flashback: Claudias Schädel rumpelte über den Boden. Gehetzt kehrte Ben um. Paul. Er stand ihm Gegenüber, kam auf ihn zu.

Hektisch stürzte Ben ins Bad und versuchte verzweifelt, hinter sich abzuschließen, doch die Finger zitterten und fühlten sich an wie erfroren.

»Es ist doch nichts passiert«, sagte Paul sanft, drückte die Tür auf und kam herein.

Natürlich ist etwas passiert.

T-Shirt und Pants klebten vollgesogen an Pauls Körper und die Schenkel waren bis zu den Knien nass. Beschämt schaute Ben zu Boden. Das Gewicht seines Blickes wog so schwer, zog Kopf und Schultern mit sich. Ihm war, als würden aus Pauls Augen Sonnen stechen, ihn verstrahlen, versengen, verurteilen, verbrennen.

»Hey, mach dir keinen Kopf deswegen«, flüsterte Paul tröstend und legte Ben eine Hand in den Nacken. »Alles halb so wild.«

Ben zuckte erschrocken, dann verspannte er sich am ganzen Körper. Ihm war, als hätte sich die Zeit geteilt, als befänden sich zwei Welten wie durchsichtige Schablonen übereinander. In der einen Paul, der ihn zärtlich anfasste und versuchte, ihn zu trösten; in der anderen Jochen, der ihn in die Badewanne rempelte, seinen Kopf an den Haaren zurückriss, und ihm mit der Brause minutenlang eiskaltes Wasser ins Gesicht spritzte.

»Es ist nur ein bisschen Körperflüssigkeit«, summte Paul sanft an seinem Ohr. »Und ich mag deine Körperflüssigkeiten.«

Durch Bens hysterische Gedanken ging ein Riss. *Was?* Es wurde leiser in seinem Kopf und die Muskeln ließen ein bisschen locker.

»Ich mag alles an dir«, säuselte Paul weiter und küsste Bens Ohr. »Alles.«

Wie meinte er das? Er mochte Bens ... Pisse? Ben fiel das Gespräch im Krankenhauspark ein. Wie hatte Paul es genannt? Urophilie? Die *kranken Wichser* hätten ihm *Schlimmeres* abverlangt?

Bens Atem wurde ruhiger. Er löste sich aus der Umarmung und wischte sich die Tränen von den Wangen.

»Alles gut?«, fragte Paul und Ben nickte mit gesenktem Blick. »Dann lass uns duschen.«

Mit zärtlicher Hingabe, als wäre es ein heiliger Akt, seifte Paul ihn ein und massierte ihm mit warmem Wasser und geschickten Händen den Stress aus dem Körper. Danach tupfte er Ben mit einem weichen Handtuch so vorsichtig trocken, als bestünde seine Haut aus Blütenblättern. Das war keine simple Dusche, sondern ein sinnliches Erlebnis.

Doch Ben sah in der liebevollen Zuwendung nur den Beweis, dass Paul ihn für einen hilflosen dummen Jungen hielt, zurückgeblieben, zu blöd, sich selbst zu waschen.

Scham verbat ihm, den Mund aufzumachen und er wich weiterhin Pauls Blicken aus. Auf leisen Sohlen schlich er durch die Wohnung und zog stillschweigend das Bett ab. Als Paul ihm den Wäscheberg abnahm, um ihn in die Waschmaschine zu stopfen, blieb Ben mit brennenden Ohren neben ihm stehen und wartete auf die längst fällige Standpauke.

»Ich habe nachgedacht«, sagte Paul und begann die Küchenschränke zu durchsuchen. Jedes Mal, wenn er an Ben vorbeikam, küsste er ihn auf die Wange oder den Nacken. »Über die Zukunft.«

Ben wurde heiß. *Zukunft?* Eine Zukunft *ohne* ihn?

»Selbstverteidigungskurse«, Paul klaubte Nahrungsmittel aus dem Kühlschrank. »Ich habe mit Walter darüber gesprochen und ... naja ... er meinte, so ein richtiges Angebot fehlt in dieser Stadt noch.«

Ratlos blickte Ben auf die Sachen, die Paul auf der Arbeitsfläche zusammenstellte. Milch. Käse. Orangensaft ...

»Natürlich erst, nachdem die Schulter ganz verheilt ist« Paul wandte sich fröhlich an Ben. »Mir schwebt da so eine Idee vor: *Reha fürs Selbstvertrauen.* Zusammen mit Claudia. Für Opfer von Mobbing, Gewalt, beschissenen Familienverhältnissen ... Leute wie dich ... oder mich früher ... Ich zeige ihnen ihre körperlichen Stärken und Claudia bringt sie seelisch wieder auf Vordermann. Was meinst du?«

Ben verglühte.

Menschen wie dich. Opfer. Bettnässer. Zurückgebliebene.

Tränen brannten in seinen Augen, machten seinen Blick verschwommen, zitterten auf seinen Wimpern.

Sie. Die Minderwertigen. Die Kaputten. Die Verlierer. Die mageren, kraftlosen Opfer, ohne Stolz und Würde.

»Was hast du? Hab ich etwas Falsches gesagt?« Betroffen legte Paul ihm eine Hand in den Nacken und versuchte, einen Blick zu erhaschen.

Unfähig, etwas zu sagen, ihn anzublicken, schüttelte Ben den Kopf. Die Tränen regneten direkt zu Boden.

»Machst du dich noch immer wegen vorhin fertig?«

Volltreffer!

Paul neigte den Kopf, um Ben direkt in die Augen sehen zu können. »Ich hab dir doch gesagt ...«

»Ich bin jämmerlicher Abschaum, Dreck ...«, würgte Ben kläglich hervor und wandte das Gesicht ab. »Du kannst mich ... du kannst mich unmöglich ...«

»Stopp, Stopp, Stopp, was redest du denn da?«

»Ich bin ekelig ...«

»Das ist doch völliger Unsinn, Ben. Du bist nicht jämmerlich, du bist kein Abschaum und schon gar kein Dreck! Meine Güte! So etwas will ich gar nicht hören!«

»Wie kannst du mich nur mögen ... Du bist so schön und mutig und ... perfekt ... und ich bin Nichts ... ein dürres Stück Scheiße ...«

»Ein dürres Stück Scheiße, ja?« Paul ließ ihn los und wankte einen Schritt zurück. Seine Stimme wurde hart. »Aber *mich* hältst du für mutig und perfekt, ja?«

Vorsichtig glupschte Ben ihn an – erstmals, seit dem Malheur –, und nickte scheu.

»Willst du wissen, was für ein *perfekter, mutiger* Mann vor dir steht?« Das Gesicht zu einer bitteren Miene verzogen, funkelte Paul ihn finster an. »Willst du das *wirklich* wissen?«

Ben schluckte. So kalt hatte er Paul noch nie erlebt.

Mit dem ausgestreckten Zeigefinger hämmerte sich Paul gegen die Brust. »Dieser *perfekte, mutige* Mann hier ist so *verdammt mutig* und so *verdammt perfekt*, dass er sich für jeden Funken Schwäche bis auf den Tod verachtet hat und Schwulsein war für ihn das Sinnbild von Schwäche.«

Er schnaubte verächtlich. »Du denkst, du bist jämmerlich? Du denkst, du bist Abschaum? Ich sag dir, was jämmerlicher Abschaum ist: wenn der einzige Grund, Sex zu haben, blinder Hass auf dich selbst und deine Scheißschwäche ist. Wenn du Sex suchst, um deine Aggressionen und deinen Frust abbauen und jemanden demütigen zu können. Dafür wählst du ein psychopathisches Arschloch, stärker als du selbst, völlig abgedreht, das du in den Staub drücken kannst, bezwingen. Aber du weißt von vornherein, dass du den Kürzeren ziehen wirst und wenn das Martyrium vorbei ist, du dich auf dem Boden windest wie ein elender Wurm, blutend, verquollen, vor Schmerzen kotzend, und das Arschloch, das dir die Würde und den letzten Stolz geraubt hat, dir zum Abschied auch noch auf den Kopf pisst ...« Voller Abscheu verzog Paul das Gesicht. »... fühlst du dich vollständig, vertraut, angekommen. Das bist du, denn wie sehr du dich auch gegen diese Einsicht wehrst, du bist nun mal ein Opfer – und du kannst es – dich – nur akzeptieren, wenn dich gerade ein Tier zerrissen hat ...«

Geschockt starrte Ben ihn an.

»Du hast das verdient«, fuhr Paul mit harter Stimme fort. »Denn so sind schlechte Menschen nun mal, so etwas machen schlechte Menschen eben und du bist ein schlechter Mensch. Das hast du die ganze Kindheit hindurch gehört, also muss es stimmen.« Er grinste bitter. »Alle anderen können dich für einen guten Polizisten oder einen netten Menschen halten, aber das geht dir am Arsch vorbei, es ist dir scheißegal, denn du bist und bleibst davon überzeugt, Abschaum zu sein, Dreck, ein Stück Scheiße, wie du so schön sagst. Du spürst dich nicht, außer du ziehst los und suchst ein Tier, das dich an deine Grenzen bringt.«

Paul blickte Ben herausfordernd an. »*Das* ist dein *perfekter, mutiger* Mann. Wenn *du* Abschaum bist, wenn *du* ein Stück Scheiße bist, was bin dann *ich?*«

Bens Lippen zuckten, aber er fand keine Worte. Er wagte kaum, zu atmen.

Plötzlich stiegen in Pauls Augen Tränen hoch. »Mach so weiter. Zieh dir weiter all die Dinge an, die dir Jochen hingeworfen hat, glaube ihm, rechtfertige die Scheiße, die er dir angetan hat, weil du es verdient hast, weil du jämmerlich bist, weil es ein Verbrechen ist, fertig zu sein, zu leiden. Hass dich, verurteile dich, verzeih dir nichts, und misstraue dem Glück, misstraue allen, die dir mit Liebe und in Freundschaft begegnen. Dann hast du es nämlich bald geschafft! Dann *bist* du ein Stück Scheiße, jämmerlicher Abschaum, so abgestumpft, so kaputt, dass du dich nur noch spüren kannst, wenn du über deine Grenzen gehst.«

Pauls Mundwinkel bebten. »Vielleicht musst du diese Erfahrung ja machen – dann los, mach sie, was ich sage oder fühle ist für dich sowieso irrelevant.« Als er sich umdrehte, um die Küche zu verlassen, kullerte eine Träne über seine Wange.

Wie betäubt stand Ben da, den Kopf voller grausamer Bilder von Paul, wie sie ihn stets in den Albträumen quälten. Sein Herz hämmerte panisch und seine Knie zitterten.

Zwei Minuten später stand Paul in seinen Laufsachen in der Küchentür.

Es ist nicht irrelevant, was du sagst oder fühlst, rief Ben ihm mit flehenden Blicken zu. Seine Kehle war wie zugeschnürt.

»Bin laufen«, murmelte Paul ohne ihn anzusehen. Sekunden später fiel die Tür ins Schloss.

Eine halbe Ewigkeit blieb Ben wie versteinert in der Küche stehen, hörte dem Schleudern der Waschmaschine zu, starrte auf die Teller und Nahrungsmittel, die Paul offenbar für ein Frühstück herausgestellt hatte.

Was ich sage oder fühle, ist für dich irrelevant.

War das so? Ben dachte an die Dusche, wie zärtlich Paul ihn gewaschen hatte. Wie oft hatte Paul ihm gesagt, ihn würde nicht stören, dass Ben ihn angepisst hatte? Wie deutlich hatte er ihm gezeigt, dass er ihn ganz und gar nicht ekelig fand? Und hatte Ben ihm geglaubt? Hatte er ihm zugehört? Hatte er irgendetwas davon an sich herangelassen?

Nein.

Er hatte Jochen zugehört. Dem toten Psychopathen.

Bau keinen Scheiß, hörte er die warnende Stimme des Sicherheitsmannes.

Jetzt hatte Ben Scheiße gebaut. Jochen hatte recht, er war ein jämmerliches Stück Schei...

Verdammt.

Durfte Paul mit seinen Verletzungen überhaupt schon Laufen? Unruhig rannte Ben auf und ab. Was, wenn ein Blutgerinnsel ... wenn er einen Schwächeanfall ... wenn ... Sollte er ihm hinterherlaufen? Sollte er Claudia anrufen?

Sie haben ihm auf den Kopf gepisst?

Ben schüttelte den Kopf.

Kranke Wichser.

Was ich sage oder fühle, ist für dich irrelevant.

Bau keinen Scheiß.

Du bist jämmerlicher Abschaum.

Plötzlich bahnte sich eine unsägliche Aggression den Weg durch Bens Adern, brannte in seinen Organen, jagte seinen Puls hoch, hämmerte in seinem Kopf.

Atemlos vor Wut und Verzweiflung stürzte er ins Wohnzimmer, ließ einen Schrei los und trat mit voller Wucht gegen das Sofa, sodass es durch den halben Raum schlitterte.

»SCHEISS WELT!«, schrie er aus vollem Hals und begann wie verrückt auf das Möbelstück einzuprügeln. »SCHEISS WELT!« Zorn, Machtlosigkeit und schierer Hass drohten ihn zu zerreißen. »SCHEISSE! SCHEISSE! SCHEISSE! SCHEISSE!« Kopflos rannte er ins Schlafzimmer, sah das abgezogene Bett mit dem nassen Fleck auf der nackten Matratze, roch den so vertrauten und verhassten Geruch seines Urins und wusste plötzlich nicht mehr, was er dort wollte. Die Wut verwandelte sich in Scham. Planlos drehte sich Ben im Kreis, keuchte von der Anstrengung, seine Knie begannen zu schlottern und er war kurz davor, sich einfach auf den Boden fallen zu lassen. Tot stellen. Das hatte ihn doch so oft gerettet.

Jammerlappen. Schwächling. Opfer.

Ben ballte die Fäuste, knurrte, trat gegen das Bett, verknackste sich schmerzhaft einen Zeh, sodass er aufjaulte, und wollte vor Wut über sich platzen. »ICH HASSE DICH!«, schrie er und meinte sich selbst, rammte eine Faust gegen die Wand, winselte vor Schmerz auf. Wieso konnten *andere* das? Warum konnten *andere* um sich treten und schlagen, ohne sich zu verletzen? Warum konnten *sie* fangen? Warum konnten *sie* ... alles und *er* nichts?

Paul kommt nicht zurück!, schoss es Ben durch den Kopf.

Schnaufend, sich die schmerzende Hand reibend,

blind vor Tränen, humpelte Ben wieder ins Wohnzimmer und fand Pauls Telefon auf dem Tisch liegen. Kraftlos grapschte er danach, ließ sich auf die Knie plumpsen und wählte Claudias Nummer.

Alles, was er hervorbrachte, war: »Hilfe.«

49 | REKONVALESZENT

Das Schloss der Wohnungstür schepperte, dann sprang die Tür auf. Stöckel klapperten, Gummisohlen quietschten.

»Ben!«, rief Paul atemlos.

Völlig erschöpft hatte sich Ben an Ort und Stelle neben dem Wohnzimmertisch auf dem Boden zusammengerollt.

»Ben«, wisperte Paul besorgt und kniete sich neben ihn.

Schluchzend richtete sich Ben auf und warf sich ihm an den Hals. »Es ... *ist* ... relevant ...«, wimmerte er.

»Ich weiß.« Paul schlang die Arme so fest um ihn, dass er fast keine Luft bekam. »Es tut mir leid ...«

»Ich liebe dich«, winselte Ben.

Ein tiefes, erleichtertes, beruhigendes Seufzen dehnte Pauls Brust. »Ich liebe dich auch.«

»Na, dann hätten wir das zumindest mal geklärt«, murmelte Claudia, warf Handtasche und Schlüssel auf den Tisch, streifte die Stöckelschuhe von den Fersen und tappte barfuß zum verschobenen Sofa. Stöhnend ließ sie sich hineinfallen, wählte eine Nummer am Telefon und sagte zu einer Person am anderen Ende der Leitung: »Falscher Alarm. Nein, alles in Ordnung. Ja, ich bin mir sicher! Danke!« Sie schleuderte das Handy auf die Sitzfläche und rieb sich die Schläfen.

»Ich wollte mir nichts antun«, erklärte Ben betroffen. Auf die Idee, dass Claudia in seinen Hilferuf einen Suizidversuch hineininterpretieren könnte, war er nicht gekommen.

Als sie dann in die Wohnsiedlung gefahren war, hatte sie auch noch Paul vornübergebeugt am Gehweg vorgefunden, keuchend, die Faust in die Seite gestemmt. »Du rekonvaleszenter Vollidiot joggst, während sich dein Liebster die Pulsadern aufschneidet?«, hatte sie ihn angeschrien und Paul damit zu Tode erschreckt.

Das mangelnde psychologische Feingefühl erklärte sie nun mit geschwisterlicher Fürsorge. »Du hättest dazusagen können, dass du Hilfe beim *Möbelverrücken* brauchst«, sagte Claudia in Bens Richtung und blickte dann streng zwischen ihm und Paul hin und her. »Was ist los. Warum joggst *du* mit einer frischen Schusswunde und einer Kopfverletzung in der Sommerhitze herum – und warum stellst *du* die halbe Wohnung um und liegst heulend am Boden? Und warum seht *ihr beide* aus, als hätte man euch mit Tränengas besprüht?«

Den Kopf schüttelnd senkte Paul den Blick und knetete Bens Finger.

»Dass ich von dir nichts rauskriege, ist mir klar ...«, grummelte Claudia und wandte sich an Ben. »Was ist mit dir? Du hast mich angerufen. Erfahre ich, wieso?«

»Angst«, presste Ben nach einer Ewigkeit hervor.

»Und wovor?«

Allem.

»Mir«, sagte Paul und blickte Claudia kühl an. »Vor *mir* hat er Angst.«

Entsetzt fuhr Ben zu ihm herum. »Nein ... nein ... nicht vor *dir* ...«

Paul bedachte ihn mit einem sanften Blick. »Doch. Ich hab ... ich bin ...«, er schloss die Augen, seufzte mutlos und stand auf. »Ich kann das nicht.«

»Setzen!«, fuhr Claudia ihn so scharf an, dass er zuckte und wie automatisch neben Ben aufs Sofa sank. »Du bleibst hier, bis ich herausgefunden habe, warum *ich* hier bin!«

»Ich hatte Angst, dass er nicht wiederkommt«, gestand Ben schuldbewusst.

Überrascht wandte sich Paul ihm zu. »Aber wieso ...?«

»Ich weiß nicht«, nuschelte Ben und blinzelte eine Träne auf seine Hand. »Du bist ... nicht gesund.«

Claudias Augenbrauen schnellten hoch. »Na? Das klingt doch vernünftig, oder Paul? Möchtest du mir jetzt erzählen, warum du weggerannt bist?«

»Ich bin nicht ...« Paul seufzte genervt, presste die Lippen zusammen und verfiel in Schweigen.

»Ben? Hast du eine Idee?«, fragte Claudia gespielt gelangweilt.

»Wir haben gestritten.«

»Wir haben nicht gestritten«, widersprach Paul. »Ich hab dich zur Sau gemacht.«

Ben klappte den Mund auf und zu.

»Die Sache heute Morgen ... deine Panik ... ich konnte nicht mit ansehen, wie du dich selbst ... Ich dachte, wenn ich ...« Paul schnaubte frustriert und warf Claudia einen trägen Blick zu. »Du hast gewonnen, Frau Psychologin. Ich bin unfähig ... Ich bin ... Ich werde es vermasseln.«

Vermasseln? Panisch glupschte Ben ihn an. *Was vermasseln?*

Claudia seufzte träge, lehnte sich vor und stützte die Ellenbogen auf ihre Knie. »Die Frau Psycho*therapeutin* hat niemals gesagt, dass du unfähig bist oder es vermasseln wirst. Sie hat gesagt: So gut dir Ben auch tut und so wunderbar er für dich ist, er ist kein Therapeut und kein Müllschlucker. Du hast einen Haufen Probleme, die du in den Griff bekommen solltest – in einer Therapie. Zugegeben: Ich habe vorausgesehen, dass wir früher oder später hier zusammensitzen werden, weil ihr die Wände hochrennt. Werte das also als: *Ja, Claudia, du hast recht, ich bin zwar ein verdammt taffer Held und ein unerschütterlicher Krieger, aber ich sehe ein, dass auch ich mal Hilfe benötige.*« Sie lehnte sich zurück. »Es ist keine Schande. Es ist kein Zeichen von Schwäche. Aber auch das sage ich dir nicht zum ersten Mal.« Dann blickte sie Ben fragend an. »Welche *Sache heute Morgen?*«

Ben wurde heiß. *Ich hab ins Bett gemacht.* Vor Scham wurde ihm schlecht und der Raum begann sich zu drehen.

»Das geht dich nichts an«, sagte Paul energisch. »Das ist eine Sache zwischen ihm und mir.« Dankbar lehnte sich Ben an ihn und drückte die Nase gegen seine Schulter.

Claudia musterte beide nachdenklich. »Okay. Das akzeptiere ich.« An Ben gewandt: »Was ich Paul eben gesagt habe, gilt übrigens auch für dich. Du solltest nach all dem eine Therapie machen.«

Betreten nickend starrte Ben auf die Fugen im Parkett. Paul neben ihm schwieg ebenfalls angestrengt. Claudia würde von der Brücke erfahren. Sie würde erfahren, dass ihr Bruder sich hatte umbringen wollen. Sie würde vom Bettnässen erfahren. Wusste sie, dass Paul ... wie er an seine Grenzen gegangen war?

»Nicht bei mir«, sagte Claudia nach ein paar Minuten des Schweigens, als hätte sie Bens Bedenken erraten. »Ich empfehle euch Kollegen, wenn ihr wollt.«

Interessiert hob Ben den Blick.

»Paul« Claudia musterte ihren Bruder zärtlich. »Ich liebe dich und habe immer zu dir aufgesehen. Sogar, als du jeden Kontakt zu mir abgebrochen hast.«

Paul warf ihr unter den Wimpern hervor einen stechenden Blick zu.

»Mein Gerede von wegen Aufarbeiten, Akzeptieren statt Verdrängen – du hast es gehasst – du hasst es noch heute. Du denkst, dass du die ganze Scheiße verdient hast, die passiert ist. Aber das stimmt nicht. Was du verdient hast, sitzt jetzt neben dir und liebt dich über alles. Ben sieht den wunderbaren Kerl, der du bist und den auch ich immer in dir gesehen habe.«

»Ja«, flüsterte Ben und funkelte Paul verliebt an.

Der mahlte mit dem Kiefer und stierte zu Boden.

»Ich habe gesehen, wie du dich im letzten halben Jahr verändert hast«, fuhr Claudia fort. »Und so, wie ich dich kenne, erwartest du jetzt von dir, dass du den Mist der letzten Jahre – schwupp – einfach so ablegen kannst wie alte Unterhosen – so wie zuvor deine Kindheit.«

Paul schnaubte und presste die Lippen zu einem Strich.

»Das funktioniert nicht und insgeheim weißt du das auch. Du *brauchst* deine Vergangenheit. Für dich. Für Ben.«

Unruhig rückte Paul hin und her und schüttelte den Kopf. Er rang mit sich, atmete unregelmäßig, verspannte sich.

»Er braucht einen Menschen, Paul, keinen Soldaten. Ich glaube nicht, dass Ben erwartet, dass du *perfekt* bist ...«

Ben wurde heiß. *Perfekt.* Das Wort hatte Paul auf die Palme gebracht. Auch jetzt ging ein Ruck durch ihn und er warf Ben einen betretenen Blick aus dem Augenwinkel zu. Plötzlich erhellte sich seine verkrampfte Miene, als wäre ihm etwas klar geworden. Sein Blick wurde sanft, bedauernd – und jagte Bens Herzschlag in die Höhe.

»Ihr seid auf ähnliche Weise kaputt. Das ist eure

Chance«, behauptete Claudia.

Verwundert fuhren Ben und Paul zu ihr herum.

»Ich versteht, was der andere durchmacht. Ihr kennt das von euch selbst. Abgesehen von Liebe und Sex habt ihr einander eine Menge zu bieten, das werdet ihr noch merken ... vielleicht wisst ihr es auch schon.« Sie runzelte warnend die Stirn. »Aber wenn ihr nicht aufpasst, seid ihr zu sehr damit beschäftigt, eure Rucksäcke zu schleppen, statt gemeinsam das Glück zu entdecken.«

Gemeinsam das Glück entdecken ... Ben kribbelte der Bauch.

»Okay«, presste Paul hervor.

»Okay *was?*«

»Okay ich denke darüber nach.«

Ergeben blickte Claudia zur Decke und seufzte dankbar. »Na endlich!« Dann straffte sie die Schultern und klatschte in die Hände. »So. Die Stunde ist um. Macht hundertzwanzig Euro. Nächste Woche, selbe Zeit?«

»Was?« Ben glupschte sie perplex an.

Sie erhob sich lachend und zwinkerte. »Genieß die Versöhnung.«

Kaum fiel die Tür hinter ihr ins Schloss, hatte Ben Pauls Zunge im Mund. Stürmisch küssend drückte er Ben tief ins Sofa, riss sich rasch das Shirt vom Leib und schob Bens hoch bis zum Hals. Mit wilder Gier schnappte er nach Bens Nippel, bedeckte Brust und Bauch mit unzähligen Küssen und zärtlichen Bissen.

Noch ehe Ben realisierte, dass Paul ihm die Hosen runtergezogen hatte, wurde sein Schwanz von warmer Feuchte umschlossen. Überwältigt bäumte sich Ben auf und starrte an sich runter. Paul entließ ihn langsam aus seinem Mund, betrachtete die nass glänzende Erektion, als überlegte er, was er mit ihr anstellen wollte, und umspielte schließlich mit flatternder Zunge die Eichel. Er drückte einen Kuss auf die Spitze, öffnete den Mund und glitt mit weichen Lippen wieder über den Schaft abwärts, bis seine Nase die Locken am Schambein streifte.

Stöhnend warf Ben den Kopf in den Nacken. Die Ekstase brandete süß quälend über seine Schenkel hoch. Paul packte ihn an den Hüften und lutschte und saugte ihn immer intensiver. Bebend vor Lust krallte sich Ben ins Sofa, die Energie ballte sich immer fester in seinem Zentrum zusammen, und dann – endlich – platzte sie wie die Kapsel einer Pflanze und aus ihr strömten Wärme und Licht vom Bauch bis in den letzten Winkel seines Verstandes. In mehreren Stößen entlud er sich in Pauls Mund, schauderte, und eine heftige Gänsehaut prickelte über seinen Körper.

Während der Orgasmus in seichten Wellen verebbte, küsste Paul über Bauch und Brust hoch, schlang Arme und Beine um Ben und schnappte spielerisch sanft nach seinen Lippen.

»Ich liebe dich«, flüsterte er dicht an Bens Ohr. »Heute mehr als gestern.« Zärtlich stupste er Ben mit der Nasenspitze und blickte ihn unsicher an. »Du bist der Erste, den ich liebe. Der Erste ...« Seine Mundwinkel bebten, seine Augen füllten sich mit Wasser. »... mit dem *es* Liebe ist.« Um zu verdeutlichen, was er meinte, legte er die Hand über Bens noch pochenden Schwanz. »Ich bin ein kaputter Typ ... Ich liebe dich, aber ich bin ein kaputter Typ.« Er schluckte und versuchte die Tränen wegzudrücken. »Ich bin alles andere perfekt, und ich habe eine Scheißangst ...«, sein Kinn bebte und die Worte blieben ihm im Hals stecken. »... eine Scheißangst ...«, er schloss die Augen und Tränen stürzten von seinen Wimpern. »... dir weh...« Ein gequälter Laut würgte aus seiner Kehle, dann schlang er verzweifelt die Arme um Ben und verbarg das Gesicht an seinem Hals.

»Paul ...«, flüsterte Ben bestürzt und streichelte ihm den Rücken.

Minutenlang rüttelte lautloses Schluchzen Pauls Körper und wie auch anders musste Ben mit ihm mitheulen. Es war mehr als Pauls Traurigkeit, mehr als die harten Worte vorhin und die Panik, die sie ausgelöst hatten. In diesen Minuten schienen sich die Schleusen zu öffnen und all die Anspannung der letzten Tage spülte durch die Tränen aus ihrer Seele. Die Angst um Paul nach dem Schuss und dem Kampf im Krankenhauspark. Der eigenartige Zusammenprall mit Jochen auf der Toilette. Der Glaszylinder mit Ines' Daumen und die Tage in Watte. Das verzweifelte und so tragisch schief gelaufene Wiedersehen im Sanitärraum. Jochens unerwarteter Tod und der misslungene Versuch, seinen Leichnam zu sehen.

Endlich beruhigten sie sich, lagen sich erschöpft vom Gefühlsausbruch in den Armen und hingen schweigend ihren Gedanken nach.

Schließlich hob Paul das Kinn an und blickte Ben in die Augen. »Ich mach's. Therapie. Ich mach's.«

»Ich auch«, sagte Ben.

50 | Küssen mit Blicken

Da saß Ben nun in der mittlerweile vertrauten Praxis und besah sich afrikanische Masken, las interessiert Buchrücken und befühlte mit den Fingerkuppen eine Naht im Sofa.

Stöckelschuhe klapperten, dann kam die Therapeutin auch schon herein. »Lass uns loslegen.« Sie strahlte Ben an, als wäre es das größte Glück ihres Lebens, ihn jetzt hier in ihrer Praxis zu sehen, und schloss die Tür hinter sich. Der Duft ihres süßen Parfums wehte um seine Nase, als sie sich ihm gegenüber auf einen Stuhl setzte. »Wie geht's dir heute?«

Ben zuckte mit den Schultern.

»Mhm.« Ihr Blick kippte zu den Unterlagen auf ihrem Schoß. »Ich hab hier stehen, dass du vergangene Woche Geburtstag hattest.«

»Den Zweiundzwanzigsten.«

»Und?«, erwartungsvoll strahlte sie ihn an. »Wie hast du den Tag verbracht?«

Ben zuckte abermals mit den Schultern.

»Okay ...« Sie legte die Unterlagen auf ein Tischchen neben dem Stuhl und lächelte entschlossen. »Erzähl mir davon.«

»Was ich gemacht habe?«

»Zum Beispiel. Oder wie du dich gefühlt hast. Ob es ein guter oder ein schlechter Tag war.« Sie lehnte sich zurück und schlug die Beine übereinander. »Was immer du willst.« Der Schuh löste sich von ihrer Ferse und baumelte am großen Zeh.

»Okay ...«, begann Ben und streichelte die Naht des Sofas. Irgendwie beruhigte ihn das und machte ihm das

Reden leichter. »Direkt nach dem Aufwachen hat Paul ... haben wir ... ähm ...« Seine Ohren begannen zu glühen.

»Ihr hattet Sex?«

Ben nickte.

»War's gut? War es etwas *Besonderes*? Eines Geburtstags würdig?«

Überrascht glupschte Ben sie an, dann zwang sich ein schiefes Grinsen in sein Gesicht. »Ja.«

Sie lächelte. »Wunderbar.«

»Ja.« Bens Bauch und Hoden begannen zu kribbeln. Der Augenblick war auf einmal so nah, als er tief in Paul innegehalten und sie sich angesehen hatten – so intensiv, so unglaublich intensiv – während sich Pauls Muskel fest um seinen Schwanz gezurrt ... »Küssen mit Blicken«, murmelte Ben gedankenverloren. »Es war küssen mit Blicken.«

Paul liebte diesen Ausdruck.

Irgendwann hatte Ben ihm von Sven erzählt. Den blonden Sven mit seinem immer kaputten Moped. Fast jeden zweiten Tag hatte er wegen irgendeines Defekts in der Werkstatt gestanden, bis Kai Ben im Scherz unterstellt hatte, er würde das Moped mit Absicht sabotieren.

»Damit du den schönen Sven wiedersehen kannst.«

Ben, siebzehn, unschuldig, ehrlich, naiv, war bis ins Mark erschüttert und zutiefst bestürzt über diese Unterstellung.

»Vielleicht sabotiert *Sven* ja das Moped«, meinte Lena augenzwinkernd, als Ben sich ihr anvertraute.

Ein Gedanke, der Bens Knie weich werden ließ und als Sven das nächste Mal in der Werkstatt auftauchte ... Sie waren beide zu feig, über etwas anderes als das Moped zu sprechen, aber die Blicke, die sie sich zuwarfen ...

Ben hatte sie als ›Küssen mit Blicken‹ beschrieben

und Paul war davon total ergriffen gewesen. Das Bild schien ihn nicht mehr loszulassen und Tage später gestand er: »Das will ich auch.«

Aber er konnte nicht.

So, wie er nicht genießen konnte, wenn Ben ihn zur Abwechslung liebevoll waschen oder zärtlich trockentupfen wollte. Zwar stellte er sich mit entschlossener Begeisterung darauf ein, doch schon nach wenigen Sekunden ertrug er es nicht mehr. Als müsste er zur Zärtlichkeit einen Ausgleich schaffen, schrubbte er sich dann grob oder rubbelte sich brutal trocken.

Beim Sex war es nicht viel anders. Er konnte sich stundenlang um Ben kümmern, ihn sinnlich verwöhnen, ihm den erotischen Himmel auf Erden bereiten. Aber wenn Ben ihn verwöhnen wollte, verlor er rasch die Geduld und wollte einfach nur rasch zum Höhepunkt kommen. Wenn sie miteinander schliefen, ließ er sich Zeit, war wundervoll und zärtlich bis Ben kam. Dann besorgte er es sich eilig, nicht selten grob, selbst.

Danach war er jedes Mal frustriert. Es quälte ihn. Es machte ihn fertig.

»Zwingen Sie sich nicht, sondern genießen Sie es, so lange es sich gut anfühlt«, riet ihm sein Therapeut, aber Pauls Wille kämpfte gegen seine Bedürfnisse. Wie immer. Und Geduld war nicht seine Stärke.

Sven war damals fast zeitgleich mit dem Moped verunglückt, als Lena ihren missglückten Suizidversuch unternommen hatte. Zufall? Pech? Mittlerweile war sich Ben nicht mehr sicher. *Die Liebe und ein Mädchen.* Das ergab ein Muster. Vielleicht hätte auch Claudia dran glauben müssen, weil Ben Paul liebte.

Aber Jochen war tot. *Tot.* TOT. *Aas. Wurmfutter. Erde. Staub.*

»Ben?«, die Therapeutin schnippte mit den Fingern.

Er zuckte hoch.

»Küssen mit Blicken«, erinnerte sie ihn.

»Ja.« Zu Bens Geburtstag hatte es erstmals und völlig unerwartet geklappt. Minutenlang hatten sie sich intensiv in die Augen gesehen, während sich Ben langsam in Paul bewegt hatte. Es war mehr als ein Kuss gewesen. Sie hatten sich mit Blicken *gefickt*.

Über den verwegenen Gedanken musste Ben grinsen.

»Das mit der Nähe scheint also besser zu klappen«, riss ihn die Therapeutin aus der erotischen Schwelgerei und Ben nickte mit glühenden Wangen. »Habt ihr an deinem Geburtstag sonst noch etwas unternommen?«

Bens Magen zog sich zusammen. »Ja.« Seine Fingerkuppen strichen rascher über die Naht des Sofabezugs. »Claudia war da, Kai, Rob, Gerald ...«

»Also eine richtige Geburtstagsfeier? Mit Torte, Kerzen und grässlichem Gesang?«

Ben musste lächeln und nickte.

»Gab's auch Geschenke?«

»Eine Spielekonsole, Spiele und ...«

»Das innere Kind aufleben lassen!«, unterbrach ihn die Therapeutin erfreut. »Das ist gut, das ist sehr gut! Konntest du dich über die Geschenke freuen?«

Ben zuckte mit den Schultern und nickte, dann senkte er beschämt den Blick. »Ich hab Scheiße gebaut.«

»Was ist passiert?«

Betreten starrte Ben auf seine Knie. »*Er* war da.«

»Er? Du meinst deinen Bruder?«

Ben nickte. »Es lief alles so friedlich, so harmonisch, richtig perfekt ...« Ein schiefes Lächeln schob sich in sein Gesicht. »Paul und Kai haben sich auf der Konsole ein Rennen geliefert und wir anderen haben sie angefeuert.« Seine Brust zog sich zusammen. »Auf einmal ist es mir total schlecht gegangen ... ich hab gedacht, ich wäre ein Schmarotzer, ein Betrüger, sie täuschen sich in mir und ich dürfte gar nicht hier sein. Mir ist der Hals zugeschwollen, ich hab keine Luft mehr gekriegt ... und dann ...«, zitternd fuhr sich Ben übers Gesicht, »... ich war plötzlich voller Hass ... und Wut ... ich wollte irgendetwas kaputtmachen, wollte, dass sie mich ... hassen ... Da hab ich den Tisch abgeräumt«, Ben machte eine ausladende Bewegung mit dem Arm. »So. – Es war irgendwie wie ein Film, als würde ich mir dabei zusehen ...«

»Mhm.« Die Therapeutin wog den Kopf hin und her. »Immerhin hast du es rausgelassen. War es wenigstens erleichternd?«

Ben senkte den Kopf. »Ich weiß nicht. Irgendwie ... Ich hatte dann auf jeden Fall einen guten Grund, mich zu hassen.«

»Clever«, meinte die Therapeutin völlig ironiefrei. »Und wie haben die anderen reagiert?«

»Schockiert, glaube ich ... ich hab mich im Schlafzimmer versteckt, bis sie gegangen sind ...«, *ich feige Sau.*

»Denkst du, sie hassen dich jetzt auch?«

Ben ließ den Blick über den Boden gleiten. »Nein. Ich glaub, sie machen sich eher Sorgen.«

»Seitdem sind ja nun ein paar Tage vergangen. Hasst du dich noch immer dafür?«

Ben nickte.

Betrübt zog die Therapeutin die Augenbrauen hoch und schüttelte den Kopf. »Keine Vergebung für Ben?«

Er schüttelte den Kopf. »Ich hab die Party kaputtgemacht, das Geschirr, die Torte ... die ganze Mühe für mich ... und was mach *ich?*«

»Sagt dir der pawlowsche Reflex was?«

»Äh ...« Ben risst das Steuer seines rasenden Selbsthasses herum und bremste für einen unverhofft aufgetauchten Russen. »Ist das das mit dem Hund?«

Die Therapeutin nickte. »Genau. Ist dir das Prinzip geläufig?«

»Ähm ... ja ...?«, sagte Ben unsicher und fühlte sich in eine Stundenwiederholung in der Schule zurückversetzt.

»Ich möchte, dass du dich jetzt auf ein Gedankenspiel einlässt. In Ordnung?«

Ben nickte.

»Hol dir das Experiment ins Bewusstsein: Jedes Mal, wenn die Glocke läutet, bekommt der Hund Futter, bis irgendwann allein der Klang der Glocke den Speichelfluss anregt – auch wenn dann mal kein Futter kommt. Okay soweit?«

Ben nickte kooperativ.

»Gut. Wir tauschen jetzt ein paar Sachen aus: Du bist der Hund. Die Glocke ist das Glück. Der Fressnapf das Unglück und der Speichelfluss die Angst. Hast du das?«

»Ja.«

»Bisher war es so. Die Glocke läutet ...«, sie zeigte auf Ben.

»Glück.«

»Dann kommt der Napf ...«

»Das Unglück«

»Richtig. Und damit einhergehend der Speichelfluss.«

»Angst.«

»Prima!«, sie strahlte Ben an.

»Irgendwann hab ich Angst, sobald die Glocke läutet ...«

»... obwohl kein Unglück passiert. Genau. Um dich schlecht zu fühlen, reicht also Glück völlig aus.«

»Okay«, murmelte Ben deprimiert.

»Weißt du, was passiert, wenn eine Weile trotz Glockengebimmel kein Fressnapf mehr kommt?«, fragte die Therapeutin.

Ben zuckte mit den Schultern.

»Kein Speichelfluss. Die Konditionierung ist nur temporär. Wenn sie nicht mehr gespeist oder verstärkt wird, kann Mr. Pawlow läuten, bis er Tinnitus hat, die Lefzen des Hundes bleiben trocken.«

Ben musste grinsen.

»Du weißt, was ich damit sagen will?«

»Irgendwann habe ich keine Angst mehr, wenn was Gutes passiert?«

Die Therapeutin nickte. »Ganz richtig. Aber du bist kein Hund«, wandte sie ein. »Beziehungsweise bist du ein Hund, der sein Futter selbst produzieren kann.«

Irgendwo in Bens Hirn klingelte ein Glöckchen.

»Du bist in der Lage, dein Unglück selbst herzustellen, indem du dich verletzt, runtermachst, dir Steine in den Weg legst, andere vergraulst ... Du kennst das bestimmt: Schlimmer, als eine furchteinflößende Situation, ist die Angst vor dieser Situation.«

Ben nickte.

»Menschen wie du neigen leider oft dazu, den Speichelfluss trockenzulegen, indem sie selbst Futter herstellen.«

»Paul«, murmelte Ben.

»Ja. Nach allem, was du mir erzählt hast, scheint er ein gutes Beispiel dafür zu sein, was passiert, wenn du Angst mit Unglück löschst.«

Ich liebe dieses Beispiel, dachte Ben.

»Was ihr braucht, ist eine Menge Glück, das ihr aushalten müsst. Die Angst und die Schuldgefühle werden nach und nach verschwinden und irgendwann könnt ihr es genießen.«

»Ja«, sagte Ben hoffnungsvoll.

»Das heißt: Ihr habt eine Mission.« Die Therapeutin

lächelte ermunternd. »Macht euch glücklich und erträgt es.«

»Es gibt schlimmere Aufgaben«, meinte Ben grinsend.

»Es gibt leichtere Aufgaben«, erwiderte die Therapeutin streng.

51 | FRECH

»Schiiick.« Kai pfiff anerkennend, nachdem er mit Ben den Autositz vor dem Fernseher platziert hatte. »Viel schöner als meiner. Du bist ein Künstler ...«

»Ich bin nur kein Pfuscher«, konterte Ben.

»Also weißt du, dass du allmählich ganz schön frech wirst?«

Die Idee, Paul für das Rennspiel auf der Konsole ein authentisches Erlebnis in der analogen Welt zu bauen, hatte Ben von Kai abgeschaut. Der hatte so ein Ding in seiner Wohnung stehen, und als sie ihn mal besucht hatten, war Paul nicht mehr aus dem Sitz zu kriegen.

Nur sah Kais Konstruktion Scheiße aus. Als hätte er ein Autowrack im Zimmer stehen. Ben dagegen hatte sich ziemlich ins Zeug gelegt und Sitz, Lenkrad und Pedale zu einem Möbelstück kombiniert, dass sich harmonisch in Pauls schickes Wohnzimmer fügte. Seit Ben bei ihm wohnte und mit Fortschreiten der ›Selbstfindung‹, hatte die ganze Wohnung deutlich an Farbe gewonnen und Sterilität verloren.

»Darf ich eine Runde?«, fragte Kai mit glänzenden Augen, nachdem sie alle Kabel angeschlossen hatten. »Ich sollte unbedingt testen, ob das auch alles einwandfrei funktioniert.«

»Meinetwegen.« Ben zuckte mit den Schultern. »Aber nur eine Runde.«

»Danke, Mama.«

»Wenn Paul kommt ...«

»... bin ich weg, schon klar!«, trällerte Kai, schlüpfte auf den Autositz und startete das Spiel. Zu den Motorengeräuschen aus den Boxen brummte Kai bedauerlicherweise seine eigene Version von Autolärm.

Ben marschierte Richtung Schlafzimmer, holte eine flache Schachtel unter dem Bett hervor, zog sich nackt aus und schlüpfte in den perfekt sitzenden nagelneuen Formel-Eins-Anzug. In den vergangenen Monaten hatte er ein paar Kilo zugelegt und der Schnitt des Overalls ließ ihn zusätzlich kräftiger – männlicher – aussehen.

Vor dem Spiegel im Bad prüfte Ben, wie tief er den Ausschnitt lassen sollte, um richtig sexy zu wirken. Bauchnabelhöhe? Brusthöhe?

Schließlich zog er den Reißverschluss bis hoch zum Kinn. Mehr auszupacken.

Der Stoff scheuerte, aber wie hatte Paul im Krankenhaus versprochen? Er würde den Overall nicht lange anbehalten. Der bloße Gedanke an die bevorstehenden Stunden kribbelte in Bens Hoden. Er legte die Erektion so, dass sie kein allzu offensichtliches Zelt herausstellte und suchte wieder das Wohnzimmer auf.

Kai pfiff anerkennend. »Fesch, fesch. Aber ich dachte, der Overall ist für Paul.«

»Ist er auch.«

Drei Sekunden hörbares Rattern im Oberstübchen später zuckten Kais Augenbrauen hoch. »Oh! Alles klar ... äh ... dann ... bin ich mal weg.«

Sekunden später fiel die Tür ins Schloss.

Ben atmete tief durch. Sein Herz raste vor Aufregung. Zwar war er sicher, Paul mit dem Sitz und seinem Aufzug eine Riesenfreude zu machen, aber genau das schürte auch Angst. Da lauerte Glück. Genug, um in Panik zu geraten.

Mit wackeligen Beinen ließ sich Ben in den Autositz gleiten, packte das Lenkrad und startete das Spiel. Die meiste Zeit schrammte sein Fahrzeug an der Leitplanke entlang oder raste in die falsche Richtung – ohne dass

Ben es bemerkte. Normalerweise war er nicht so schlecht – für Paul zwar kein so ernstzunehmender Gegner wie Kai, aber im Augenblick fuhr er wirklich wie ein Mädch...

Das Schloss schepperte, dann öffnete sich die Wohnungstür. »Heiho«, ächzte Paul, stampfte Schnee von den Stiefeln und befreite sich aus Haube, Schal und Jacke. »Wenn es bis morgen früh so weiterschneit ... – Wow!«

Auf Socken tappte er heran und bewunderte mit leuchtendem Blick das neue Möbelstück. »Hast *du* das gebaut?« Dann realisierte er, was Ben anhatte, schluckte schwer und holte erregt Luft. »Wow ... das ... ist ...«

Ben hatte sich ungefähr zweihundert laszive Sätze zurechtgelegt, sich ein gutes Dutzend Situationen für ein erotisches Rollenspiel ausgedacht – aber jetzt war sein Hirn völlig leer. Außer Paul mit offenem Mund und schwer erregt anzuglotzen, fiel ihm nichts ein.

Hätte sein Körper nicht den Großteil seiner Kapazitäten dafür aufwenden müssen, sich mit Lichtgeschwindigkeit dem maximalen Erregungszustand anzunähern, hätte Ben Zeit und Muse gehabt, sich für seine bescheuerte Idee zu hassen.

Aber Pauls Blick – ihm sprang die Geilheit aus dem Gesicht – machte es ihm schwer, an der Situation etwas lächerlich zu finden.

»Willst du ... ähm ... eine Runde fahren?«, krächzte Ben, schwang sich aus dem Autositz und verlor fast das Gleichgewicht, so berauscht war er vor Lust.

»Definitiv ...«, Paul grinste anzüglich, »... nicht jetzt.« Dann packte er Ben an der Taille, zog ihn zu sich und küsste ihn wild.

Er machte sein Versprechen wahr: Lang blieb Ben nicht in diesem Overall. Nachdem er ihn über dem Stoff ausreichend begrapscht hatte, öffnete Paul den Reißverschluss und schob die Hände unter den Anzug, um dort weiterzumachen.

Gierig küssend drängte er Ben rückwärts bis zum Tisch, öffnete den Reißverschluss weiter bis zum Schritt und zog ihm den Overall über die Schulter runter bis zu den Ellenbogen. Während sich Ben auf den Tisch sinken ließ, saugte Paul an seinen Nippel, küsste seinen Bauch abwärts und leckte über seine Leisten. Lustvoll bäumte sich Ben auf und stöhnte.

Energisch riss sich Paul das Shirt vom Leib, der Gürtel klimperte, dann knöpfte er hastig seine Jeans auf. Mit lustverhangenem Blick registrierte Ben die steile Erektion, die aus Pauls Hosenstall wippte. Eilig begann Paul am Overall zu zerren und Ben half – trunken von Sinnlichkeit – nur träge dabei mit, ihn aus dem Anzug schälen.

Nackt und willig lag Ben vor Paul und ließ zu, dass der sich seine Fersen auf die Schultern legte, ihn an den Hüften packte und mit einem Ruck zu sich zog. Ben stöhnte lustvoll, als er über die Tischplatte rutschte, räkelte sich und streckte ergeben die Arme über den Kopf. *Nimm mich!*

Paul ließ einen Speichelfaden zwischen Bens Backen tropfen, verteilte die Spucke sorgfältig mit den Fingern und öffnete den Schließmuskel mit dem Daumen. Mit wenigen gefühlvoll kreisenden Bewegungen bereitete er Ben vor, dann setzte er den Schwanz an das vor Erwartung zuckende Loch und weitete es mit der prallen Eichel.

Überwältigt von der plötzlichen Völle und dem beharrlichen Druck, der ihn von innen erfasste, schauderte Ben. Bisher war Paul noch nie so schnell rangegangen – daher kam der brennende Schmerz unerwartet. Als

Paul tiefer drang, ging ein Zucken durch Bens Körper und er keuchte auf.

»Sorry, sorry, sorry«, flüsterte Paul und hob behutsam Bens Beine von seinen Schultern, um sich über ihn zu neigen und die Arme um ihn zu schlingen. Zärtlich schnappte er nach seinen Lippen und fing die Zunge für ein leidenschaftliches Spiel. Ben entspannte sich, der Schmerz tauchte in der Geilheit unter und er presste die Fersen gegen Pauls Rücken.

»Alles gut?«, fragte Paul sanft.

Ben nickte und während sie einander tief in die Augen blickten, schob sich Paul tiefer, verweilte kurz, holte zum Test für einen langsamen Stoß aus, und als sich Ben erregt aufbäumte, erhöhte er das Tempo.

Es wurde wild, schnell, hart, hatte etwas Verzweifeltes und Erlösendes. Keine scheue Vorsicht, keine tausend Gedanken, die aus dem Liebesspiel einen fragilen Tanz zwischen Lust und Befangenheit machten, kein Kampf mit der Angst. Sie wollten nicht, sie waren. Zwei Körper. Ein Körper. Gier. Liebe. Rücksichtslos. Triebgesteuert.

Irgendwie mischte auch Wut mit und wie immer Trauer, zwischenzeitlich wurden sie sogar aggressiv, doch ohne sich dafür zu verachten. Es war gut und richtig, wie es war. Sie wollten es beide, wie es kam und ging. Erlöst drifteten sie durch die üppige Farbpalette ihrer Gefühle, badeten im Paulgefühl und im Bengefühl, ließen sich umspülen und beregnen von den berauschenden Vorboten einer vielversprechenden Zukunft. Sie schauten einander tief in die Augen, nickten sich zu, schnappten nach ihren Lippen und schrien endlich ein gemeinsames Ja. Zur Liebe. Zum Leben. Zum Glück.

Weitere Bücher von Kooky Rooster

Satellit – Liebe in der Umlaufbahn

Der scheue Max kreist wie ein Satellit ständig um Sandra und Thomas herum und stellt damit deren Beziehung auf eine harte Probe. Um den lästigen Dauergast loszuwerden, beschließt Sandra, ihn mit ihrer besten Freundin Nicole zu verkuppeln. Max hat allerdings kein Interesse an der rassigen Schönheit, sondern ein Auge auf Thomas geworfen.

Iltis – Räudige Hunde

Erik, aufstrebender Juniorchef einer großen, traditionsreichen Firma, hat über die Feiertage seinen ehemaligen Studienkollegen Iltis eingeladen, einen liebenswerten Chaoten im Widerstand gegen den Kapitalismus und gesellschaftliche Normen. Das lang ersehnte Treffen weckt allerdings nicht nur Erinnerungen an Diskussionen über Systemtheorie ...

Ian Yery & der Hardcore Absolute Beginner

Mo, sportlich, selbstbewusst und Pazifist, entdeckt eines Tages, dass der Held eines Computer-Kriegsspiels ihm aufs Haar gleicht. Wenig amüsiert darüber sucht er Kontakt zu jenem 3D-Künstler, der sich dafür verantwortlich zeichnet, und trifft auf Nils, einen extrem menschenscheuen Hardcore Absolute Beginner. Zweiunddreißig, verliebt und ungeküsst – keine gute Ausgangsposition für Nils und eine Herausforderung für Mo.

DER KUSS – DIE GANZE SERIE

Ein schwüler Sommernachmittag vor der Konsole, mit seinem coolen Nachbarn Lukas, endet für den siebzehnjährigen Michael in einer kopflosen Jagd nach der Liebe. Was als einfacher Kuss beginnt, weckt in den beiden Jungs nicht nur eine ungeahnte Leidenschaft füreinander, sondern auch eine ganze Menge Ängste und Missverständnisse.

ZUVIEL – DICK, SENSIBEL UNGELIEBT

Der zart besaitete, übergewichtige Wolfgang weiß, wie sich Mobbing anfühlt, nicht aber, wie es ist, geliebt zu werden. Eine temporäre Personalrochade in der Firma gibt ihm die Chance, seinem Schwarm, dem ebenso hübschen wie verpeilten Simon, näher zu kommen.

REINGEKRACHT – FAMILIEN-BULLSHIT-BINGO

Familienfeiern sind für Singles ein Horror. Nino und seine Schwester Julia spielen deshalb „Single-Bullshit-Bingo", bei dem derjenige gewonnen hat, dem zuerst die fünf nervigsten Fragen gestellt wurden, die man Singles auf Familienfeiern stellt. Diesmal allerdings, muss Nino alleine spielen, denn Julia bringt ihren neuen Freund Patrick mit. Blöd nur, dass sich Nino Hals über Kopf in ihn verliebt.

STIEFBRUDER – LIEBE MEINES LEBENS

Clemens hat sich in seinen zwei Jahre älteren Stiefbruder verliebt. Doch ehe daraus etwas entstehen kann, trennen sich ihre Eltern und Clemens muss mit seinem Vater weit weg ziehen. Das Band zwischen den Stiefbrüdern Clemens und Jakob war schon immer stark, aber kann es auch die große räumliche Trennung überstehen?

FAHR ZUR HÖLLE ... BESINNLICHE ZEIT

Jede Weihnachten legt Thomas alleine die Strecke von tausend Kilometer zurück, um mit seiner Familie Weihnachten zu feiern. Dieses Jahr allerdings hat er einen unvorhergesehenen Mitfahrer: Tobias, den einzigen Mann, der den sonst so besinnlichen Thomas auf die Palme bringen kann.

DIE WIEDERKEHRER – MÄNNER WEINEN NICHT

Stell dir vor, am Ende deines heterosexuellen und etwas außer Kontrolle geratenen Lebens, triffst du auf deinen sexsüchtigen, alkoholabhängigen Schutzengel, der im Zuge des 12-Stufen Programms an dir eine Wiedergutmachung leisten will. Allerdings stellt er eine Bedingung: Du sollst einen Mann lieben!

FUCK – EIN MECHATRONIKEROTISCHER ROMAN

Simon ist ebenso unsterblich wie heimlich in Leopold verknallt – den hübschen Kollegen mit dem Viagrablick. Leider ist er ist zu feig, ihn anzusprechen. Doch dann materialisiert sich in seinem Bad ein über drei Meter großer Roboter und gewährt ihm drei Wünsche.